天涯の楽土

篠原悠希

角川文庫
22047

目次

『天涯の楽土』の世界

紀元前一世紀　弥生時代中期、後半の久慈島（九州）全体図

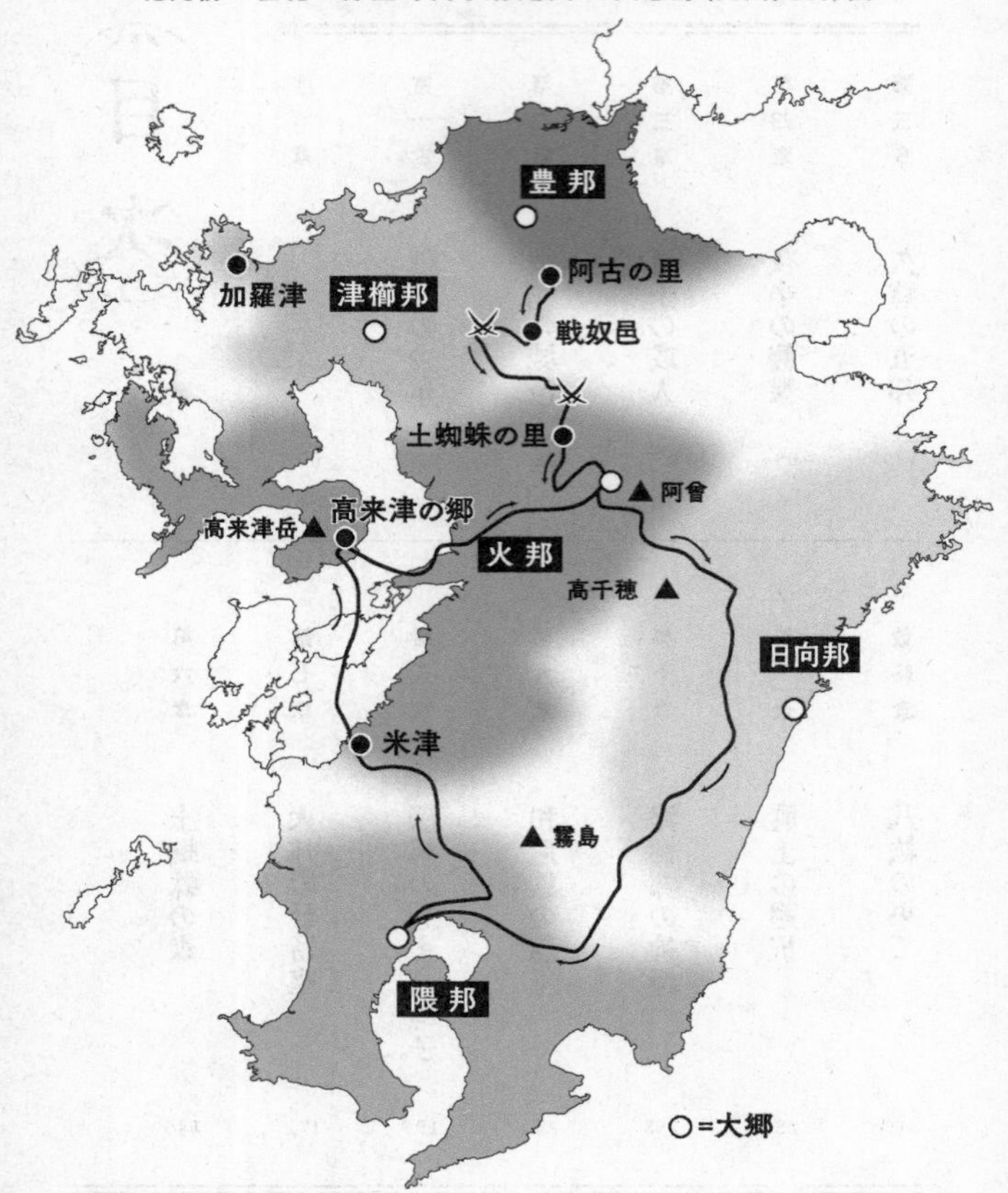

久慈の五邦（くじのごほう）

豊、津櫛、日向、火、隈の五つの邦（クニ）。
火の神クラが久慈を創造したとされ、
火邦はクラそのものを、他四邦はクラの分神である四神を崇める。

登場人物

【豊邦】

◆隼人(はやと)
阿古の里に住む少年。まっすぐで天真爛漫。
津櫛の急襲により里を焼かれ奴隷となる。

◆史人(ふみと)
隼人の年上の幼馴染で神子。内向的な性格。

◆サザキ
最年長で兄貴肌の少年。体が大きく力が強い。

【津櫛邦(つくしのくに)】

◆鷹士(たかし)
いつも無表情な、鬼のように強い剣奴の少年。

【日向邦(ひむかのくに)】

◆長脛日子(ながはぎひこ)
日留座の一の御子。各邦へ戦を仕掛けている。

◆高照(たかてる)
日留座の娘で巫女。賢く勝気な呪術の使い手。

【隈邦(くまのくに)】

◆饒速(にぎはや)
日留座の御子。

用語紹介

◆日留座(ひるのくら)
邦でもっとも尊い存在。祀主(まつりぬし)。
久慈四神の末裔とされる。

◆御子(みこ)　日留座の血族。

◆兵(つわもの)
日留座の血族の男子から選ばれる戦士たち。

◆巫(かんなぎ)
それぞれの集落における神職の長。
その巫たちをまとめる存在が日留座。

◆巫覡(ふげき)
神職。巫(ふ)は女性、覡(げき)は男性。

◆神子(みこ)　未成年の巫覡。

◆大郷(おおさと)
日留座の宮のある郷。規模が小さくなるにつれ、
郷、邑、里、と呼び方が変わる。

◆剣奴・戦奴(けんど・せんど)
北久慈における戦争奴隷。

◆宮奴・農奴・雑奴(きゅうど・のうど・ぞうど)
北久慈における奴隷階級。

◆土蜘蛛(つちぐも)
阿曾の原生林に住み、
他部族との交流を拒む異民族。

「倭人は帯方の東南大海の中にあり、山島に依りて國邑をなす」

魏志　烏丸鮮卑東夷伝　倭人条（紀元二八〇—二九七）陳寿

序章

誰もが寝入っていた夜半、異変を告げる警鐘が激しく鳴らされた。

隼人の父親と兄は飛び起き、外へと走り出した。隼人は寝ぼけてしがみついてくる妹のヒナノを起こし、開け放たれた戸口へと土の階段を這うようにして登った。戸のすぐ外で、隼人とヒナノの名を呼ぶ母親の声を追って表に出たとたん、目の眩む真昼のような明るさと、肺を焼く鎔鉱炉のごとき熱気に隼人は身がすくんだ。

里の外縁に並ぶ、農奴らの伏屋が巨大ないくつもの松明となって燃えさかり、あたりを照らしていた。方形に掘った地面の上に、厚い藁葺き屋根を被せた伏屋は、風に乗って飛んできた火の粉を浴びて、瞬く間に燃えさかる。

混乱し逃げ惑う里人に声をかけても、立ち止まって隼人たちに状況を説明してくれる者はいない。多少の冷静さを保つ者は、早く避難するように隼人らに呼びかけ、山へと逃げてゆく。

火の手はすでに里の内側に及んでいた。炎の起こす風に、すさまじい勢いで吹き上げられた火の粉が、あちらこちらの藁屋根に燃え移っていく。もはやどこが火元であったのかもわからない。木造の高床倉庫や、里の巫覡が祖神を祀る宮室は、高く掲げた巨大な篝火のように夜空を焦がしていた。

隼人の家も、屋根に燃え移った火がぶすぶすと煙を上げ始めていた。よく乾いた藁は隼人の目の前でめらめらと燃え上がる。

母は、ひとつ年下の妹を連れて、山中の岩洞に逃げ込むよう、隼人に言いつける。

「かあさんは？　一緒に行かないの？」

隼人は不安のあまり叫び返した。

「工房を見に行ったお父さんたちと一緒に、あとを追うから、隼人はヒナノを連れてみんなと逃げなさい」

妹の小さな手を握って、言われたとおりに山に向かって駆け出した隼人は、火災の届かぬ小高い森の縁に来て立ち止まった。そこには里の女やこどもが集まり、隼人のように未練がましく燃え落ちる阿古の里を見つめている。

隼人は父と兄の姿を求めて里の中心に建つ工房へと振り返った。しかし、かれの目に映ったのは、この日も父や兄とともに働いていた工房の藁屋根が、すでに火炎に包まれ、焼け落ちてゆくさままであった。

そして、奇声を上げ、槍を振り回しながら、阿古の里へとなだれ込む男たちの群れ。

工房や高床の倉に納められた里の財産を、火災から守ろうと消火に奮闘する阿古の男たちは、突然襲ってきた『敵』から、身を守る防具も、戦うための武器もなにひとつ持ってはいない。立ち向かうことも、逃げることもできぬうちに、次々と倒されていく。

「津櫛邦の戦奴どもだ。こどもと女は急いで山奥の岩洞に隠れろ。あいつらに捕まったら何をされるかわからんぞ！」

避難を促す年寄りは、ついてこいと身振りして、先頭を切って森の細道へと踏み込んでゆく。

「とうさんっ！」

里へ駆け戻りたい衝動をかろうじてこらえさせたのは、かれの掌を必死で握り返す、妹ヒナノの小さな手であった。いまや両親とはぐれた隼人とヒナノは、里人たちが集まる山の避難所へと向かうほかに、助かるすべを知らない。

「隼人！　無事だったか」

隼人の頭上から声をかけてきたのは、幼馴染のサザキだ。今年のうちに成人するサザキは、隼人の遊び仲間では最年長で、少年というには背丈も幅もすでに一人前のおとなと変わらない。年寄りと女こどもばかりの避難組では、いかにも頼りがいがある。

サザキは右手でひとりの少年の肘をつかんでいた。サザキが連れていたのは、隼人よりひとつ年上の史人だ。サザキに比べて、ひょろりと細い体つきの史人は、不安そうに唇を噛み、両手で耳を塞いでいる。阿古のこどもたちの中では一番頭の良い史人は、神子として里の宮を預かる巫に弟子入りしていた。優しい性格ではあるが、大きな音が嫌いで、恐ろしいことに出遭うと身も心も固まってしまい、判断力も行動力もなくしてしまう。

兄たちがすべて成人し、守る弟妹のいないサザキは、警鐘を聞いてまっさきに史人を迎えに行ったのだろう。ふたりの背後から、年老いた里の巫が、白く長い髪を振り乱し、息を切らしながらついてきていた。

避難する里人に遅れがちな巫の手を取ろうと、隼人は妹とつないでいたのと反対の手を伸ばそうとした。

巫はわずかに隼人の手の届かぬ先で、苦痛と恐怖に目を見張り、前のめりに倒れる。

地に伏した巫の背後に立っていたのは、頰に三日月形の刺青をさし、櫛も通したことのなさそうなボサボサの髪を、耳の上で美豆良に結った不潔そうな津櫛の戦奴だった。

恐怖に立ちすくむ隼人の視界に同じような風体の戦奴が、次々に現れる。

森に逃げ込もうとしていた里人たちに追いついた戦奴らは、村の女やこどもたちをひったくるようにして連れ去った。抵抗する女は、蹴られたり殴られたりして泣き叫ぶ。母や娘を守ろうととりすがっては、戦奴らに殴り倒される少年や年寄りたちの悲鳴も加わり、隼人の周囲は大変な混乱となっていく。

隼人はヒナノを強く抱き寄せて抵抗したが、戦奴が笑いながら振り下ろした槍の柄に頭を打たれた隙に、引き剝がされるようにして妹を奪われた。

「ヒナノ！　ヒナノを返せっ」

隼人を打った戦奴は、泣き叫ぶ妹の髪をつかんで引きずってゆく。妹の名を呼びながら後を追おうとする隼人を、背後から別の戦奴が殴りつける。

頭を二度も槍の柄で打たれた隼人は、意識が朦朧(もうろう)として前のめりに倒れた。地面に両手をつき、首を振りつつ顔を上げれば、さらに打ち下ろされる槍の柄が見えた。隼人が身をすくませるよりも早く、誰かに体当たりされて横へと転がり打擲(ちょうちゃく)を免れる。

地面から見上げると、隼人の代わりにサザキが打たれていた。

隼人の危険を見かねて、サザキが戦奴と隼人の間に入って助けてくれたのだ。腕で頭をかばうサザキを、津櫛の戦奴は何度か打擲してから、唾(つば)を吐いて立ち去った。その向こうで、亀のように身を丸めて地面に倒れ伏す史人が見える。

「サザキ、」

ちゃんと礼を言いたかったのに、隼人は頭がぐらぐらして言葉が出せない。周囲がいまだ騒然とするなか、妹が連れ去られた先を目で追うこともできずに意識を失ってしまった。

第一章　剣奴の少年

——日の暮れかかった満ち潮の海辺で、大きな荷を背負った旅姿の男がひとり、ひどく狼狽（ろうばい）したようすで砂浜を行きつ戻りつしていた。

目を離した隙に八つになる息子の姿が見えなくなってしまい、こどもたちが遊んでいそうな浜辺まで捜しにきた。そこで引き潮の間に沖の小島に渡り、満ち潮になって島に取り残された息子を、波越しに見つけて胸を撫（な）でおろす。

しかし、泳いで渡れる深さでも距離でもなく、助けを求めようにも、浜辺に人影はない。小島の浜から必死で手をふる息子の小さな姿に目をやっては、男は借りられる舟がないものかと、おろおろと浜を探し回った。

「おっと、おや、ごめんよ」

つまずいて危うく転びかけた男は、足元を見おろした。数えで三つか四つと思われる小さな男の子を蹴飛（けと）ばしてしまったらしい。尻（しり）もちをついて自分を見上げている幼子の両脇に手を入れて立たせ、砂をはたいてやった。

幼子は、こぼれそうに大きな目を見開いて、男を見上げている。

「こんなところをひとりで歩いてちゃだめだろう。親はどうしたんだ」

南海の海人（あまびと）によく見られる、色黒の肌と大きなぱっちりした目に、漁師の親が近くにいれば、助けを求められるかと期待する。

しかし、親はどこかと訊かれた幼子は眉を曇らせ、いまにも泣きそうになった。よく見れば、衣はひどく汚れてすり切れ、痩せて目の大きさばかりが目立つ。親とはぐれたか、あるいは捨て児かと、男はあわてて話題を変えた。

「ところで、ぼうやはこのあたりで舟を貸してくれる漁師を知らないかね」

男は沖の小島にあごをしゃくって、浜で立ち往生している息子を示した。まだ言葉も満足にしゃべれそうにない幼児を相手に無理な相談ではあったが、異郷では藁にもすがる思いである。

幼子は小島に目をやり、なにやら考え込んでいたようすだったが、やがて男に視線を戻した。おもむろに肩から斜めにさげていた革の袋に手を入れる。中から桃の実ほどの大きさの空色の玉をとりだし、波打ち際へと歩きだす。胸に蒼玉をしっかりと抱きかかえると、小さな足を打ち寄せる波の上に乗せた。

「あ、こら、溺れるぞ」

いくら海人の子でも、こんな小さいうちから波を越えて泳げるはずがない。男が幼子を抱き上げようと手を出したとき、その怪異が起こった。

寄せていた波が、沖へと退き始めたのだ。

おおぅ、と声を上げる男のおどろきをよそに、幼子は退いてゆく波を追って、濡れた砂浜を裸足で駆け出した。男は操られるように幼子の後を追う。濡れた砂に足をとられつつも、幼子と旅の男は、難なく小島にたどり着いた。そして、男は泣きべそをかく息子の手を引き、干潮の浜を急いで戻った。

男の肩の上から見渡す世界に興奮したらしき幼子は、きゃっきゃっと声を上げてはしゃぎながら、小さな足をぱたぱたと動かす。

砂の乾いたところまで戻ると、男は小島をふり返った。海はもとどおりの満潮に夕陽を映し、島の影を黒々と浮かび上がらせていた。

まるで、なにひとつ変わったことなど起こらなかったかのように、無限の波がかれらの足元に打ち寄せている。

幼子を肩からおろした男は、畏怖(いふ)の念を込めてその幼子の瞳(ひとみ)をのぞきこみ、おそるおそる話しかける。

「ぼうやは神子(みこ)かい？」

とたんに、幼子から肩車を楽しんでいた無邪気な表情が消え失(う)せ、瞳は光を失った。怯(おび)えたようにあたりを見回し、蒼玉を革の袋に戻しながらじりじりとあとずさる。

本来ならば、まだ親や子守のそばをかたときもはなれることなく、家族に守られているはずの年頃の子が、突然見せた警戒心と恐怖心に、男は胸を突かれた。

改めて見れば、幼子のみすぼらしさ、痩せ細り方は尋常ではない。ずいぶんと幼く見えるが、食べ物を充分に与えられていないために、育ちが遅れているのかもしれない。

「怖がらなくていい。ぼうやはお腹が空(す)いてないか。わしらも夕餉(ゆうげ)にするところだったんだよ」

荷物を開いて、笹の葉にくるまれた蒸し飯を分けてやる。男の厚意をどう受け取ってよいかわからぬように、緑色の塊と男の顔を見比べていた幼子であったが、それまでおとなしくようすを見ていた男の息子が「こうやって食うんだよ」と、笹の葉を広げて中の飯をほおばって見せた。

見よう見まねで笹飯を開いた幼子は、鼻をくすぐる醤の甘辛い匂いに、はじかれたような勢いで蒸し飯を口に押し込み始めた。

男の住む北久慈では、神秘の力を授かったこどもは、神子として大切に養育されるものだが、地方や部族によっては鬼子として忌まれることもあると聞く。男は南久慈に数の多いという海人族の風習には詳しくなかったが、潮を操る力を持つこの幼子が、なんらかの理由で放逐されたことはあり得ると想像した。親なし児の所有物には似つかわしくない玉の説明はつきかねたが、日没時になっても誰も捜しに来ない痩せこけた幼子、不安そうに立ち尽くす息子の恩人を置き去りにして、旅を続けることはできなかった。

「わしらは阿古の冶金師でな。行くところがないなら、わしらと来るといい。工房には男の子は何人いてもいいからな」

善意に満ちた申し出に、幼子はいっそう目を見開いて男を見上げた。幼子らしくない反応に、男は途方に暮れて頭をかいた。

「ぼうや、名はなんというんだ」

幼子はひたすら目を瞠(みは)ったまま、困ったように男を見つめるばかりである。

「名がないのか。とりあえず、そうだな。うちに来てちゃんと飯を食ってだな、強い男になれるよう、この久慈の大島でも、一番猛々(たけだけ)しいという海人族の隼人(はやと)の民にちなんで、隼人と呼ぼうか」

男の申し出と純粋な厚意を理解したのか、幼子はまばたきを繰り返し、米粒のついた口元をぎゅっと歪(ゆが)めると、ひくひくと肩を震わせ、声を出さずに涙をこぼしはじめた――

隼人の両の目尻から、それぞれひと筋ずつの涙がこぼれて、こめかみをぬらした。

――ああ、おれはうちの子じゃなかったんだよな――

隼人はしみじみと夢で見た光景を思い返す。

両親に引き取られてきたいきさつは、まったく記憶に残っていなかったが、隼人の浅黒い肌の色や、彫りの深い顔立ちは、両親や兄妹(きょうだい)はもちろん、阿古の里のだれにも似ていない。隼人が北久慈の生まれではないことは、口さがない里人の噂を耳にするまでもなく、あきらかなことだ。

隼人がもらい子であるということも、どこで生まれてどこから来たのかということも、家で話題になることはなかった。兄や両親に訊けば答えてくれただろうが、そんなことは問題にならないほど、隼人の両親はかれを実の息子同様にかわいがり、育ててくれたのだ。

——ごめん、とうさん、かあさん、ヒナノを守れなかったよ。せっかく育ててもらったのに、なんの役にも立たなくて——

目覚めの夢は、記憶の底に封印されていた、父と兄との出会い。

ちゃんと覚えていたのだ。どうして忘れていたのだろう。初めて体験した肩車、笹の葉の香る、蒸し飯の味。眠りの中、あるいはぼんやりしていると、どこからともなく聞こえてくる耳鳴りの正体、大洋から押し寄せる、やむことのない潮騒の音。

ぼんやりと意識が戻り、目の痛みを覚える。痛みを感じたのは煙のためではなく、光のせいであった。

まぶたを上げれば、燃え尽きた阿古の里を朝日が照らしている。

昨夜の災厄は夢や幻ではなく、現実にあったことだ。

「ヒナノ！」

隼人は飛び起き、立ち上がろうとしたが、首と後頭部に走った激痛に目が眩み、足首にわだかまる縄に足を取られて前のめりに倒れた。地面で膝をしたたかに打つ。

「隼人、起きたか」

サザキの声に、隼人は我に返る。足下の縄は大股で歩いたり走ったりできないように、短い遊びを残して、隼人の両足に結びつけられていた。

「なんだよ、これ」

「おれたち、津櫛の奴隷にされるんだよ。おまえの頭、大丈夫か」

サザキが忌々しげに吐き捨て、隼人の頭に手を伸ばす。

「痛っ」

「たんこぶができてる。あんまり暴れるなよ。冷やしてやりたくても、おれらみんな足を縛られてて、動けない」

言われてあたりを見回すと、里の男児が集められていた。工人の家の子も、農奴の子もひとまとめにされて、勝手に歩き回れないように細長い縄で足をくくられている。そのうえ、ふたりの戦奴がこどもたちを見張り、ささやき合う隼人とサザキを、胡乱な目でにらみつけていた。

「とうさんたちは、どうなった」

「老人は殺されて、おとなたちは夜明け前にどこかへ連れて行かれた。たぶん津櫛の大郷へ連れて行かれたんだと思う」

久慈大島の集落は、人口と規模が大きくなるにつれて、里、邑、郷、大郷と名前が変わっていくが、その明確な基準は阿古の里から出たことのない隼人にはわからない。

隼人の知っていることは、久慈大島には五つの邦があるということ。それぞれの邦にひとつの大郷があるということ。諸邦の大郷には、祖神を祀る祭祀の宮があり、そこには久慈四神の直系の子孫であり、ゆえに巫覡の長である日留座が住んでいるということ。

そして、その大郷にはたくさんの人々が住んでいて、阿古の里の何倍もの家や倉庫が並んでいるということだ。

阿古の里は、久慈大島の東海に面し、工芸の盛んな豊邦に属する、山間の小さな集落だ。豊邦は東に海峡を隔てた秋津島や、内海の対岸にある伊予島との交易も盛んだ。

しかし、交易においては、西海の彼方から来る外来の民とも取引きをし、近隣に外つ国の民も多く住む北岸の津櫛邦がより富み栄えていると、いつか父と兄が話していた。稲作に適した平野に恵まれ、人口は久慈大島でもっとも多いという。

豊邦よりも豊かだという津櫛邦が、どうして小さな阿古の里を襲う必要があったのだろう。豊邦の日留座は老齢の巫女で、争う理由も思いつかない。

隼人が爪をかみながら、どうしたらこの場を逃げ出して、さらわれた両親と兄妹を津櫛邦から助け出すことができるのか考え込んでいると、五、六人の戦奴が長い縄を持ってきて、こどもたちに立ち上がって三列に並ぶように怒鳴りつけた。

怯えと疲労のために、こどもたちの反応は鈍かった。気の短い戦奴が近くのこどもを蹴飛ばすと、みな一斉に立ち上がって言われたとおりにした。

縦に三列に並ばせたこどもたちの首に、戦奴は縄をかけていった。指が二本はいるかというくらいに締めて、同じ縄で同列の二番め、三番めのこどもたちの首に、順番に縄をかけてゆく。隼人は真ん中から少しうしろあたりに立たされた。首に触れる戦奴の汚れた爪に身震いをこらえる。

先頭の戦奴が、最前列のこどもたちの首から伸びた縄を束ねて持ち、軽くひっぱった。

ダミ声で出発を告げる。

どこへ、なんのために連れ去られるのか、まったく説明もされないまま、歩調を合わせなければ一斉に転んでしまう危険を避けるため、隼人たちはなすすべもなくただ左右の足を交互に前に出すしかない。

じりじりと焼けつくような初夏の陽射しの下、槍を持った戦奴に囲まれ、首を縄でゆるやかにつながれた、七歳から十五歳くらいまでの裸足の捕虜たちが、足を引きずりながら歩き続ける。

朝から何も食べていない。水は与えられたが、中空に昇りきった太陽に、全部吸い取られたのではと思うほど、のども肌もからからだ。

隼人が口で息をするたびに、熱く乾いた空気と埃が口の中に入り込み、のどにはりつく。下を向けば目に流れ込んでいた汗もいつしか止まり、唾も涸れてしまったようで、のどの奥がひりひりと痛んだ。足は傷だらけで、腿もふくらはぎもこわばり、いまにも足が攣ってたおれそうだ。いちどでもたおれてしまったら、そのまま道ばたに打ち捨てられてしまいそうな恐怖に、幼い捕虜たちはただひたすらに右足と左足を交互に前へ出し続ける。

朦朧とした隼人の意識のなかで、平和な里を襲った昨夜の悪夢が繰り返される。

父母と兄妹と暮らした家も、ついその日の夕刻まで、隼人が父と兄とともに働いていた冶金工房も、翌朝には煙のくすぶる灰燼となっていた。隼人が精魂を込めて何日もかけて磨き上げた、豊邦の日留座に献納するはずだった銅鏡も、新苗の祭りに、舞娘に選ばれた妹の腕を飾るため、初めてひとりで彫り上げた鈴釧の鋳型も、家族がそろって生きてきた日々もみな、燃え尽きてしまったのだ。

恐ろしい形相の津櫛の戦奴に、引きはがされるように連れ去られた妹、無事を確かめられなかった両親と兄を思って、隼人が胃の絞られるような痛みに耐えていたときだった。

前を歩いていたこどもがよろけた。ひとりひとりの首が、一本の長い縄でつながれているために、ひとりが転べば、並べた積み木がたおれるように行列が崩れる。

幼い捕虜たちは立ち上がる気力もなく、そのまま地面に座り込む。

前後を見張っていた津櫛の戦奴らが、つながれたこどもたちを寄せ集めた。

みなと同じように、疲れ切ってしゃがみこんでしまった隼人は、手に細長いものを押しつけられるのを感じて、重いまぶたを上げた。それは竹の水筒だった。隼人は反射的に口へもってゆき、あっという間に中の水を飲み干してしまう。

「全部飲むな」

水筒を渡してくれた者の声を聞いたが、間に合わない。その声の主は、隼人の手から水筒を奪い返すと腰の水袋から水を足し、ほかのこどもたちに回し飲むように命じる。

のどの渇きを潤し、意識のはっきりしてきた隼人は、自分の上に影を落とした人物を見上げた。

まず他の戦奴と違い、裸足でも草履でもなく、粗末ではあるが革の沓を履いている。革の脛あて、膝上丈の筒褌。身長はそれほど高くない。なにより隼人の目を驚かせたのは、その人物の年頃が自分たちとあまり変わらない上に、腰に剣を佩いていたことだ。

隼人の育った阿古の里で目にする武器らしいものといえば、狩猟用の槍か弓矢、薪割り用の斧、祭祀に使われる短剣くらいなものだった。その短剣ですら、神事を司る巫覡たちと賢老衆しか見たり触れたりすることを許されない。工房には鋳型の木剣があったが、父親は隼人たちが狩猟具以外の武器の鋳型に触れることを禁じていた。

隼人の目は、少年の剣に釘付けになった。剣の長さは持ち主の膝下までで、里を訪れる行商の噂から想像していたものよりも短い。円筒の柄にはなんの模様も打ち出されてはおらず、握りの部分には使い古した革が巻きつけられていた。

「珍しいか」

水をくれた少年が、剣の鞘を握って隼人に声をかけた。太陽を背にしているために、少年の顔は陰になってはっきりとは見えない。

少年が身に着けた革の胴巻きや籠手は、ひどくくたびれ、ところどころすり切れている。額の鉢巻も薄汚れ、もとの色すらわからなかった。だが、剣を佩いているということは、山里育ちの隼人が噂でしか聞いたことのないひとびと——邦の祀主であり、久慈の四神の末裔とされる日留座と、その血族である御子といった、貴人に近い身分であると推察される。日留座に連なる貴人の姿など見たことのない隼人にとって、少年の具足と傲慢な物言いは、充分『高貴』に映った。

「おまえ、ツクシのミコさまか」

もしこの人物が津櫛の御子ならば、と、隼人は腹の底からのど元までこみ上げてくる怒りに、自分より三、四歳年上と思われる少年をにらみつけた。

少年はフッと嘲笑混じりの息を吐いた。

「おれは剣奴だ」

聞いたことのない言葉に、隼人が少年に抱えていた敵愾心が一瞬だが薄れる。うしろでぼんやりしている史人にかすれた声で訊ねた。

「ケンドってなんだ。戦奴とちがうのか」

数えで十四歳になる史人は、疲労と恐怖で丸く見開かれた眼をこすりながら、ぶつぶつと口の中でつぶやき始めた。

「剣を佩く戦奴を剣奴と呼ぶ。あるいは捕虜にされた兵が、剣奴に落とされる」

史人の答に、隼人はまわりのこどもたちと顔を見合わせた。その優れた記憶力によって里の神子に選ばれ、巫覡の宮に弟子入りした史人は、隼人たちの知らないことをたくさん知っている。

人間が集まって里や邑ができれば、上下の関係や階級が定まってくる。阿古の里で一番高い権威を持つのは、里の祭祀を行う巫や巫覡で、次が隼人の父や兄などの工人だ。

阿古には巫のほかには貴人がいないために、里の掟や行事は、工人たちが集まって取り決める。その下に、工人たちの口を養うために山間の田畑を耕す農奴がいる。

さらに山奥には、獣肉を獲る狩人、果樹や堅果を採集する山人の里があり、時おり阿古の里に下りてきて適当な道具や穀物と交換していった。山奥の住民は阿古の里から昇る煙を見たはずだ。異変に気づいて、豊の日留座に知らせてくれるだろうか。

諸邦の大郷でもっとも尊いのは、久慈四神の子孫であり、かつ邦の祭祀長である日留座だ。そして日留座の宗子とその兄弟姉妹は、特に「御子」と呼ばれて敬われる。代々の日留座に連なる親族を貴人とし、貴人の女子は日留座の宮に仕える巫女となるか、あるいは貴人の妻となる。男子の貴人は神に仕える覡となる道を選ぶか、または武器をとる兵となる。

それは豊邦の大郷から遠く離れた阿古の里に育った隼人でさえ、知識としてはいつの間にか学んでいたことだ。しかし、戦奴だの剣奴だのという仕事や階級が存在することを知ったのも、隼人がその目で見たのも、この夜襲が初めてであった。

隼人に興味をなくしたのか、他のこどもたちに視線を移した少年剣奴の顔に陽が当たる。両眼の下、日焼けした頬骨の上に二本ずつ彫り込まれた鎌形の刺青がはっきりと見えた。他の戦奴には頬の上に一本ずつあるだけだ。刺青の数は戦奴隷の階級を示すのだろうか。隼人はあごをぐっと上げて、ふたたび少年に話しかけた。

「おまえの名は？」

針のように細く切れ上がったまぶたの隙間から、黒い瞳が鋭く隼人を見おろした。

「知ってどうする」

小柄で声もそれほど低くなく、ひげもなくつるりとした頬はまだ少しふっくらとしているにもかかわらず、隼人たちの里を襲った男たちと同様に冷たい瞳だった。

この少年が、かつては貴人から選ばれるという兵であり、いまは戦奴隷に落とされた剣奴であるというのなら、髪型もみずらを結わぬ童形であるのにかかわらず、ほかの戦奴よりもよい身なりで、人を見下した態度にも説明がつく。

冷酷な目つきのこの剣奴が、逃げ惑う里のひとびとを追い詰め、手にかけたのだと、隼人は先ほど感じた怒りよりもさらに激しい衝動に、めまいと吐き気さえ覚えた。

隼人の胸中の嵐を無視するように、休憩は短く切り上げられた。捕虜の少年たちは、先を急ぐ戦奴たちに追い立てられる。

「止まれっ」

新緑の森に近づくころ、それまで後尾を歩いていた剣奴の少年が唐突に叫び、飛ぶように走りだした。

「槍を構えろっ」

戦奴たちに戦闘態勢を命じながら、隼人たちを追い越してゆく剣奴の背には、不釣り合いな長い靫（ゆぎ）が上下に揺れる。その後を槍と短い弓を抱えた戦奴が追いかけていった。

童形にして剣を佩くだけでなく、おとなに命令し武器を運ばせる津櫛の剣奴。豊邦の山間の里で戦など知らずに数えで十三まで育った隼人が、これまで会ったことも想像したこともない人間だった。

剣奴の少年は、行列の先頭に追いついた瞬間、剣を抜き放った。磨き上げられた金銅色の刃が陽光を弾き返したと同時に、乾いた枝の折れるような鋭い音が、隼人たちの耳を裂いた。剣奴の少年がすさまじい速さで、飛来した矢を剣で叩き折ったのだ。八人の戦奴は、捕虜を囲んで槍を構え、矢の雨に備える。

「地面に伏せろっ。体を丸めて、頭をかばえっ」

剣奴の叫びが、自分たちに向けられた命令だと気づいた捕虜たちは、あわてて地べたに這いつくばった。首に結わえられた縄のために、ほかのこどもたちに引きずられるようにして隼人も四つん這いになる。しかし、頭を抱えたところで、体に矢が当たればそれまでだ。そう考えた隼人は地面に伏せたものの、顔は上げて剣奴の少年の姿を追った。

矢が狙っているのは剣奴の少年と戦奴たちだけで、こどもたちは狙われていない。ということは、阿古が襲撃されたことを知った豊邦の日留座が、捕虜になった隼人たちを助けるために兵を出したのかと胸が躍った。

雄叫びを上げながら、行く手の森の奥から二十人を超える襲撃者たちが躍り出た。

そばの戦奴に剣を預け、弓を受け取った少年剣奴は、立て続けに三本の矢を放つ。あっという間に三人を沈めた。長い弧を描くふつうの弓よりも短く、瓢箪を半分に割ったような奇妙な形の弓から放たれる短い矢は、おそろしい速さで直線に飛び、鏃の頭が胸から背中まで貫通する威力を持っていた。

少年は剣を持ち直すと、襲いかかってくる賊の群れへと駆けだした。突き出される槍をかわし、低い背をさらにかがめて相手の懐に飛び込み、短い銅剣を横に薙ぎ払って走り抜けた。一瞬にして腹をぱっくりと裂かれた賊は、槍を放りだし、血の噴き出す傷口からはみだしてくる中身を両手で押し戻そうとする。

次の賊が突き出す槍を背を反らしてよけ、肩をかすめた槍穂の継ぎ目を左手でつかんで引き寄せる。槍をはなせずに前につんのめった賊のあごを、すかさず斜めに蹴り上げた。悲鳴が上がり、賊は割られたあごを押さえてうずくまった。その蹴りたおした男を踏み台にして跳躍し、自分の全体重を剣にのせて次の賊の首筋に叩きつける。頸動脈からほとばしる血しぶきが降りかかる前に、剣奴は地面に着地した瞬間には次の獲物を求めて走り出していた。

「強ぇ」

隼人のとなりで、やはり顔を上げてようすをうかがっていたサザキがつぶやいた。

サザキの背丈は剣奴の少年よりも高く、里の力仕事で鍛えられた肩や胸は成人なみに厚い。しかし、武器を持ったことのないサザキは、剣奴の少年の闘いぶりにただ唖然とするばかりだ。

「ありゃ鬼だ」

「鬼の童だ」

うしろでも前でも、驚愕に震えるささやきが交わされた。隼人は剣奴の少年の動きを目で追うのに精一杯で、かれらに同調している余裕はなかった。

剣奴の少年は旋回を続ける燕のように鋭く切れのある動きで、賊の腹や首を斬り裂いてゆく。そのたびに宙空に飛び散る鮮血が、大小無数の弧を描いた。

戦奴と襲撃者の、怒号と悲鳴、武器を打ち合わせる音が、耳を聾する。津櫛の戦奴の倍はいたはずの襲撃者がすべてたおされるのに、それほど時間はかからなかった。

血臭に満ちた空気に、興奮の醒めぬ津櫛の戦奴たちは、賊の屍を漁って武器や防具、価値のありそうな護符を奪いだした。

「サザキよぅ。おれら、もうずっと奴隷なんかなぁ」

助けが来たと思ったものの、束の間で終わってしまった希望に、うしろで泣き声が上がる。落胆するこどもたちを、サザキが小声で励ますのが、隼人の耳に聞こえた。

「やられたやつら、豊の兵とは帯や鉢巻が違う。豊の民みたいにみずらも結ってなかった。助けじゃなくて、ただのひとさらいだったのかもしれないしさ」

サザキの冷静な観察眼に、こどもたちは失望に顔を曇らせ、不確かな安堵にため息をついた。隼人だけは、どっちにしても奴婢にされるんじゃないか、と奥歯を嚙んだ。

今まで里にいた農奴のこどもたちと、同じ身分になるのだ。そういえば、かれらはどうなったのだろう。里の外縁に住んでいた農奴たちは、まっさきに襲撃に遭ったはずだ。

「津櫛邦に着く前に逃げ出して、豊邦へ戻れたら助かるかもなぁ。でも、豊邦の日留座様が弱くなって、おれらを守れなくなったから、里が襲われたんだろ」

　サザキが途方に暮れた声でつぶやいた。

「武器があって、あいつくらい強けりゃ、逃げ切れるかもしれないけど。でも、どこへ逃げていいのか」

　ため息をついて愚痴をこぼす。このこどもばかりの虜囚団では最年長の自覚から、ササザキはずっとみなを励ましてきた。が、さすがにおとなたちが命を奪い合う恐ろしい光景を目の当たりにして、どうしようもなく声が震えていた。しかも、その中心で返り血を浴びて鬼のように戦ったのが、自分とあまり変わらない年頃の少年なのだ。

　怯える捕虜をよそに、剣奴の少年は弓持ちの戦奴とともに死者の服装を検める。賊の矢を拾い上げ、屍の衣で鏃の血をふき取って部下の戦奴に見せた。

「これを見ろ。鉄だ。槍の穂はすべて青銅のようだが、穂先の型がまちまちで、同じ工房で作られたものはない」

　弓持ちの戦奴は、集められた武器の形を確認してうなずく。衣服や金属製の武器に統一性がないのは、かれらが決まった工房を持つ部族の戦奴ではなく、戦死者から武器を拾い集めて武装した、寄せ集めの盗賊であることを示している。

「豊邦の戦奴ではありません」

「倭人の奴隷狩りが、こんな山奥まで来るようになったのか」

　少年剣奴の声に、嫌悪の響きがあった。

「下っ端の戦奴に守られたこどもの捕虜なら、横盗りも楽だと思ったのでしょうな。あごから首にかけて鱗の刺青があるところを見ると、南海倭族の一派かと」

「海賊どもが。鰐が陸に上がるとこうなる」

少年は、足元に転がる死骸の頭をつま先で蹴りつける。竹の水筒に口をつけてうがいをし、砂埃の混じった唾とともに吐き捨てた。

「急ごう。腹が減った」

無表情にそう言うと、返り血を浴びたこともさして気にならないようすで、銅剣についた血糊を賊の衣でぬぐい、二人の戦奴に自分の矢の回収を命じた。

運ばれてきた剣奴の鏃を眼にした隼人は、息を呑んだ。

そのかすかな風笛のような音に、剣奴の少年がふりむく。無感動なきつい眦、切れ込んだ細い両眼が隼人に向けられる。隼人の脇にじっとりとした汗が流れた。矢を受け取った少年が近づいてきて、赤く汚れた鏃を隼人の貫頭衣の裾で拭いた。

「これに見覚えがあるか」

少年の唇の片端が、わずかに上がった。

見覚えどころか、隼人の父が造った鏃だ。隼人の父は、冶金工芸の盛んな豊邦では名の知れた工人で、腕の良い冶金師だ。特にかれが鋳造した鏃はよく飛び、よく貫くともてはやされていた。

隼人は声が震えないように、拳を握りしめた。

「その鏃を造った工人を、殺したのか」

隼人の押し殺した声と、激しさを込めた眼差しに、剣奴の少年は口をまっすぐ横に引いてわずかに目尻を下げる。

「工人は殺さない」

隼人は止めていた息をそっと吐いた。隼人の安堵を冷笑するかのように、少年が付け加える。

「歯向かってこないかぎりはな」

そのひと言に、工房を守ろうとして、目前の剣奴に切り下げられる父や兄の姿が隼人のまぶたに浮かんだ。熱い塊がのど元にこみ上げ、目の前が赤く染まる。

「よくも、とうさんをっ。このやろうっ」

怒りの衝動に駆られた隼人は叫び、剣奴の少年に跳びかかった。こどもたちの悲鳴があがる。

隼人の拳は剣奴には届かなかった。捕虜たちの首をつなげていた縄がかれの動きを阻み、隼人は縄につながれていたほかのこどもたちの重みに地面に引き戻された。急な動きで自分の首が絞まり、縄をゆるめようと激しくもがくものの、爪が皮膚をえぐるだけで、縄と首の間に指をいれることもできない。

呼吸ができず視界が白くなり、意識が飛びそうになったとき、肩を突き飛ばされ、仰向けに地面に叩きつけられた。なにが起きたのかもわからないうちに、首筋に焼けるような痛みが走り、新鮮な空気がのどから胸郭の奥へと一気に流れ込む。

隼人は激しく喘ぎ咳き込みながら、涙でゆがんだ視界を染める蒼い空と、その空を背景に自分の右肩を踏みつけて立つ黒い人影を見上げた。視界の端、ひりひりと痛む首の真横で、地面に突き立てられた銅剣の刃が陽光を反射している。

銅剣がじゃり、という音を立てて引き抜かれ、剣奴は隼人の肩から足をおろした。

隼人が首に手をやると、縄は切り落とされていた。浅い切り傷から滴る血が、指先にぬるりとまとわりつく。

「奴隷の首縄は、暴れると絞まるようになっている。くくり罠と同じだ。自分でほどくことはできない」

剣奴の少年の冷淡な警告は、隼人だけでなく周囲の虜囚たちにも向けられていた。隼人はかすれた声で絞り出すように叫んだ。

「とうさんの鏃を返せっ。この人殺しっ」

首縄から自由になった隼人は、左手に触れた石を握りこんで、剣奴の膝めがけて殴りかかった。

剣奴の少年の動きが速かったのか、窒息しかけていた隼人の動きが緩慢だったのか。

隼人の攻撃はあっさりかわされた。剣の腹で拳を打たれ、握りしめていた石を叩き落とされる。

なおも抵抗しようとする隼人に、剣奴の弓持ちをしていた戦奴が槍をふり上げた。なすすべもなく傍観していたこどもたちのなかで、戦奴の殺意を感じ取った史人が、起き上がろうとする隼人をかばう。

「隼人のとうさんは生きている。こんなところで殺されたら無駄死にだ」

普段はおとなしく消極的な史人の、必死の行動に我に返った隼人だが、史人はたちまち戦奴に蹴飛ばされた。別の列にいたサザキが、史人と隼人の名を叫び、こちらへ手を伸ばしたが、かれの首も縄で括(くく)られているために、かばうどころか手も届かない。

至近距離からおのれに向けられた槍をよけることもできず、隼人は目をつぶった。

槍先が胸を貫く痛みを覚悟した隼人だが、周囲のざわめきのほかにはなにも感じられない。そっと目を見開くと、剣奴の少年が槍をふり上げた戦奴の腕を押さえていた。

「剣奴に逆らったのですよ。掟どおり、殺さなくていいのですか」

困惑して問いかける年上の戦奴に、少年は淡々と答える。

「邑に着くまでは、捕虜は掟の埒外(らちがい)だ。勝手に殺したら、おれたちが責められる」

不満そうに槍をおろす戦奴に、剣奴の少年は捕虜の首縄をつなぎ直すことを命じた。隼人の縄を切ってしまっただけでなく、隼人の動きに巻き込まれて、前後にいたこどもたちの首縄もきつくなってしまったからだ。

ふたたび隼人ににじり寄った史人が、自分の衣の裾を裂いて、隼人の首を濡らす血をぬぐい、止血のために首に巻いた。

「短気を起こしたらだめだ。隼人」

「でも、あいつがとうさんの鏃を……」

声をつまらせて訴える隼人に、史人は根気強く言い聞かせる。

「隼人の縄はとても固く締まっていたんだ。あと少しでもあの剣奴の縄を切るのが遅れたり、剣をふりおろす手元が狂っていたら、隼人は助からなかったろう」

命を救われたからといって、父の鏃を奪い里を焼き払った相手に感謝などできるはずがない。しかし、仲間たちに及ぼす災難を思えば、それ以上はなにも言えなかった。史人の必死の説得に、隼人は身内に燻(くす)ぶる怒りを強いて押し殺し、戦奴のかける縄をおとなしく首に受けた。

捕虜たちのようすを見回り終えた剣奴の少年が、隼人の前で立ち止まった。緊張で身を硬くする隼人を、少年は冷然と見下ろして尋ねた。

「おまえの名は」

隼人は一瞬だけためらったものの、まっすぐ少年の目を見上げて名乗った。

「隼人」

剣奴の少年は、細目で隼人と周囲のこどもたちを見比べた。

隼人の心臓が早鐘を打つ。色白で面長の阿古のこどもたちと異なり、浅黒い肌、丸顔で彫りの深い目鼻立ちの隼人は、こうした他郷者の反応には慣れていたが、毛色の違う隼人をかばってくれる両親や兄のいないこの場では、どんな扱いを受けるか予測がつかない。

隼人に視線を戻した少年剣奴は、空を仰いで虚空を舞う影を指さした。
地上を満たす血の匂いに誘われた猛禽が翼を広げ、ぬけるように高い空を旋回している。

「ハヤブサの隼人か」

それまで単調で冷淡であった剣奴の声音に、かすかな興味がにじんでいた。少年は返答をためらう隼人のようすを気にも留めず、右手を自分の胸まで上げ、ひどく素晴らしいことを宣言するように、息を吸い込んだ。

「おれはタカシだ」

そして、ふたたび空を見上げた。

「オオタカの鷹士」

幼い阿古の捕虜たちが目的地に着いたのは、日も暮れかかったころだった。
阿古の里よりも数倍の大きさの、谷を背にしたせまい平地の邑は、不気味なものにぐるりと囲まれていた。

「なんだ、あれ」

こどもたちのひとりが怯えた声でつぶやいたが、誰も答えられない。
先を尖らせた丸太の先端を、外側に向けて地面に斜めに突き立て、柵で支えて並べたそれが、逆茂木と呼ばれる防壁だと知るこどもは、阿古の里にはいなかった。

邑の入り口には櫓があり、二人の戦奴が周囲の山野を見張っていた。櫓の四隅には青く細い旗が風になびいている。

丸太を筏のように並べた厚い門は、行列が近づくと内側から重たげにゆっくりと開いた。おとなが五人がかりで開けた門は、一行が中に入ると閉ざされた。

邑の入り口には篝火が焚かれ、円く掘り下げた地面の上に、藁を葺いた屋根をかぶせた伏屋型の住居が、等間隔に並んでいた。

こどもたちは門の内側に入るなり、糸の切れた人形のようにつぎつぎに地面に崩れ落ちた。

固まって座り込むこどもたちの前に、十人の宮奴を従え、白と赤の衣をまとった女性が近づいてきた。こどもたちは口をあんぐりと開けたまま、目の前に立つ華やかな女性と、奥の郭で貴人に仕える小ぎれいな宮奴たちを見上げる。

女性は胸に青玉と赤玉を交互につらねた首飾りを下げ、腰の帯には手のひらに収まるほどの円い銅鏡を赤い紐で結わえつけていた。浅緑の細長い比礼を肩からかけ、かかと丈の腰巻きの上に、大きな襞をとった膝までの赤い裳を重ねている。前髪は茜色の長鉢巻で押さえられ、背中に流れる艶やかな黒髪は膝まで届く。前で衿を重ね合わせる袖の長い袷衣は、床の高い建物に住む貴人が着るものだ。

色彩を贅沢にまとった貴人の姿を初めて目にした小さなこどもたちは、その鮮血を思わせる赤裳の鮮やかさに呆然と魅せられた。

「薬女さま。おそくなりました」

鷹士が膝をつき、両手を地面につけて顔を伏せる。戦奴たちも同じように地べたに這いつくばって礼をした。

「おかえり、鷹士。こどもたちの怪我は」

ほどよく落ち着いた高めの声は、二十代にさしかかった年頃と思われた。

「軽い怪我をしたものが数人います」

「では手当てをさせましょう。縄をほどきなさい」

水を張った盥が運ばれ、宮奴の女たちがこどもたちの足を洗い始めた。傷に入り込んだ砂利を取り除かれる痛みに暴れ、両手両足を押さえつけられて泣き叫ぶ子もいる。

薬女はひとりひとりを診たのち、薬草を煮だした湯に傷口を浸すよう指示する。隼人の首の傷も、白く滑らかな指であごを持ち上げられ、念入りに状態を診られたのち、控えていた宮奴に、刀創に使う薬の指示が出された。

化膿止めの薬湯は傷に沁みたが、隼人は声を出さないよう歯を食いしばる。それが終わると、こどもたちは順番に軟膏をのばした布を傷口にあてられ、包帯を巻かれた。

「やけどを負ったものが五人います。やけど用の軟膏を調合しましょう。鷹士、あとで薬房にとりにきなさい」

鷹士は両手を顔の前で組んで頭を下げ、立ち去る薬女の背を目で追ったあと、こどもたちに立ち上がるように命じる。

それからこどもたちは炊き場へ連れて行かれた。炊き場の雑奴から、粟と細かく刻んだ青菜、塩漬けの蕨と豆の入った粥汁をひと椀ずつ渡される。こどもたちはふうふうと湯気を吹きながら、その日ようやくありついた食事を、小さく縮んでしまった胃に流し込んだ。

食事を終えるとすぐに、邑の外縁に近い藁屋根の伏屋に詰め込まれた。かれらを案内した戦奴は、黄色い歯をむきだして笑いながら脅した。

「さっさと寝るんだ。明日から仕事がたくさんあるんだからな」

床に敷かれた藁の筵の上に身を寄せ合いながら、こどもたちは不安そうに闇を透かして、閉ざされた入り口を見つめた。

「ここが津櫛邦か」

隼人が誰に訊くともなくつぶやいたが、答えられるものはいない。

「逃げられないかな」

独り言のようにつぶやきながら、隼人は戸口に這って行った。粗末な板戸を背中で押してみたが、びくともしない。

「この邑の周りに張りめぐらされていた、尖った木の柵を見たろ。逃げようとしても、あれをよじのぼってる間に矢を射かけられるのがおちだよ」

サザキが突き放すように言い終わると同時に、誰かがくしゃみをし、洟をすすり上げた。小さな子が親や子守姉を呼びながら泣き出す。

天井の中心にある煙出しの小さな穴から、昇り始めた月の光が一条、射し込んできた。幼いものはうつらうつらし始めている。得体の知れない焦燥に駆られた隼人は、勢いをつけて背中を板戸にごんごんとぶつけてみた。

その戸が突然、外へ向かって開かれた。隼人は背中を戸に打ちつけていた勢いのままに倒れて、頭を打つ。

月明かりの下に、仰向けにひっくり返ったまぬけな姿をさらす隼人を、冷たく見おろしているのは剣奴の少年だ。昼間の返り血に汚れた服のまま足を広げて立っている姿は、伝説に聞く鬼の童のようであった。

「邪魔だ、どけ」

呆然としている隼人の肩を、鷹士はつま先で小突いた。硬いものが肩に当たり、軽く突かれただけなのに鋭い痛みが走った。昼間、鷹士に踏みつけられたことや、その沓で蹴られてあごを砕かれた賊のことを思い出し、隼人は屋内に引っ込んだ。鷹士が顔だけを入り口からのぞかせて、こどもたちに呼びかけた。

「やけどしたものだけ外に出ろ」

五人のこどもたちがぞろぞろと外に出て、戸の周りに座り込んだ。屋内に残されたこどもたちは、積み上げられた瓜のように戸の枠に顔を並べて外のようすをうかがう。

鷹士はやけどをしたこどもの前にあぐらをかき、無言で手当てを進める。その鷹士に、隼人は思い切って質問を浴びせた。

「ここは津櫛の大郷か」

サザキが衣の裾を引いて止めようとするのも意に介さず、隼人はさらに前に出た。

「おれたちのとうさんやかあさんはどこいったんだよ。おれの妹は生きてんのか」

鷹士の無反応さに隼人の気が高ぶってきた。声が大きくなる。

「おれたちの里で何人殺したんだ」

無謀な隼人の挑戦を止めようと、サザキが隼人の肩をつかんで奥へ引きずり込む。

手当てを終えた鷹士は立ち上がった。戸を閉じるため、顔を出していたこどもたちを押し戻そうとしたが、サザキの手をふり切った隼人が戸を押し返した。

「ずっとこん中にいろってのか。臭いもん出たらどうすんだよ」

鷹士は手を止めて、少し考えたようだった。

「あとで戦奴をよこす」

短く応え、隼人には押し返せない力で戸を閉め、つっかえ棒をして行ってしまった。

サザキが苛立った声を上げながら、隼人の肩を揺さぶった。

「なんであんな生意気な口をきくんだ。殺されるぞ」

なぜと訊かれても、隼人には説明できなかった。鷹士が怖いのは隼人も同じだが、かれの持っていた父の鏃が忘れられない。史人は隼人の父親は生きていると言ったが、確かめるすべはない。隼人は込み上げる涙を我慢するために深く息を吸い込み、吐き出してから別のことを答えた。

「あいつの沓には、なんか硬くて尖ったものが仕込んであるんだ。だから蹴られたやつが一発でたおされちまったんだな。蹴られないように気をつけろよ」

隼人に念を押されなくても、鷹士の足の届く範囲に行きたいと思うものはいなかった。

沓を履くのは、板の床を張った家に住む貴人や巫覡くらいなものだと、隼人はこれまで思っていた。史人が神子の務めで宮室を出入りするときは、泥が入らないように外で沓を履くが、隼人たちと遊ぶときは裸足だ。

木と布で作られた巫覡や神子の沓では走ることはできないが、鷹士の革沓はぴったりとかかとまで包み込む上に、武器まで仕込まれている。鷹士のような少年にまで、誰かと戦うための備えを身に着けさせている津櫛邦というのは、いったいどういうところなのだろう。

隼人は想像できないまま、ぶるりと身を震わせた。

少しして、戦奴のひとりがこどもたちを外縁の側溝に連れて行って用を足させた。

月は中天に昇り、天の川がいつもと同じように輝いている。見上げる夜空はいつも通りなのに、地上では居場所を奪われたこどもたちが、落ちた星のように、心細く寄り添っている。

伏屋に戻されたかれらは、疲れきった体を地面に横たえると、瞬く間に眠りに落ちてゆく。隼人も横になってまぶたを閉じたが、闇の中で睡魔を払う風に名を呼ばれた気がして、肘をついて上体を起こした。

かたわらにひとの気配がする。誰かの温かく乾いた手が、隼人の首の傷に触れていた。煙出しの穴から差し込む、かすかな月の光に浮かぶ姿は史人であったが、まぶたは閉じられ、弛緩した頬も口元も眠っているようにしか見えない。

隼人の首を撫でる手つきも、無理に操られ、動かされているかのようなぎこちなさだ。

「史人……じゃ、ない。影すだま、だな」

神子として修行を始めて間もない史人に、ときおり起こる現象であった。

魑魅とは、山林の精が凝った物の怪であるとも、体からさまよい出た人の魂魄であるともされている。祭りや卜占のときには憑坐として神霊を降ろす役割を務める史人だが、ときに神ではないモノの霊にも憑依されてしまうことがある。

得体のしれない魑魅にとり憑かれたら、修行を積んだ霊力のある巫に祓ってもらわなければならない。しかし、隼人は落ち着いて史人の手首を押し上げ、史人の体を動かしているモノに話しかけた。

「たいした傷じゃない。いちいち見にくるなよ」

史人はかすかに首をふって、目を閉じたまま顔をゆがめ、片手を胸に当ててかすれた声でささやいた。

「ここも、ひどく痛む。ときどき、息も、できないくらいに」

風穴の彼方から聞こえてくるかのような影すだまの声は、史人のものではない。むしろ隼人自身の声に近かった。隼人はつぶやき声で応える。

「里が焼かれて、たくさん殺された。妹が連れていかれて、とうさんやかあさんたちがどうなったかも、わからない」

言葉にしてしまったために、昨夜の襲撃と燃え落ちる里の光景と、この日剣奴に踏みつけられて味わった屈辱がよみがえる。隼人は胸の張り裂けそうな痛みに顔をしかめた。こみ上げる嗚咽をこらえる。

史人が手を伸ばし、手のひらを隼人の胸に当てた。そして、隼人とよく似た声で、なにか低くつぶやいた。史人の手に吸い取られるように、胸と首の痛みが薄れてゆく。

隼人の胸のつかえが楽になると、史人が深い溜息をもらすのが聞こえた。そのまま体を横たえる気配を感じる。

影すだまの気配が薄れてゆき、伏屋の空気中に残ったのは、史人やこどもたちの寝息だけとなった。

隼人が耐え難い痛みを受けるたびに現れては、その痛みを吸い取ってゆく影すだまの存在を最初に感じたのは、六歳を過ぎたころだ。

誰の思いつきだったのか、作物を荒らす猪をこどもたちだけで捕まえようという、無謀なたくらみに加わったときのことだった。他郷からのもらわれ子であることと、情動が不安定で気が昂ぶると泣き出してしまう性質のために、ほかのこどもたちから侮られやすかった隼人は、こうした勇気を試される誘いを断れなかった。

本来はウサギを捕まえるためのくくり罠に猪がかかったことに、こどもたちは興奮した。まだ牙の生えたての若猪であったから、おとなに頼らずとも捕まえられると年長のこどもが判断した。結果、細縄を引きちぎった手負いの猪に追われて、隼人を含め数人のこどもたちが大けがをしてしまう里の大事件となった。

その夜、麻布でほぼ全身をぐるぐる巻きにされた隼人が、動くこともできず伏屋の片隅で横になっていると、彼の足もとにわだかまる影があった。やわやわとした得体のしれないものに怯えた隼人は、その影がゆっくりと身を起こして、猪の牙に抉られたふくらはぎを撫でていくのをじっと見ているしかなかった。

影が撫でたところから、一日中隼人を苦しめたずきずきする痛みが引いてゆく。猪から逃れたときに、木の根につまずきたおれて岩に打ちつけた顔や太腿、谷を転げ落ちてゆくときに枝で傷つけた肩と背中、岩盤に着地しそうになって手をつき捻挫した手首を、影はゆっくりと撫でていった。

痛みを吸い取られる気持ちよさに、やがて隼人は深い眠りにつくことができた。

影は、それからも隼人が大けがや大病をすると現れた。史人が神子となってからは、その口を借りて話しかけるようになり、会話らしきものもできるようになったが、その正体を訊ねて答を引き出すほどには、長居してゆくことはなかった。

隼人がこの得体のしれぬ訪問者について相談したとき、史人はこう応えた。

『穢れは感じないから、死者の霊ではないよ。意識がはかなすぎてよくわからないけど、かすかな哀しみと、祈りのようなものを残していく。遊魂の術が使える誰かが、遠くから隼人のことを見守っているんじゃないかな』

自分の生霊を飛ばせる呪力を持つ人間など、そうそういるものではない。もしかしたら、隼人の実の両親が、異能の巫覡に隼人を捜させているのではと、史人は考えた。

『里の巫様に、相談してみたらどうかな』

自分がもらい子であることを知っている隼人だ。その影すだまの正体が気にならないはずがない。しかし、隼人を訪れる影すだまは、ただ見守っているだけだ。あちらから隼人を捜しだそうとか、隼人を呼び寄せようとする意思は感じ取れない。

隼人は阿古の父母に心配をかけるからと、里の巫に話すことは断った。そして、このことは誰にも口外しないようにと史人に頼んだのだ。

第二章　戦奴の城邑

——大地が唸るような、それでいて母の胎内を思わせる遠いざわめきが、絶えず寄せては返す。広すぎる場所が怖くて眠れずに泣き出すと、丸くひんやりとしたふたつの玉を両の手に持たされ、女の優しい声が子守唄を唄ってくれた。

阿古の里ではないその場所の夢を父に話すと『それはおまえのご先祖さまが海に生きていたときの記憶だよ。何代も前のことを思い出せるのは、おまえには神子のちからがあるんだろうなぁ。だけどひとには言うんじゃないぞ。神子なんぞに選ばれたら冶金師になれないからな』と笑顔で教えてくれた。

そして、その大地の唸るような音は『潮騒』というものだとも付け加えた。

その潮騒と女、蒼と碧のふたつの玉が、自分の記憶ではなく先祖のものだという説明が真実ではないことを直感しつつも、隼人は父の言葉を信じることにした。

隼人は、大好きな父や兄と同じ、冶金師になると心に決めていたのだから——

異郷の邑で目を覚ました隼人は、両手で顔を覆った。まぶたの下に溜まっていた涙をこすりとり、見慣れない煤けた天井を見上げる。

夜半の訪問者と明け方の夢は、封印された過去と、身元の知れない自分を引き取り、兄妹と分け隔てなく育ててくれた父母への思慕を掘り起こす。しかし、感傷に浸る間もなく、伏屋の扉が開かれ、戦奴の怒鳴り声が捕虜のこどもたちを叩き起こした。

隼人たちは少人数ごとに分けられ、邑の仕事を割り当てられた。年下のこどもたちと水運びを命じられた隼人は、邑の谷側に引かれた用水路へ水瓶を背負って行った。

広場へさしかかると、突然、土煙と怒号とともに人間が隼人たちのほうへ飛ばされてきた。勢いが止まり、抱えこんでいた剣を右手に立ち上がったのは、昨日の少年剣奴、鷹士だ。驚いて立ちすくむ隼人たちに注意を払うこともせず、ふたたび広場に駆け戻り、先ほどかれを蹴り飛ばしたらしい相手に向かっていった。

銅剣を手に籠手から胴巻き、脛あてなど完全装備で鍛錬をしているのは、十人の男たち。剣の刃には革を巻いてあるが、まともに当たれば無事ではいられないことくらい、隼人にもわかる。

打ち込まれる剣をかわしたり、受け流したりするときにできる、わずかな隙を狙って繰り出される蹴りや突きを、腕の防具で受け止めるたびに、体重の軽い鷹士は簡単に弾き飛ばされてしまう。

昨日の賊の襲撃が、こどものつたない喧嘩に思えてくるほどの厳しい訓練だった。

立ち止まって剣奴たちの訓練を見物していると、隼人たちに仕事を割り当てたむさ苦しいひげの戦奴が追いついてきて怒鳴りつけた。

隼人は水瓶の重さにゆっくりと足を運びながら、ひげづらの戦奴にかれらも剣奴かと訊(たず)ねる。戦奴は馬鹿げた質問だというように、鼻を鳴らしてそうだと答えた。

「剣奴と戦奴ってどう違うんだ」

「戦奴でもうんと強いやつが剣奴に選ばれるのさ。年にいちど、腕に覚えのある戦奴が津櫛の日留座(ひるのくら)様の前で戦う。それで最後まで勝ち残ったら剣奴になれるんだ」

「あの、鷹士ってやつも最後まで勝ち残ったのか？」

隼人は驚いて訊(き)き返した。あんなにポンポン投げ飛ばされているのに、何人の剣奴候補を負かしたというのだろう。

「鷹士は特別だ。あいつは生まれ落ちたときから剣奴だよ。母親が剣奴だったからな。歩き始めたときには、もう剣を握っていたって話だ」

「女の剣奴？」

隼人は思わず驚きの声を上げた。

「海の向こうの、カラって国から来た戦族の女だって話だ。実際、鷹士があんな小さい体でもおとなと互角に戦えるのは、母親から剣技や体技を習ったかららしい」

隼人は噂好きらしい戦奴の赤い鼻を見上げた。白い筋が交じる、ぼさぼさの髪は何年も櫛(くし)を通したようすはなく、近づくと虱(しらみ)をうつされそうで隼人は少し離れて歩いた。

「ここは津櫛邦なんだろ」

「ああ、その東の端っこの戦奴邑だ」

ひげづらの戦奴は音を立てて洟(はな)をかみ、手についた鼻水を手近の木の幹にこすりつけて、そう答えた。そして、炊き場の八つの大甕が全部いっぱいになるまで水を運び続けるようにと、念を押して走り去った。

工房で使う鋳型用の石や砂を運ぶ仕事を手伝っていた隼人でさえ、水の入った水瓶の重さと、肩に食い込む縄の痛みは耐えがたい。年下のこどもたちはいちどに運べる水の量が少なく、炊き場の大甕をすべて満たすのに正午までかかった。

午後は腕が上がらなくなるまで藁を叩かされ、手の皮がむけるまで縄を綯う仕事をやらされた。それは隼人のいた里では、農奴の仕事だった。

夜になって、こどもたちはそれぞれ集めてきた情報を交換しあった。

「ここは、戦奴の邑だそうだ」

最年長のサザキが口を切る。

「じゃ、おれたちは戦奴にされちまうのか」

暗がりから問い返す声がする。

「いや、やつらはおれらを雑奴と呼んでた」

「ひえ、農奴よりも下じゃねぇか」

年長のひとりが吐き捨てた。農奴はまだ自分たちの家や道具を持てるが、雑奴はなに一つ所有することはない。ただその日に口に入れる食べ物を乞うために、農奴ですら避ける仕事を黙々とこなすのだ。

さらに、邑の北に内柵で囲まれた、奥の郭近くの仕事を割り当てられたこどもたちが、昨夜の薬女（くすめ）がここの邑首（むらおびと）の娘で、津櫛では名の知れた医薬の師であることも話した。

身分の高い女性であるが、自ら病人のもとへ足を運び、重傷の戦奴の傷にも触れて治療をするというので、邑びとや近隣の里びとたちからも篤（あつ）く敬われているという。

史人はひどく疲れたようすで、こどもたちの情報交換に興味を示すことなく、早々に横になる。

隼人は史人の枕元によって、声をかけた。

「戦奴に殴られたって、聞いたけど。痛むのか」

史人は首を弱く横にふって、背中を丸めて膝（ひざ）を抱えるようにして眼を閉じた。

同じ土砂運びの仕事を割り当てられた仲間の言うことには、なかなか新しい仕事が呑（の）み込めないのが殴られた理由だという。

史人は動きが遅く手先が不器用で、体を使う仕事は苦手なのだ。しかも、ひとの多い場所が嫌いで、巫覡（ふげき）の見習いなのにひとびとの群れ騒ぐ祭りが嫌いだった。教えられたことを記憶することしか能のない子と、里のおとなたちに噂されていた史人に、荒くれ男たちがつねに争い騒いでいるこの邑で、つらい力仕事が続けられるとは思えない。

このままでは史人はいびり殺されかねないと、隼人は心配になる。せめて、影すだまのようにあざを撫（な）でるだけで、史人の痛みを吸い取れたらいいのにと思う。

「隼人、寝かしてやれよ」

やるせなく史人のそばから離れずにいる隼人の肩を、サザキがポンと叩いた。

「おれらだって、史人がやられるのを黙って見ていたわけじゃない。余裕のあるやつが史人を手伝ったり、史人に目をつけてる戦奴が来たら、見つからないようにみんなで囲んだりはしているんだ。うまくいかないときの方が、多かったけどさ」

サザキも、頬や腿に青あざを作っている。理由を訊いても教えてはくれなかったが、史人を庇って打たれたのだろうか。

「おれ、何の役にも立てなくて」

隼人は高ぶる感情を押さえつけるのに精いっぱいで、それ以上言葉が出てこない。

「あいつらの方がおとなで強い。おれたちはなんの力もないガキなんだから、仕方がない。しかも隼人はすぐムキになるから、おれたちといたところで騒ぎを大きくするばかりだ。もっと背が伸びてあいつらに対抗できるようになるまでは、我慢しろ」

こどもたちは、それまでしゃべっていた誰かが口を閉ざしたとたん、つぎつぎと深い眠りに落ちてゆく。

水汲みの仕事に慣れると、空いた時間に薪を運んでおくという仕事が増やされた。日中のうちに休むことができるのは、食事の粥をのどに流し込むときだけだ。藁や麻、穀類を叩く仕事は座れるが、こどもには重すぎる杵や槌を使い続けたために、掌に肉刺ができては潰れ、肩は腫れて夜には腕を上げることもできなくなる。

午後の広場では、戦奴たちが槍術や弓の練習をしている。十四歳以上の少年たち――阿古だけでなく、近隣から連れてこられたこどもたちもいた――はこの時間に集められ、武器の手入れや基本的な構え、型などを習い始めている。さらわれてきて無理やり戦奴にされるというのに、夕食後に棒切れを槍や剣に見立てて鍛錬を始めるものもいた。十五までに戦奴に選ばれなければ、一生を雑奴のままで終わるか、農奴にされて他の邑や里へ送られてしまうからだ。

　サザキや他の年長のこどもたちはともかく、そもそも争いごとの嫌いな史人は訓練についていけず、気の荒い戦奴につらく当たられ、日に日に青アザを増やし、ますます口数が減ってゆく。

　阿古の里にいたころは、周囲と毛色の異なる隼人を気にかけ、親切にしてくれていた史人が、神子の異能の活かされないこの邑では、役立たずと罵られている。隼人はどうすることもできない自分が腹立たしかった。

　やがて、梅雨に入った。早朝の肌寒さと、昼の蒸し暑さに体調を崩すこどもたちも多く、そのしわ寄せは丈夫な年長の少年たちにくる。

　ある日の夕食どきのこと。湯気の立つ大炊き甕がいくつも並ぶ炊き場で、椀を持ったこどもたちの行列に、六人の若い戦奴が割り込んだ。

　戦奴は雑奴より先に食事をとるのが普通なのだが、邑外での仕事が長引いて、帰りが遅くなったものらしい。割り込まなくても、気の利いた年長の雑奴が声をかけて戦奴に場所を譲ればすむことだ。しかし、雑奴たちが場所を空ける前に、戦奴のひとりが史人を指さして叫んだ。

「おい、だんまりの役立たずがいるぜ」

「仕事もろくに覚えないくせに、飯は一人前に食うのか」

嘲りながら近づいてきて、史人が手に持っていた椀を取り上げ放り投げる。

自分たちよりも立場の弱い者をいたぶるのは、下っ端の戦奴にとっては娯楽であった。上位の戦奴からも見放されている史人をなぶったところで、気にかける者はいない。

史人は頭を抱えて下を向き、小突き回されてもまったく反応しない。列のうしろに並んでいた隼人は、憤慨して飛び出したが、その腕をサザキが捉えて引き戻した。

「だめだ。やつらに逆らうと、もっとひどいことになる」

「だからって、ほっとけないだろっ」

咎めるような隼人の瞳から眼を逸らし、サザキは口ごもりながら言い訳した。

「おまえは初めて見るから、わからないんだろうけど、下手にかばうと、あとでもっとひどい目に遭うのは史人なんだ。このごろじゃ、他の邑や里からきたやつらまで史人に嫌がらせをしてる。とにかく、問題を大きくしないほうがいい」

戦奴のひとりが史人を突き飛ばして転ばせ、その頭を蹴ろうとした。隼人はサザキの手をふり払って飛び出し、体を投げ出して史人をかばった。戦奴の足が隼人の顔や背中を蹴り、慌てたサザキがその戦奴の背中にとびついてうしろに引きずりたおした。

最年長のサザキが動いたことで、阿古から連れてこられたこどもたちも加わって、史人に乱暴を働こうとした戦奴たちに群がる。

炊き場は騒然となった。いつの間にか、阿古出身でないこどもたちも、つらい仕事で溜まった鬱屈や理不尽な八つ当たりに対する恨みを晴らそうと、戦奴たちに椀を投げつけたり怒鳴ったりし、年かさのものは乱闘に加わり、騒ぎは大きくなっていった。

この隙に戦奴たちから逃れようと、史人を抱えるようにして炊き場から抜け出した隼人とサザキの前に人影が立ちはだかった。

「なんの騒ぎだ」

サザキも史人も、じぶんたちと同じ年頃とは思えない威圧的な鷹士の声に、うなだれるばかりだ。業を煮やした隼人が口を開いた。

「戦奴たちが史人を理由もなく殴ったんだ」

「いつものことだろう。あいつらは自分より弱いやつらにしか威張れない」

にべもなく言ってのけると、鷹士は一歩踏み出した。手近にあった瓶を持ち上げ、乱闘中の戦奴や雑奴にいきなり水を浴びせかける。

文字通り水をさされた炊き場の騒乱は治まった。入り口に立てかけてあった槍をつかみ、呆然とする集団の中に飛び込んだ鷹士は、槍の柄を回転させて乱闘に加わっていた者たちを叩きのめした。調理台の上に飛びのり、刺すように鋭い眼であたりを見回す。

「誰が始めた」

それほど大きくも野太くもない鷹士の声だが、物騒な響きのこもったその問いに、炊き場はしんと静まり返った。槍の柄で鷹士に顔を殴られた戦奴のひとりが、鼻血をおさえつつあたりを見回し、隼人たちを指さして「あいつらだ！」と叫んだ。

鷹士は隼人たちを一瞥すると、史人をなぶっていた戦奴たちに視線を戻した。

「お前らも、おれについて来い」

有無を言わせない圧力がこもっていた。

鷹士がいまだ髪を結わない未成年者であろうと、剣奴である以上、戦奴が逆らうことはできない。六人の戦奴たちは、槍の柄で殴られた顔や肩をさすりながら、しぶしぶと鷹士のあとに従った。

隼人たちは奥の郭に近い、壁屋の並ぶ剣奴の区郭へ連れて行かれた。

そこには両の頬に鎌形の刺青を三本ずつ入れ、肩や胸、背中の筋肉がおそろしく盛り上がった男たちがたむろしていた。まだ寝るには早い日没前のひとときを、屋内で休まず表に腰をおろして、水浴びや雑談で過ごしていたが、団らんというにはほど遠い。その殺伐とした剣奴の集団へと、平然と歩を進める鷹士のあとを、六人の若い戦奴と隼人たちは、身をすくませてついていった。

「シシド、炊き場で騒ぎを起こしてた連中を連れてきた」

鷹士の報告に剣奴の頭卒が立ち上がった。髪を両耳の上でみずらに結い、豊かなひげはあごの下で切りそろえている。むき出しの腕に、波模様の刺青が肩から手首まで彫りこまれていた。

「飯を無駄にするやつには罰が必要だな。ことと次第によっては、見せしめにしなくちゃならん」

シシドの声は野太くつぶれ、荒くれ男たちの頭卒らしく重厚な迫力がある。頬に三本ずつの鎌形の刺青だけでなく、こめかみから額にかけて鱗（うろこ）を模して彫られた黥面（げいめん）が、シシドの形相をさらに恐ろしいものにしていた。

壁屋の前に整列させられた若い戦奴たちが、罰を逃れようと隼人たちを指さし、唾（つば）を飛ばしながら言い訳をした。

「こいつらがおれたちより先に飯を食おうとしたから、順番を教えてやっただけだ」

怒りが腹の底からこみ上げて、隼人は大声で叫び返した。

「違う。おまえたちがいきなり割り込んできて、理由もなく史人を殴り始めたんだ」

顔をアザだらけにした体の小さな隼人が、臆（おく）することなく声を上げたことに、シシドの眼に驚きが浮かぶ。それから髪もばらばらで顔にアザを作っている史人に視線を移した。

「だんまりの小僧だな。槍の持ち方も覚えられない役立たずだ。使えない上に問題を起こすようなら、明日にでも農奴の邑へ送ってしまえ」

自分の里の神子を悪しざまに言われて、隼人はさらに頭に血がのぼる。

「史人は悪くない。役立たずでもない。悪いのはあいつらなんだ」

右手をふり上げて戦奴たちを指さす。若い戦奴は自分たちのほうが有利なのを見て、口元に薄笑いを浮かべた。隼人は斜めうしろの鷹士にふりむいたが、鷹士は我関せずと夕陽に染まる西の空を眺めている。隼人は助けを求めることはあきらめ、シシドにまっすぐな視線を戻した。シシドは隼人の気丈さに興味をおぼえたらしい。にやりと笑う。

「槍も持てない戦奴など、役立たずだ」

「史人は役立たずじゃないっ」

隼人はムキになって叫んだ。顔が火照り、頬が赤くなって涙が込み上げる。

「十四になるのに弓も引けないガキが、なんの役に立つんだ」

説明してみろとシシドの黒い目が隼人に向けられた。

「史人はいろんなことを知っていて、みんなにとって必要なことを覚えるのが仕事なんだ。大切なことはひとつも忘れない。だから、史人を殴る奴は許さないっ」

激昂して叫ぶ隼人の肩を押さえ、サザキが顔を上げた。おずおずと一歩踏み出し、シシドの恐ろしげな顔を見つめる。

「史人は阿古の神子なんです。里の先祖たちの名前や邦の歴史、毎年の星の動きや、収穫の良し悪しを全部覚えているんです。伝説も物語も、山や海の神さまの名前もみんな。唄もできごとも、いちど見たことや聞いたことは忘れないから」

「神子か。道理で役に立たんわけだ。鷹士」

気を削がれたようすのシシドに声をかけられて、鷹士が前に出た。

「薬女さまに、豊邦の捕虜のなかに神子が紛れ込んでいたようだが、どうしたらよいかと訊ねてこい」

鷹士は短く返事をすると、さっと身をひるがえして、奥の郭へと走って行った。隼人は、史人が神子であることを話して良かったのかどうかわからず、急に不安になった。

当の史人は、焦点の合わない目を夕焼けに向けている。

シシドは、こんど騒ぎを起こしたら罰を与えると釘をさしてから、若い戦奴たちに帰るように言い渡した。隼人たち三人は恐ろしげな剣奴に囲まれたまま、鷹士の帰ってくるのを待った。

日が沈んだのち、薬女そのひとが宮奴を数人と鷹士を従えてやってきた。剣奴たちは地面に平伏して薬女を迎える。薬女は隼人とサザキにはさまれた青白い少年を見据えた。

「おまえが神子か。名は」

史人の青白い唇が震える。聞きとりにくい、かすれた声が唇の間からこぼれ出る。

「ふ……み、と」

薬女はうなずいた。

「名を聞けばわかるものを、誰も気づかなかったのか」

「もうしわけございません」

責める口調でもないのに、シシドは頭を下げて謝罪の言葉を述べた。

「史人、おまえ、豊邦の日留座の名を初代まで言えるか」

薬女に問われた史人は上目遣いに空を見やり、体を前後に小さく揺らしながらゆっくりと、豊邦の現祀主から二十代以上さかのぼり、代々の名と事績を滑らかに暗唱した。

「星の名はみな覚えたか」

宵闇の迫る空には、まだ数えるほどしか星は見えなかったが、薄藍の空にきらきらと輝き出した星を指さしながら「ぬりこ、ほとおり、ちりこ」とその名をつらねてゆく。

それが終わると、薬女は並んだ二十人あまりの剣奴にひとりずつ名を名乗らせて、史人に繰り返すように言った。史人はいちども間違えることなく、剣奴の顔を見ながらその名を告げた。

「本物の神子ですね。おそらくは記部に生まれついた者です。私についてきなさい」

促されても動こうとしない史人の腕を女の宮奴が取ろうとしたが、史人はその手をふり払って座り込む。隼人は一歩前に出て薬女に訴えた。

「史人は、知らない場所や人間が怖いんです。ここにきてから、なにも話さなくなってしまって――」

続ける言葉に迷う隼人には目もくれず、薬女はじっと史人を見つめる。

「己が言葉を持たないのは、憑坐たる神子にはよくあること。お前たちの名は」

問いかけられたサザキと隼人は自分の名を名乗った。薬女は隼人を見ると眉をひそめ、サザキや史人と見比べる。

「神子の言葉を伝える祝部には、猛々しい隼よりも、霊鳥たる鷦鷯のほうがふさわしかろうな」

と、サザキを名指した。サザキは「は」とかすれた声で曖昧な返事をした。見えない手で背中を押されたように、足をもつれさせながら一歩前に出る。足を出す前に、ちらりと隼人を横目で見たが、ぎこちなく前を向いて、史人の肘を取った。

サザキに促されて歩き出した史人が、隼人へと肩ごしにふり返る。

「史人っ」

隼人の呼びかけに、史人はすべてをあきらめたかのようにほほ笑んだ。

その哀しげな眼差しに、もしかしたら、史人は神子であることを隠していたのかもしれないと思いいたって、隼人の背中に冷たい汗が流れる。

神子とは本来、邦の祀主である日留座の血を濃く引くこどもたちから選ばれるものだ。久慈の大島では、日留座の子女を御子、神に仕える女性を巫女、神事を司る巫覡の見習いであるこどもたちを神子と、貴い血や異能を持つひとびとを『ミコ』と呼ぶ。

阿古のような小さな里では、頭がいいというだけで、高貴の家からでなくても神子が選ばれることはある。しかし、津櫛の貴人である薬女が、史人を豊邦の貴人だと誤解したら、史人は津櫛と豊の争いに利用されてしまうかもしれない。

おのれの無知と短慮が、史人を危機に追い込んでしまったのではと呆然とする隼人の肩を、誰かが押した。見ると、鷹士が帰るように目配せをしている。

「史人はどうなるんだ」

「あいつは神子なんだろう。そういう力が強ければ、大事にされる。巫覡に選ばれた神子に手を出すばかはいない。少なくともこれからは戦奴に殴られることはない」

「ここじゃ、神子は大事にされるんだな」

念を押す隼人に、鷹士はわずかに首を傾けて問い返す。

「豊では神子は敬われないのか」

隼人は一瞬、返答に詰まった。阿古から出たことのない隼人が、豊邦の他の邑や里ではどうかなど、知るはずがなかった。記憶力は優れていても、神子にもっとも必要とされる霊能力はあまり高くない史人は、里のおとなたちからは軽んじられていた。ここへ来て津櫛の貴人たちの中に放り込まれたら、内気な史人の精神はとてももちこたえられないかもしれない。

「おまえはこの先、他人のことより、自分のことを心配したほうがいい」

隼人は思わず顔を上げて、鷹士の顔を見つめた。他人のことを気にかけることなど、およそ無縁そうな鷹士の口から出た言葉と思えない。

「どういうことだよ」

「言った通りのことだ。夕飯を食べ損ねたくなければ、炊き場が閉まる前に早く行け」

言われて初めて、隼人は乱闘騒ぎのせいでなにも食べていないことを思い出した。

空っぽの胃袋がぐうぅ、と音を立てる。

来た道を指し示して隼人の肩を回した鷹士は、踵(きびす)を返して剣奴の壁屋へと歩み去る。隼人なら膝が震えて近づくこともできない強面(こわもて)の剣奴たちにまぎれて、鷹士の姿はすぐに見えなくなってしまった。

翌日から、鷹士の予言どおり、隼人は史人の心配どころではなくなった。邑の奥の郭にひっこんでしまった史人の代わりに、若い戦奴たちに目をつけられてしまったのだ。

せっかく満たした大甕をひっくり返されて仕事の邪魔をされるだけでなく、矢や石が飛んできて背中の水瓶を割られた。炊き場の水を汚されて、大甕を洗ってふたたびそれを満たさなくてはならなかった。

仕事に手間取り、夕方ひとりで炊き場にたどりつくころには、片づけが終わっていて食べるものがない。朝食だけは、他のこどもたちと行動をともにするので、なんとか口にできたが、夜に空腹で寝なくてはならないのはつらかった。

その日の夕方も、隼人は食事の時間に遅れて炊き場へ行った。炊き場役の雑奴は片づけを始めたばかりで、今夜は食べ物にありつけそうだと隼人は嬉しくなる。土鍋の底に残った粥汁をすくっていると、いつもの戦奴たちの罵声が炊き場に響いた。

「どんぐり目玉が残飯をあさりに来たぞ」

最近ではお定まりになった若い戦奴の嘲り声に、隼人は身構えた。

「泥みてぇに黒い手で、おれらの飯に触るんじゃねぇよ。ギョロ目」

「同じ里のやつらからも見捨てられてんな。だいたい、本当に豊邦の人間なのか」

「蛮人の雑奴でも紛れ込んでたのを、いっしょくたにさらってきたんだろ」

隼人は悔しさに涙がこみ上げる。シシドが隼人を間近に見たときの、好奇心に満ちた表情。薬女が見せたかすかな嫌悪。もっと遡(さかのぼ)れば、初めて会ったときの鷹士が、隼人の顔をじろじろ見ていたことも不快な記憶として思い出される。

阿古のこどもたちに見られない浅黒い肌、はっきりとした二重のこぼれそうに大きな眼。彫りの深い目鼻立ちとふっくらとした唇は、そこまで珍しく厭(いと)わしいものなのだろうか。

豊邦の民とよく似た、厚みのあるまぶたに、低い鼻根、面長の顔立ちに色白の肌をした津櫛の民もまた、南久慈に住む海の民への偏見を抱えているのだろうか。

顔立ちのことを言えば、鷹士の細い鼻梁(びりょう)と頤(おとがい)、切れ長の一重まぶたの眼も、津櫛の民のそれとも微妙に異なる気がするのだが――と、下を向いていた隼人が、戦奴たちの口汚い嘲弄(ちょうろう)から意識を逸らしていたときだった。

突然、背中を突き飛ばされた。やっとかき集めた粥汁をこぼしてしまった隼人は、頭に血がのぼった。手にした椀を投げつけ、目の前の戦奴の腹に頭突きを喰(く)らわす。思いがけない反撃に、若い戦奴はうしろ向きにひっくり返り、大甕に頭をぶつけた。大甕は割れてあたりが水浸しになり、その戦奴も隼人もずぶぬれになった。別の戦奴に衣の背中をつかみ上げられ、隼人は床に叩きつけられる。隼人は鷹士が鍛錬のときにそうしていたように、とっさに身を丸めて地面を転がった。

見よう見まねの付け焼刃では、鷹士のように身軽に起き上がり、即座に反撃には移れないものの、勢いに回転を加えるだけで、隼人は自分でも驚くほど柔軟で素早い動きができることに驚いた。

すばしっこく逃げ回る隼人を、挟み撃ちにしようとした戦奴の脇を身を低くしてすり抜ける。隼人は、自分を捕まえ損ね、互いの額をひどくぶつけた戦奴たちに溜飲を下げる。この隙に炊き場から脱出しようとしたが、入り口近くで待ち構えていた別の戦奴に足をすくわれて地べたに放り出された。胸をしたたかに打って息を詰まらせている隼人を、戦奴たちは足をつかんでひきずり戻した。隼人の衣も髪も、たちまち泥と埃まみれになる。

「シシドが飯を粗末にするやつには罰を与えるって言ってたよな」

「誰か、さっきこいつがぶちまけた粥汁をすくってこい。このギョロ目がシシドに打たれないように、俺たちが食わせてやろうぜ」

戦奴がふたりがかりで隼人の体を押さえつけ、膝を地面につかせた。もうひとりの戦奴が髪をわしづかみにして、粥の混じった泥を、固く閉じた隼人の口に押し込もうとする。粥汁でべたべたになった泥水を顔になすりつけられても、隼人は歯を食いしばる。

「鼻をつまんだら、口を開くだろ」

うしろで見物していた別の戦奴が嗤いながら入れ知恵し、右手の戦奴が隼人の鼻をつまみ上げた。

なぜ、自分はこんなに弱いのだろう、と隼人は息苦しさの中で歯噛みをする。自分も戦奴になって、訓練を重ねれば鷹士ほど強くなれるのだろうか。

たとえ年は若くても、鷹士のように強くなりたい、一目置かれるようになりたいと願わずにはいられない。しかし、戦奴になるということは、邦と邦との争いに駆り出されて、平和な邑や里を蹂躙して回るということでもあった。

鼻をふさがれた苦しさに、ゆるんだ唇の間から泥が押し込まれる。わずかに入ってきた空気に、反射的に息を吸い込んだ隼人は泥水が気管に入り込んで激しく咳き込んだ。咳のために、大きく開いた口に、戦奴たちはさらに泥を押し込もうとする。

「自分より小さくて弱いやつを大勢で痛めつけるのが、そんなに面白いのか」

背後からうんざりしきった口調で投げかけられた問いに、戦奴たちは飛び上がる。地面に放り出された隼人は、口内の泥を吐き捨てると、目に入った泥や埃、そして涙でぼやけた視界で声の主を見上げた。

気まずそうに立ち尽くす戦奴たちに、入り口の柱によりかかった鷹士が淡々と訊ねる。

「大甕を割ったのはおまえらだな」

「こいつがやったんだ」

隼人の口に泥粥を押し込んだ戦奴が、うずくまったままの隼人を指さして断言した。

鷹士は首を傾けて、隼人に目を向けることもせずに言い返す。

「ずぶぬれのおまえが言っても説得力がない。壊したときに水をかぶったやつが張本人だってことくらい、誰にでもわかる」

鷹士がさらに声を低くして一歩前に出ると、戦奴たちは気圧されて一歩下がった。

「こ、こいつだって、ずぶぬれだぞ」

鷹士ににらみつけられた戦奴が、隼人を指さして反論した。隼人はシシドの前に引き出される恐ろしさに、心臓が縮み上がりそうになった。すがるような目で鷹士を見上げる。だが、童形の剣奴は、常と変わらず冷淡かつ無表情だ。

「そいつは泥だらけだ。おまえたちが水浸しの地面を引きずり回したんじゃないのか」

隼人は自分の耳を疑った。まるで、鷹士が自分をかばっているように聞こえる。

「それに、自分の罪を他人になすりつけるのは重罪だったな」

自分よりも年下の少年に横柄な態度で咎められ、戦奴はかえって激昂した。

「半人前のくせに威張りやがって。いくら剣奴だからって、ひとりで俺たち全員を相手にできると思っているのか。おい、かかれっ」

成人前というだけでなく、鷹士はその年齢にしては体格がよいわけではない。動きの俊敏さと技の鋭さで、おとなに負けない実力を示してはいるが、数人がかりでいちどに押さえ込めば勝てるかもしれないと、血気にはやる十七、八の戦奴が考えたとしても不思議はない。若い戦奴たちは、数を頼みに手に手に槍をとって鷹士に襲いかかった。

「やめろぉっ」

隼人の制止の叫びなど、誰も聞きはしない。鷹士は即座に銅剣を鞘から引き抜き、突き出される槍を撥ね上げ、柄を叩き落としては、右や左からくりだされる槍穂をかわしていく。短い銅剣では、六本の長槍で同時に襲われては勝ち目はないかと思われたが、炊き場の内側では、長い武器が複数あるという利点が得られないことに、戦奴のひとりが気がついた。

篠竹を編んだものを、柱に立てかけ結びつけているにすぎない炊き場の壁を槍の穂で切り裂き、戦奴がふたり、外に出て鷹士の背後に回り込んだ。うしろの敵にも警戒しなければならなくなった鷹士に、柄を長く持った前方の四人の戦奴が足払いを試み、突きを入れる。燕のような身軽さでかわしていくが、形勢は鷹士に不利であった。

隼人は地べたに散らかっていた割れ甕の破片を拾い上げては、戦奴たちに投げつけた。気を散らされた戦奴たちのふたりが、狭い炊き場の中で隼人を追い回す。床に並んだ竈に据えられた煮炊き用の大甕の列を縫っては、隼人は食材の入った籠を蹴り飛ばしたり、積み上げてある椀籠ごと投げつけたりして戦奴を挑発する。隼人に翻弄された戦奴たちは前後を見失うほどに怒り狂った。

逃げ場のない竈並びの奥に追い詰められた隼人に、甕を割った戦奴が槍を短く持ち、隼人には意味の聞き取れない罵声をあげながらふりおろした。金属と底の深い大甕の打ち合う音がして、竈の間に身をすくめた隼人の髪の毛すれすれに、火花が飛んだ。

もういちど狙いをすまして、槍を隼人の頭上へとふり上げた若い戦奴の肘から先が突然消え失せ、赤く鉄くさい奔流がボタボタと隼人の目の前に降り注ぎ、竈と夕闇の迫る炊き場の床を濡らした。

聞くに堪えない絶叫がほとばしる。隼人の目の前に、槍を握りしめた肘から先の腕がどさりと落ちた。隼人はのど元まで出かかった悲鳴を吞み込む。腕を切り落とされた戦奴が、悲鳴を上げながら切り株の如き肘を振り回し、噴き出る血をあたりにまきちらす。炊屋には文字通り血の雨が降り、腰を抜かしてうずくまる隼人の視界を赤く染めた。

　地べたにはふたりの戦奴が、頭や脚から血を流して倒れ、ひとりが腹を抱えてうずくまっていた。隼人を追い回していたもうひとりの戦奴は、血濡れた剣先を突きつけられて腰を抜かしている。あとひとりは逃げ出したのだろうか。

「剣奴に逆らう戦奴は、その場で殺される。この邑の掟を忘れたか」

　鉄のように硬く冷たい鷹士の宣告と、のどにめり込む剣先に、戦奴はぶるぶると震えながら命乞いをする。

「うぁ、た、助けてくれ、二度と逆らわない」

　その戦奴から漂ってくる生温い臭いに、隼人は戦奴が失禁したのだと知った。隼人はすすけた大甕のうしろから顔を出した。肘の切り株から血を噴きださせている戦奴はまだ悲鳴を上げながら転げまわっている。あのまま血がとまらなかったら、どうなってしまうのだろうと隼人は心配した。地面に伸びている戦奴たちは動き出す気配がない。

「あいつらを、殺しちまったのか」

　隼人はおそるおそる尋ねた。鷹士は、命乞いする戦奴ののどに剣の切っ先を向けたまま、あごだけを隼人のほうに向けた。

「死体を片づけるのが面倒だから、殺してはいない」

そして、おこりにかかったように震えている戦奴に話しかけた。

「死罪を減じてほしければ、今夜中におまえらが自分たちでここを片づけろ。もっとも、血と小便で炊き場を穢したほうの罰は、シシドでなく邑首が決めることだからな。厳罰を避けたければ、染みも臭いも残すなよ」

戦奴は何度も激しくうなずいた。鷹士が剣をおろすと、大慌てで動けない仲間たちへと這い寄る。

剣の血糊を拭き取り、鞘に納めた鷹士は、周囲の惨状にそれ以上注意を払うことなく炊き場を立ち去りかけたものの、すぐになにかを思い出したように戻ってきた。隼人は慌てて竈の間から飛び出した。

「鷹士」

「まだいたのか」

ひどく冷たい鷹士の言い方に、一瞬ひるんだ隼人だが、勇気をふり絞って声を上げた。

「なんで、助けてくれたんだ」

隼人は鷹士がこの戦奴たちを見張っていたのかと、淡い期待を抱いてしまう。鷹士はうっとうしげに隼人を見下ろして答えた。

「たまたま通りかかっただけだ。おれよりでかいやつをぶちのめせる機会は、逃さないことにしている」

言い捨てて通り過ぎようとする鷹士を引き止め、言い募る。

「史人のときも、『たまたま』だったって言うのか。はじめからここであいつらを狙っていたんじゃないのか」

「おれはそんなに暇じゃない。炊屋が暇になった頃合いに、篝火の薪を取りに来るのが夜番の剣奴の仕事だ」

冷淡に言い放つと、鷹士は炊き場の隅に積んであった薪の束を両方の肩に載せた。隼人は、その場を歩み去ろうとする鷹士に、なおも食い下がった。

「嘘だ、この時間におまえ以外の剣奴がここに来るのを見たことないぞ」

鷹士の硬質な瞳がゆらりと揺れた。少し間をおいて答える。

「他の剣奴には雑用をする戦奴や雑奴がついている。おれは剣奴でもまだ見習いだから、自分の雑用は自分でしなきゃならない」

「賊に襲われたときは、おまえの武器を運んでいたやつがいたじゃないか」

鷹士は、立ち止まって隼人を見下ろした。いちど開きかけた口を閉じ、口角をぎゅっと引いた鷹士は、なにも言わずに外へと大股で歩き始める。

同じ邑に住んでいても、邑の奥近くの区郭に居住する剣奴と、邑の外縁に住む雑奴では、めったに接することがない。水運びのときに見かける、広場での剣奴の鍛錬以外では、鷹士の姿を見ることはほとんどなかった。

この機会を逃すまいと、隼人は鷹士のあとをついてゆく。

「おまえが見習いなら、いつになったら一人前の剣奴になるんだ」

「この夏だ。夏至の日に髪を上げる」

こんども無視されるかと思っていた隼人は、鷹士が返答したことに安堵し、置いて行かれまいと早足になる。次におのれの口が吐き出した言葉に、自分で驚いた。

「おれをおまえの雑奴にしてくれよ」

鷹士は隼人の懇願に、すぐには応じなかった。肩の上の薪束に隠れた顔は、隼人からは見えない。どのような表情をしているのか、隼人には想像もつかない。無視されたかと隼人が思い始めたころ、鷹士は歩幅をゆるめてこう言った。

「剣奴づきになれば、いまより仕事が楽になると思ったら大間違いだ。しかも、ねたみがひどくなって、もっとひどい嫌がらせや仕打ちをうけるぞ」

「かまわないよ。おまえみたいに強くなりたいんだ。年がいかなくても、体が小さくても、ひとに馬鹿にされなくてもすむように」

「剣奴の雑用をして強くなった雑奴なんかいない。剣奴になりたかったら、まず戦奴になって人一倍訓練して、試合に勝つんだな」

隼人は剣奴になりたいわけではなかった。ただ、強くなりたかった。たとえそれが親の仇かもしれない鷹士の下ででも。この里を逃げ出してひとりで親兄妹を捜しに行けるくらいに、一日でも早く、強くなりたかった。

「鷹士は試合に勝って剣奴になったんじゃない。なんでおまえだけが特別扱いなんだ」

鷹士は薪の束を担いだまま、隼人に向き直った。硬い表情、低い声になる。

「特別扱いじゃない。おれたちは生まれる前から、剣奴になることが決まっていた」

鷹士が『おれたち』と言った意味が隼人にはわからなかった。隼人と鷹士を指しているのでないことは見当がつく。だが、少年で見習いの剣奴は、ここには鷹士ひとりしかいない。

「どういうことだよ」

鷹士は隼人を見おろし、答える代わりに口を閉ざした。踵を返し、すたすたと邑の奥を目指して早足で歩み去る。星空の下にひとり取り残された隼人は、鷹士を怒らせたのだろうかと不安になってその後ろ姿を見送った。

数日後、隼人にからんできた戦奴たちは、棒で打たれてさらしものにされた。そのあと、もっとも過酷な雑奴の使役にまわされたという。鷹士に腕を切り落とされた戦奴がどうなったのかは、隼人が知ることはなかった。

一方、隼人は茅刈り(かや)の仕事に振り替えられた。朝は石刃の鎌で刈り取った茅の葉で、隼人の手は傷だらけになった。午後には夏の太陽の下、自分の体の三倍は嵩(かさ)のある茅束を肩に背負い、川岸と邑の間の、水汲み以上の距離を往復した。

遠目には巨大な茅束が歩いているような行列のなか、同じ年頃の雑奴たちと行動をともにすることで、隼人は血の気の多い戦奴たちの鋒先(ほこさき)から逃れたようであった。

第三章　鷹士の成人

茅刈りの仕事を始めたころは、城邑の外に出られることに隼人は興奮した。隙をみて逃げることができるかもしれないと、作業中も茅束を運ぶ道すがらも、あたりのようすをうかがった。

　ある日の夕食時、炊き場の外壁に背中をあずけて、豆と山菜入りの粥をすすり込みながら、阿古の少年たちに脱走について打ち明けた。壺や器を作る土師であったサザキの家の工房に弟子入りしていた少年が、汁も飲み終えてから応じる。

「豊邦へ逃げ戻れたとして、おれたちが阿古の民だってどうやって信じてもらうんだよ」

　少年は空っぽになった椀を恨めしそうに眺め、溜息をついて続けた。

「そのことは、ここへ来てすぐにサザキとも話したさ。でもな、山には毒蛇や、熊や猪みたいな恐ろしい獣がいるし、知らない山の中には崖だの底なし沼だのがあるんだ。落ちたら誰も助けにこないんだぞ。おれたちみたいなガキなんぞ、簡単に死んじまう」

　少年は身を震わせた。別の少年が口を挟む。

「史人の口伝にもあったろ。南の日向邦や火邦には土蜘蛛がいるし、その向こうの隈邦には龍蛇族だの、人がましい姿と知恵を持つ化け物がたくさんいるって。妙な森に迷い込んだら、おれたちあっという間に食い殺されちまう」

かれらはすまなそうに隼人の目を見た。

「とにかくさ、隼人。はやまらないほうがいい。逃げ損ねて捕まったら見せしめにひどいめに遭うし、山で迷って飢え死にしたくないだろ。この間の賊みたいに、倭人にさらわれると、船に乗せられて遠いところへ売り飛ばされて、二度とこの久慈大島に帰ってこれなくなるんだぞ」

「史人やサザキが薬女さまに仕えたからさ、家族のことや、阿古への帰り道も探り出してくれるだろ。それまでがんばろうぜ」

阿古の少年たちは口々に隼人を慰めた。

こどもたちは、津櫛の邦内から集められたものであろうと、豊やほかの邦から連れてこられたものであろうと、雑奴から這(は)い上がるために、戦奴になることに疑問を持たなくなっている。戦奴になれば、毎食の豆菜粥のおかわりが許されるだけでなく、肉や果物がつくからだ。育ちざかりのかれらが、一日も早く戦奴に選ばれたいと、鍛錬に励むのは無理のないことだった。

隼人は、戦奴になって顔に刺青(いれずみ)を入れられ、ひとを殺してまわるくらいなら、農奴や雑奴のままでいたほうがいいと考えていた。だが、工人集団とその生活を支える農奴によって構成された阿古の里ではゆるやかであった身分差が、津櫛邦では職掌と階級が厳格に区別されていることを学ぶにつけ、早くこの邑(むら)を逃げ出して家族を救いにいかなくてはと思う。

年下のこどもたちのなかには、阿古の里や親のことを、はっきりと思い出せなくなっているものもいる。隼人は焦りを深めていった。

時間を見つけては人目を避けて、邑首の奥の郭にめぐらされた柴垣や門のあたりをうろつき、サザキや史人の姿を求めてようすをうかがうが、警護の剣奴に見つかって追い払われてしまう。

ある日、警護の交代らしき時間に行きあい、鷹士の姿を見つけた隼人は急いで駆け寄り追いすがった。鷹士は好ましくない虫でも見るように眉を寄せた。

「サザキか史人に会わせてくれよ」

「会ってどうする」

見た目の年齢とはかけはなれた鷹士の鋭く冷たい目つきと、おとなびた口調。きっと鷹士には兄弟や、仲良く遊んだ友達なんていやしないんだと隼人は思った。

「サザキたちが元気かどうか知りたいんだ」

「自分の心配をしろ。こんなところを雑奴がうろついていたら、棒で打たれるぞ」

鷹士は素っ気なく言い捨てた。相方の剣奴が、どうしたのかと鷹士に訊ねる。鷹士は親子ほど年の離れた剣奴に対等な口をきいた。

「こいつの同郷が宮奴になって奥に仕えているんだ。会わせろってしつこい」

「前にもうろついていたガキだな」

太い腕にふさわしい太い声に、槍の柄で打たれるかと思った隼人は首をすくめた。

「神子は無理だろうが、下働きの祝のガキなら会わせてもいいだろう。雑奴は中に入れないから、呼んできてやれ」

史人が連れて行かれた夜、その場にいた剣奴なのだろうか。事情を知っている口調にわずかな同情がにじんでいた。鷹士は身をひるがえすと郭の門をくぐって炊屋の奥へ消えた。門の左側に立った剣奴は、所在なく佇む隼人に声をかけた。

「ここには慣れたか」

思いがけない穏やかな口調に、隼人はどぎまぎした。まるで、里の良く知ったおとなが『朝めしは食ったか』と挨拶したくらいの、自然な話し方だったからだ。

隼人は首を横にふった。

「さっさと慣れろよ。もう帰るところはないんだからな」

鬼のような戦士だと思っていた剣奴の、思いがけなく情のにじんだ言葉に、隼人は涙がこみ上げそうになる。勇気を奮い起こして頭を上げ、剣奴の黒いひげに覆われた顔を見つめた。長く伸びた太く厚い眉毛には、白いものが交じっていた。

「あんたたちが、おれの里を、みんな燃やしちまったのか。たくさん殺したのか」

「みんな燃やしたって聞いた。あの里の工人は、殺さずに捕らえるように命じられてたから、そんなにたくさんは殺されてないはずだ」

では、史人の言う通り、父親たちは生きているかもしれないと隼人は希望を持った。

「みんな津櫛の大郷に連れて行かれたのか」

剣奴はかぶりをふった。

「おれたちは知らなくていいことだ。やることやってれば、食べるものと寝る場所がある。それ以上は考えるもんじゃない」

剣奴の忠告は親切なものだったが、隼人はかえって怒りを覚えた。食べるものと寝る場所のためだけに厳しい訓練を重ね、あちこちの邑や里を燃やして人を殺しているのか。罵りをぶつけたくても、言葉が胸のあたりで詰まって声を出せずにいる隼人の耳に、砂利を踏む二人分の足音が入った。続けてサザキの心配そうな声。

「隼人、こんなところまでもぐりこんで……無茶すんなよ」

見上げると、膝丈の宮奴の貫頭衣を着て、祝部の桜色の紐を肩から斜めにかけたサザキがいた。すっかり小ぎれいになって、額の上で瓢の形に結んだ前髪の、童髪がこっけいに見えるほど大人びたサザキの困惑顔が、口ごもりながら隼人を見下ろしている。

「サザキ……」

サザキは、鷹士ともうひとりの剣奴に目礼をして、隼人を柴垣のほうへ連れて行った。

幼馴染のサザキに久しぶりに会えて、隼人はしゃくりあげることしかできない。話したいことが山ほどあるのに、隼人の目からぽろぽろと涙があふれた。

「史人は大事にされてるよ。心配しなくていい。こっちは仕事も楽で食べるものもいいから、おれのほうがお前に悪いと思ってるよ。もっとも宮奴の中には、あの戦奴なみに嫌なやつらもいるけどな。少なくとも殴られたり蹴られたりはないから」

サザキは隼人の頭に手を置いて、くしゃりと撫でた。そして懐に手を入れて、笹の葉にくるんだものを、大事そうに出して隼人に渡した。

「黍もちだ。史人はこんなもの食べさせてもらってんだ。あいつこのごろ太ったぞ。おれにも分けてくれるんだけどさ、隼人にも食べさせたいなっていつも思ってたんだ」

最後にいつ洗ったかもわからない隼人の雑奴衣は、ねずみ色で汗や泥が染み込んでいる。むき出しの膝や肘は傷だらけだ。手の皮は固くなり、瘡蓋に覆われ荒れている。反対に、サザキの手は雑奴として重労働をさせられていたときよりも、阿古の工房で土をいじっていたときよりも、白くやわらかくなっていた。

「おまえにばっかりつらい思いをさせて悪いな。隼人も宮奴にしてもらうように、史人が薬女さまに頼んだんだけどさ。聞いてもらえなかった」

サザキはすまなそうにそう言った。

あの史人が願い事をするほど、薬女に心を開いたのかと、隼人は軽い驚きを覚える。

「もう、阿古には帰れないのか」

隼人の問いにサザキはすぐには答えず、少ししてからそっと溜息をついた。

「あそこにはもう、誰もいないそうだ」

サザキはあたりを見回して、声をさらに低くする。

「みんな連れて行かれたらしい。おれたちの里が燃やされたのに、豊邦の兵が援けに来なかったってことはさ、ここを逃げて豊邦をめざしても無駄だってことなんだ」

サザキも涙を呑み込むようにのどを鳴らす。

「なんでおれたちの里が焼かれたんだよ」

隼人は泣きながら訴えた。

「工人の里だったからだ、ってここの宮奴から聞いた。津櫛邦は武器を造れる工人を集めている。隼人のとうさんは冶金師だから殺されなかったはずだ。おれたちもそのうち津櫛の大郷へ連れて行かれる日がくる。いつになるかわからないけど、そのときは会えるかもしれないから、いまは無茶をするな」

隼人は、サザキの言ったことをすべて理解できたわけではなかったが、ひとつだけはっきりとわかったことがあった。

サザキは、ここから逃げ出すつもりがないということだ。宮奴に取り立てられ、巫覡や神子に仕える祝部におさまり、食べるものと寝るところがある。そして重労働を押しつけられない、神子の世話と取り次ぎという立場を捨てて、生きているかどうかもわからない家族を捜しに行く危険など冒したくはないのだ。

「祝として慣れて信用されたら、邑を自由に歩き回れるようになる。そしたらおれのほうから会いにいくよ。だから、それまで我慢してくれ」

唇を嚙みしめてすすり泣きをこらえる隼人を、サザキは小声で慰めた。

「おまえは小さいときから人の倍も傷やアザをこさえるから、心配だ。しかも、どこでどうやって怪我したのかも覚えてないほど、注意が足りないし」

「いつの間にかできる怪我は、治るのも早いから問題ないけど」

砂利を踏む、誰かの近づく足音にふたりは口をつぐんだ。サザキが隼人の肩に手を置きささやいた。

「隼人、ひとりで行動するなよ。わかってるだろうけど」

槍を持った鷹士の手で背中を押され、隼人の足はしぶしぶともと来た方向へと歩き出す。剣奴たちの壁屋(かべや)群を抜け、床の高い倉庫や、煙の立ち上る工房の棟を通り過ぎる。

隼人はかれに歩調を合わせる背後の足音に、首を曲げて鷹士を見上げた。

「なんでついてくるんだ」

「ちゃんとおまえが自分の場所に戻ったのを確認して、奥の郭(くるわ)をうろつかないように雑奴頭に言っておくのさ」

戦奴たちにからまれないよう、雑奴の居住区まで送ってくれているのかと期待した自分が馬鹿だったと、隼人は情けなくなる。

「もう奥には行かない。だから頭には言いつけないでくれよ。でなきゃ飯を抜かれたり、殴られたりしちまう」

「じゃあ、最初っから奥の郭にもぐりこもうなんて考えるな」

「おまえには殴られてでも、顔を見たい友達や家族はいないのかよっ」

隼人はむかっとして激しく言い返した。怒りで耳まで熱くなるのがわかる。

鷹士は足を止めて、隼人を見下ろした。厚いまぶたの下からのぞくその黒い瞳(ひとみ)は、夜の闇のように静かだ。いつもの威圧感はない。その短い沈黙に、隼人は自分がなにかおそろしく間違ったことを口走ってしまったことを、漠然と悟った。

　鷹士がうすい唇を開く。

「いないな。みな死んだ。もう誰もいない」

　まるで、空を見て『雨だな』とか『晴れだな』とかでも言ったような、平坦で無関心な口調だった。隼人は胸が焼け、背中に鳥肌が立つような寒さを感じた。そんな隼人の胸中を斟酌するようすもなく、鷹士は目を逸らさずに真実を告げた。

「おまえが殴られてでも顔を見たい友達とやらは、そうは思ってない。おまえが危険を冒して会いに行く意味なんぞない」

　すぐには言われている意味がわからなかった隼人だが、サザキを指していることに気づいて、目を見開いて鷹士をにらみつけた。

「さっ、サザキを悪く言うなっ」

　隼人は拳を握りしめて反論した。鷹士は目を糸のように細め、冷たく言い放った。

「あいつは、自分が雑奴の身分から這い上がるために、年下のおまえを置き去りにした。お前らを恨む戦奴が、手ぐすね引いて待ち構えているところへ、おまえひとりを置き去りにした」

　隼人は耳を塞ぎたい衝動に駆られたが、脇に垂れた両手は凍りついたように動かない。

「史人はひとりじゃいけない。誰かがついてないとだめだから、だからサザキが」

鷹士は、サザキをかばう隼人の言葉を遮った。

「最初に自分の身を挺して戦奴から神子をかばったのはおまえだ、サザキじゃない。シシドの恫喝を怖れず、神子のために弁護の声を上げたのもおまえだ。神子の祝に相応しいのは、おまえか、それともサザキか」

隼人は思いもよらなかったことを指摘され、呆然とする。

「まして、南久慈の民を卑しむこの津櫛で、南海海人族の特徴の濃いおまえをひとりにしておいたら、どうなるか簡単に想像がつく。だがサザキはおまえを薬女さまに推薦するよりも、自分が宮奴になることのほうが大事だった。そういうことだ」

隼人にはもうなにも言い返せなかった。うなだれ、くるりと体の向きを変え、地面に目を落としてとぼとぼと歩き始める。その打ちひしがれた後ろ姿をしばらく眺めていた鷹士は、眉ひとつ動かすことなく奥の郭へ戻っていった。

その夜、こどもたちの寝言やいびきのうるさい伏屋の隅で膝を抱えながら、隼人はとりとめなく考えた。サザキが宮奴の立場に安穏として、親を捜しに逃げ出す気概を失くしたのは認める。しかし、史人が連れて行かれたあの夜、サザキが史人を利用し、隼人を見捨てたのだとは思えない。邑首の娘であり、巫覡のいないこの邑で巫の役割も担っているらしい薬女に命じられたら、ただ黙ってついていくしかないだろう。

だが、鷹士が隼人の胸に埋め込んだ小さな棘は、心の薄膜を突いて不信の芽を伸ばそうとする。その芽を潰すために、自分の容貌についてとやかく言われたことをことさら思い返し、目の前にいない相手に反論した。

「豊人の顔じゃないって、だからなんだってんだよ。久慈大島の四つの民は、みんなどこかでつながってるんだからって、里の巫女さまもおっしゃってたんだ。おれの顔が変だってんなら、狐みたいに目の吊り上がった鷹士のほうが、よっぽど鬼みてぇじゃねぇか。少なくともおれの顔は久慈の民のだからな」

津櫛の民が南久慈のひとびとを差別しているという鷹士の言葉を、いまになって思いだす。サザキへの弾劾に気を取られてつい聞き流してしまったが、北久慈と南久慈の民人が、どんな理由で対立するというのか。隼人はなにも知らずに今日まできたことが恥ずかしく、自分をわが子のように育ててくれた養父母の心の広さに胸が熱くなった。

いっぽう、自分の邦にいながら、鷹士には会いにゆきたい家族や友人、どこかで生きているかもしれない大切な誰かが、この世にひとりもいないことに背筋が寒くなる。

サザキの余裕のない行動を友人への裏切りと解釈し、断定する。そのような鷹士の精神を育んだ、殺伐とした津櫛邦に家族が囚われていることに、心がすくむ思いだった。

鷹士が成人を迎える夏至間近、女輿や兵からなる六十人あまりの行列が、戦奴の邑を訪れた。

細長い一枚布に穴を開けて頭を通し、脇を紐で結んだ膝までの貫頭衣と、不揃いの槍を携えた戦奴とは異なり、日留座の血族男子から選ばれた兵は革の沓を履き、衿を前で重ねる白い上着を着ている。革の甲冑には汚れも傷もなく、漆を塗り重ねてピカピカと黒光りしていた。腰の帯には、鷹士が下げているような剣を佩いていた。木の鞘に施された細工の美しさに、本当にひとを殺める武器が収められていることが信じられない。

「津櫛の日留座様の一の御子、長脛日子様の御一行だってよ」

さざ波のように、邑の戦奴の間をざわめきが駆け抜けてゆく。

「鷹士の成人の儀を見に来たらしい」

その響きには嫉妬と羨望が込められている。

「剣奴ごときの成人に、なんで御子さまがおいでになる」

それはとくに十代の戦奴たちの間でささやかれ、ぐつぐつと煮詰まる粥のあぶくのように、ねっとりと弾ける。貴人や兵の成人の儀でも、日留座の直系が臨席することは、そうそうあることではない。戦奴たちのかしましい噂話に隼人は聞き耳を立てた。

夏の真っ蒼な空が高く突きぬけたその日、儀礼用の大きな青銅の矛を手に持ち、髪を両耳の前でみずらに結った鷹士が広場に姿を現した。髪型が変わっただけで、ずいぶんとおとなびて見える。両頬の上には鎌の形をした三本目の刺青が入り、さらに切れ長の目尻を強調するように、薄の葉に似た細く尖ったゆるやかな曲線が数本、下のまぶたからこめかみにかけて彫りこまれ、凄みを増していた。こころなしか背も伸びたようだ。

鷹士は、津櫛の御子から与えられたという真新しい上下の麻衣と、革の防具を身につけ、額には真新しい浅黄色の鉢巻を締めていた。

その華やかさに隼人は溜息をつく。

剣奴といっても奴隷は奴隷だ。それなのに、小さな里の工人であった兄の成人の儀よりも、ずっと厳かで見栄えがする。鷹士がなぜそこまで特別なのか納得できない。生まれてくる前から剣奴だなんて、誰に決められるというのだ。隼人は小さな体を人だかりの中に押し込みつつ、津櫛の御子や貴人たち、邑首の並ぶ桟敷まで近づいた。

津櫛の御子、長脛日子は屈強な体つきの壮年の男だ。太い鉢巻にはうすく楕円に伸ばした金銅の飾りが縫いつけられ、陽光を燦然と弾き返している。赤い紐を編み込み、耳の前で上下がふくらんだ糸巻き形に結われたみずらは、黒々と艶やかだ。貴人以上の男子だけが、みずらの輪の下から肩へと垂らすひと房の端髪は、毛先もきれいにそろえられていた。

広場に造られた舞台の上では、長脛日子が津櫛の大郷から連れてきた剣奴が、余興として異国風の剣舞や矛の演武を披露したのちは、真新しい麻衣や帯、武具などの賞品を賭けて、邑の剣奴や戦奴による槍試合が行われていた。

試合の開始や勝敗を知らせる太鼓の音、見物の飛ばす野次や歓声に消されないように、長脛日子が大声で邑首に話しかけるのが隼人の耳にも届いた。

「どうにか死なせずにここまでこられたな。よくやった」

「ほかの鬼童はみな死んでしまったんですから、失敗ではありませんか。いくら強くても、鷹士ひとりだけでは戦の役には立ちませんでしょう」

「いまがあの強さであと五年したら、一人で戦奴百人分の働きをすることだろう。十人いれば戦奴千人の戦力を得たも同じだ。久慈の十二の神宝をすべて手に入れて、鷹士のような鬼童を百人も育てれば、久慈大島の統一は私の代で実現できるだろう。このたびは強引な鍛え方でほとんど死なせてしまったが、次は少し手心を加えればいい。もっとカラの戦女を生け捕りにしなくてはな」

「先の戦では、津櫛の神宝は取り返せず、豊邦の神宝も手に入りませんでしたな」

「豊邦の日留座は、なかなかの女狐だ」

「豊邦が津櫛の神宝を盗み出したという証拠も、実のところないのですからね」

髪にもひげにも白いものが交ざった邑首は、上機嫌の長脛日子に追従するでもなく、右手で頭のうしろをかいた。その手の向こうに、凛とした姿勢で座る薬女の姿をみとめた隼人は、さらにそのとなりに史人を見つけて声を上げそうになった。

もうひと月以上、史人の顔を見ていなかった。視線を移すと、彼らの桟敷の下にサザキが膝をついて控えていた。簡素だが清潔な宮奴の服を着せられ、櫛を通された髪は史人と同じ童形に結わえられている。

隼人ら成人前のこどもたちは、前髪が目に入らないように額の上で結び、あとは伸びるにまかせて流しているものだが、家事や里の仕事を手伝うようになると邪魔になるので、草の蔓や荒縄を使って首のうしろで束ねる。サザキは白い麻苧で、史人は青く染めた細い紐で前髪とうしろの髪を束ねていた。ふたりの着ている麻衣の、織りたてのまぶしい生成りの淡い白が眼に沁みる。史人など、若草色の鉢巻と帯まで締めている。

薬女に話しかけられるたびに、嬉しそうに薬女に顔を向けて言葉を返す史人の瞳は、阿古にいたときよりも明るく輝いている。

サザキが言ったとおり、良くしてもらっているんだと胸が温かくなり、同時にきゅっと胃をしめつけられるのを感じた。

じわりとぼやける視界に、隼人がまぶたを手の甲でこすっていると、舞台のほうでざわめきが上がった。隼人はそちらのほうに注意を戻す。

鷹士が大矛を手に舞台に立っていた。長脛日子に一礼し、太鼓の拍子に合わせて演武を始める。身長とは不釣り合いに見えた大矛を、流れるような動きで左右にさばいては回転させる優雅な動作は、それが剣奴にとっては戦闘訓練の一部でもあるということを忘れさせてしまう。

余興を演じ終えた鷹士が桟敷へ戻り、膝をついて長脛日子と邑首に頭を下げた。

「鷹士、大郷へ戻るぞ」

長脛日子の言葉と合図に応じて、横に座していた貴人の女が立ち上がり、光沢のある紅白の飾り帯を鷹士に授けた。戦奴の間からどよめきが起こる。隼人も、剣奴の身分である鷹士に赤色の品が授けられたことに驚いた。

鷹士の顔をよく見ようと、隼人は首を伸ばしたが、その細い眼にも、まっすぐな薄い唇にも感情らしいものは浮かんでいない。ただ、もういちど津櫛の御子とその横に並ぶ貴人たちに、恭しく頭を下げただけだった。

その夜は、鹿や猪などの肉、米酒が雑奴にまでふるまわれた。

おとなもこどもも関係なくまわされてくる酒壺を受けとった隼人は、その甘酸っぱい匂いと粥汁のようにどろどろした見た目に胸が悪くなって、すぐにとなりの戦奴に渡した。米酒がみなにゆきわたるころには、張り太鼓や木管を叩いて唄を歌ったり、手拍子も加えて滑稽な踊りを披露したりする戦奴もでてきた。槍を矛に見立てて、昼に披露された剣奴たちの矛舞を真似するものもいる。酔って動きが鈍くなり、舌が滑らかになった戦奴たちが集まるところでは、鷹士の津櫛行きの噂でもちきりだった。

「なんか釈然としねぇ。あの帯を見たか。絹だぞ。なんであいつばかり特別なんだ」

「あいつの母親の名前、熊女っつうらしい」

「外来の女だろう。熊のようにでかくて剛毛なんじゃないか」

隼人は鷹士の強さの秘密を知りたくて必死で聞き耳を立てたが、妬みから吐き出される嘘やいいかげんな想像ばかりで、役に立ちそうなものはない。

「あれは造られた剣奴だっつう話だぞ」

「ああ、あいつだけじゃなくて、前はもっといたんだ」

「津櫛の大郷にゃ、鷹士みたいなのがごろごろいるんか」

「今はいない。昔、外来の戦女の船が打ち上げられたとき、その女たちに邦で一番強い剣奴の子を産ませたら、こどもは無敵じゃないかって長脛日子様が言い出したんだ」

「その通りになったんじゃねぇか。あんな鬼みたいなガキ、他にいねぇぞ」

「おお、みんなちっせえうちからおそろしく強かったそうだ。鬼童隊って呼ばれてたが、鷹士のほかは死んじまった」

「なんで死んだんだ」

「何人かは普通に病気で死んだらしい。ほら、大郷で疫病がはやった年があったろ。それにいくら剣が使えるからって、十やそこらで戦場に出されても、そうそう生き残れるもんじゃない。ましてこっちの旗色が悪くなってみろよ、ガキの逃げ足なんてたかが知れてる。おれらだって自分たちが逃げるので精一杯だ」

「ひでぇ話だな」

幼いころから剣奴として育てられ、戦場で戦わされてきたという鷹士の過去は、隼人には想像もつかない。阿古が襲撃された夜に自分が感じた恐怖を思い出す。そうした修羅場を何度もくぐってこなくてはならなかった鷹士の心情は、義理とはいえ両親に愛情を注がれて育ってきた隼人には、とうてい理解できるものではなかった。

隼人は冶金師の子として育ち、いつか自分も父と同じ冶金師になることを疑っていなかった。

家の仕事だからという理由だけではない。鎔けた銅と錫が混ざり合い、父や兄が精魂込めて彫った型に流し込まれて、美しい鏡や容器になる。型を壊して作品が世に生まれる瞬間の、あの胸のわくわく浮き上がってゆく興奮。また、壊れたり磨耗したりして使えなくなった道具や祭具を鋳造しなおして、ふたたび役に立つものを作り出す喜び。冷えて固まった青銅器を力を込めて研磨すると、太陽のように白金色に煌く。隼人は磨き上げた金銅の輝きが好きだった。そして自分もいつか、誰もが驚き欲しがる美しい置物、祭具の鐸、鍋や器といった、ひとびとの役に立つ道具を造りたかった。

鷹士に『おまえは剣奴になりたかったのか』と訊ねたら、かれはどう答えるのだろう。

「ふた月前に来た、だんまりの小僧、覚えているか」

史人のことだ、と隼人は話し声のするほうへと近づいた。

「あいつも津櫛の大郷に行くんだってな。宮奴の女がそう言ってた」

「生っ白い、役立たずだな。薬女さまに取り立てられたんだ」

「おい、口に気をつけろよ。あいつ、豊邦の神子らしいぞ」

「じゃあ、あいつをなぶったやつら、そのうち呪い殺されるかもしれんなぁ」

野卑な笑い声が響く。

史人が津櫛の大郷へ連れ去られると知った隼人は、めまいを感じた。ということは、神子の祝であるサザキも、史人の世話をするためにこの邑を去るということだ。何者でもない雑奴の隼人は、ずっとこの戦奴邑に居続けなければならないのか。

同じ邑にいると思えばさびしくても我慢してきたが、二度と史人とサザキに会えなくなるかもしれないと思うと、いてもたってもいられなかった。

顔を上げると、篝火が目に入る。燃える炎の向こうに、いつかの夜襲を思い出した。

――とうさん、兄さん。かあさん、ヒナノ。

阿古の人たちは、津櫛の大郷に連れて行かれたかもしれないという話ではなかったか。

食べることも忘れて、隼人は鷹士を捜して走り回った。剣奴の壁屋群へ行き、そこにもいないとわかると二度と近づかないと約束した奥の郭を目指した。

宮奴の通用口へ近づいたが、剣奴が立っているのを見てあきらめる。陰から陰へ移動しながら、どこかにもぐりこめる隙がないかと柴垣に沿って這っていく。補修したばかりらしく、柴垣の下の地面がやわらかい箇所があった。隼人は迷わず両手を使って土を掘り、上半身を押し込んだ。とりあえず頭だけ出してみた柴垣の内側は、幸いにも茂みのうしろで人の目を避けられそうだった。

どうにか体をねじこみ、柴垣の内側へ下半身も引っ張り込む。

阿古の巫（かんなぎ）は板の張られた高い床の家屋に住んでいたことを思い出し、史人がいそうな高床の建物を求めて、宮奴の住む伏屋の並びを通り過ぎる。生け垣から生け垣へと移動して、鷹士かサザキの姿を捜した。松の木陰から炊屋を見つけてそちらへ行こうとした隼人の背中に、誰何（すいか）の声が叩きつけられた。

「だれだおまえは」

倉から酒甕（さかがめ）を担いで炊屋へ向かっていた宮奴に、不審の声を上げられ、隼人は追われるウサギのように走り出した。大勢の足音がこちらへ向かっているのが闇に響く。

奥庭の柴垣に突き当たり、引き返して、隼人に迫ってくる大柄な剣奴の足の下をくぐりぬける。すばしこい隼人の髪をつかもうと、ごつい手が伸ばされた。とっさに頭を下げ、ぎりぎりで逃れた隼人は地面に転がり、立ち上がってふたたび全速力で駆け出した。
薄暗い庭を横切ろうとした隼人の胸あたりを、棒のようなものが横なぐりに襲った。隼人は仰向(あおむ)けに地面にたおれ、息もできなかった。あばら骨が折れたかもしれない。

「雑奴のガキだ」

野太い声がする。

「シシドに報告しろ」

「豊邦の間諜(かんちょう)かもしれない」

「ガキだからって侮るな。あの鷹士も、このくらいのときはもう戦場に出ていたんだからな」

痛みと衝撃で頭がぼんやりとする隼人の頭上で、男たちのそんなやりとりが交わされた。さらに多くの足が砂利を踏む音に取り囲まれ、聞き覚えのあるシシドの声がした。

「このガキか。また問題を起こしやがって。連れて行って二十の棒打ちにしろ」

ああ、もうおしまいだと隼人が思ったとき、不意に耳慣れた声がした。

「シシド。そいつはおれの雑奴だ」

あたりがシン、と静まり返った。間をおいて、シシドが疑いをこめた声で訊ねる。

「おまえの雑奴が、どうして奥の郭に忍び込む必要がある」

「用事をいいつけたんだが、広いので迷ったんだろう。今日が初めてだからな」

「じゃあ、なぜ逃げずにそう言わない」

「こいつはあまり頭がよくないんだ。追われると逃げる癖がついている」

なんて言い草だよ、と隼人は胸の中で毒づいたが、その胸がずきずきと痛み、息をするだけで精一杯だった。

シシドがしぶしぶといった口調で、隼人を薬女のところへ連れて行き、手当てさせるように指示した。隼人は逞しい剣奴のひとりに担ぎ上げられる。動かされると胸の痛みが激しく、隼人は吐きそうになった。その場から遠ざかりながら、鷹士がシシドや他の剣奴、宮奴たちに騒動を起こしたことを謝罪するのが聞こえた。

年上の戦奴にすら尊大な態度を崩さない鷹士が、どんな表情で謝っているのか想像もできないまま、隼人は気を失った。

第四章　夜半の襲撃

——隼人は、歩き続ける女の背に負ぶわれて、きらきらと夕陽に輝く海を右手に眺めていた。女が自分の母ではないことを知っていたが、実の母よりも自分を慈しみ守ってくれる存在だと信じていた。父も母も、もうひとりの男の子ばかりかわいがって、かれの顔を見ようともしないし、触れようともしない。だから、かれに乳を飲ませ世話をしてくれるその女が、陽の射さない忌み屋から幼い自分を連れ出して長い旅に出たときも、その女のまごころを疑うことはなかった。

青空の下、広々とした野原や海辺を走り回らせてくれる養母の髪と乳の匂い、その胸や背中のぬくもりさえあれば、かれはそれだけで満足だった——

隼人が目を覚ましたとき、すでに朝の陽は高く昇っていた。

なにか夢を見ていたようだが、曖昧ではっきりと思い出せない。隼人の両親はかれを慈しみ育ててくれたのだから、父母に冷たくされた記憶も、両親以外の誰かを頼りにした思い出もあるはずがない。山里育ちの隼人に、海を見ながら女と歩いた光景など、まったく身に覚えがないはずだ。

そういえば、阿古の父と出会ったのも、どこかの海岸だったらしい。養父に引き取られる前の記憶が夢に出てきたのだろうか。

背中の下には地べたに寝るための荒いむしろでなく、やわらかく織られた薦の畳が敷かれてあり、麻の上掛けが肩までかけられていた。薦畳の下は、阿古の巫の宮を思わせる板の床だ。嗅ぎ慣れない乾いた草の匂いがした。

寝返りを打とうとすると胸に痛みが走り、のどから呻き声がもれる。

「目が覚めたか」

隼人の顔をのぞきこんだのは史人だ。久しぶりに見る幼馴染の顔は阿古にいたころそのままに優しげで、隼人はここがどこで、いまはいつなのか、すぐには思い出せなかった。

「いま、湿布を替えてやる」

史人は部屋の入り口に置かれた木の洞を、木のばちで三回叩く。澄んだまろやかな音が響くと、サザキが部屋に上がってきた。

「隼人、眼が覚めたか。気分はどうだ」

息を弾ませながら、仰向けの隼人におおいかぶさるようにして顔色を見た。

「胸の怪我を診てみよう」

史人は、隼人の胸の湿布を取り除き、固く絞った布でべたべたする薬を拭き取った。

それから隼人の胸にじかに両手を当てる。

「息を吸い込んで。少し痛いくらいなら我慢して、ゆっくり大きく吸って吐くんだ」

阿古が襲撃されて以来、耳にすることのなかった史人の明瞭な話しぶりに、隼人は言われた通りにした。鈍い痛みに顔をしかめながらも、どうにか呼吸をすることはできた。上下する隼人の胸郭を、指先と手のひらで確認した史人は、ほっとした声で言った。

「肋骨は折れてない。薬女さまが見立てたとおりだ。出発までには起きられるだろう」

史人は、麻布にねばつく湿布薬をヘラで延ばして塗りつけ、隼人の胸に載せた。

「医術を習ってるのか」

隼人は天井や壁に吊り下げられた薬草の束や、棚に並べられた生薬の器らしきものを見て訊ねた。史人はふっくらした頬に穏やかな微笑を浮かべる。

「ここは戦奴を養成し、訓練するための特別な邑だから、神事はあまりなくて巫覡がいない。朝夕の祭事は薬女さまがされるけど、祈禱や呪術が必要な時は、近くの邑から巫覡たちがやってくるそうだ。だから薬女さまが、ここで私が学ぶことができるのは、呪術や占術じゃなくて、医術や薬術くらいだとおっしゃってね。さっそく役に立った」

史人が隼人の打ち身を手当てしている間に、サザキは炊屋に粥をもらいに行った。雑奴の炊き場で供される稗や粟の粥とちがって、赤米の粥だった。鴨肉の出汁をつかっているらしく、芳醇な香りがする。

サザキと史人に助けられて体を起こした隼人は、粥を飲み下すたびにずきずきと痛む胸を無視して全部たいらげ、おかわりさえした。

食事が終わると、米のとぎ汁を入れた湯が持ち込まれる。もつれてあちこちだまになった隼人の髪を史人が洗い、櫛で根気よく梳いてくれた。汚れが落ち、髪の艶が戻る。

細く編まれた麻苧で隼人の前髪を額の上で結んだあと、史人は隼人の枕元を指さした。

「起きられるようになったら行水をして、そこにある衣を着るといい」

それは真新しい麻の雑奴衣で、淡い黄色の楮糸で編んだ帯と鉢巻まで添えてあった。

とまどう顔の隼人に、サザキが応えた。

「鷹士が持ってきた。隼人、鷹士の雑奴になって津櫛に行くんだって聞いたけど」

サザキは浮かない顔で訊ねる。隼人は昨夜のことを思い出してことの次第を話した。

「なんでおとなしく待てなかったんだよ。史人はお前を宮奴か祝部にして連れていくよう、薬女さまにお願いしていたところだったんだぞ。勝手なことをしやがって」

サザキが溜息とともに苛立ちを吐き出した。

そんなこととは知らなかった隼人は唇を噛んだ。自分なりにこの戦奴邑から出てゆく方法を尽くしたのだ。もはや決まったことだ。変えられない。

まだ朝も早いというのに、真夏の陽射しは地上に照りつけ、庭に陽炎を揺らめかせている。騒々しい蝉の鳴き声が大気を満たしていた。

短い沈黙のあと、史人がサザキをなだめた。

「薬女さまが私の願いを聞いてくださったかどうかは、わからない。隼人もいっしょに来れることになったのだから、これでいいんだよ。大郷に私たちの家族がいるかどうかわからないけど、希望を捨てずに、三人でとうさんたちを捜し出そう」

両方に言い聞かせて、隼人へと淡い微笑を向ける。

「隼人は動けるようになっても、出発までここで療養すればいいそうだよ」

「鷹士がそう言ったのか」

隼人は不思議そうに訊き返した。サザキがあきれて口をはさむ。

「他にいないだろう。おまえ、本当に自分から鷹士の雑奴にしてくれって言ったのか」

隼人は少し考えてうなずいた。確かにそう言いだしたのは隼人のほうだ。そのときは、鷹士はまともに取り合おうとしなかったのだが。

「とうさんたちのいるかもしれない津櫛の大郷へ行けるんなら、なんでもやる」

「なにを考えているのかわからないやつだぞ。生意気な口をきいて怒らせるなよ」

サザキが、苦虫を嚙みつぶしたような顔で忠告した。

津櫛の御子、長脛日子の出立までの五日間、隼人は史人の薬房で療養した。その間、鷹士はいちども見舞いに訪れなかった。精力的に領内や邦境を見回る長脛日子の護衛に加わって、忙しくしているらしい。

出立日の未明、隼人は新しい衣に頭を通して、腰の紐を結わえた。剣奴の詰め所へと足を向ける。鷹士はすでに旅支度を終え、隼人の姿をみとめると無言で立ちあがった。足元にふたつ並んだ背嚢のひとつを、隼人に放り投げる。鷹士は自分の背嚢とともに、その身長には長すぎる靫を背に負う。

隼人が自分の背嚢をのぞきこむと、竹の水筒と木の椀や匙、携帯食やこまごまとした旅の必需品が入っていた。隼人は奥の郭に忍び込んだときに助けてもらった礼を、まだ言っていないことを思い出した。

「なんで、おれをおまえの雑奴にしたんだ」

隼人の問いに、鷹士はその朝、初めて口を開いた。

「二十回も棒で打たれて農奴にされるほうがよかったら、いまからでもシシドのところへ行ってそう言え」

隼人は首を横にふった。隼人の鍛えてもいない小さな体では、打たれ終わるまでに骨も肉も潰れて死んでしまうだろう。

「おれを、助けてくれたのか」

鷹士は無言で隼人の横を通り過ぎた。ついてくるように手ぶりで示す。隼人はその背中に硬い言葉をぶつけた。

「ありがとう」

背中を向けたまま歩調を速める鷹士のあとを、隼人は小走りになってついていく。

広場では、長脛日子の一行がまさに出発しようとしていた。史人の後見として同行する薬女の、輿に下がる垂れ布の藍が涼しげだ。他にも、女性用の輿が並んでいた。

朝の涼しさはすぐに強い日光に奪い取られ、焼けた地面に立ち昇る熱気が、病み上がりの隼人から体力を奪ってゆく。行列の速度についていこうと、小走りになりがちな隼人はすぐに息が切れる。口で息をしているとのどが渇き、隼人の水筒はいくらも進まないうちに空っぽになってしまった。

水筒を逆さにふっても、手のひらに一滴の水も落ちない。失望して水筒を帯の紐にさげる隼人の鼻先に、緑色の竹筒が突き出された。その持ち主を見上げると、前を向いたままこちらを見もしない鷹士である。

隼人はのどから手が出るほど水が飲みたかったが、やせ我慢して言った。

「おまえの水だろう」

「おれは慣れてるから、あまり飲まなくても平気だ」

押しつけられた竹筒を、両手で持ってごくりとひと口飲んだところで取り上げられる。

「少しずつ飲め。いちどに飲んでも汗になるだけだ」

だらだらと流れる汗に、髪も新しい麻衣もびっしょりの隼人とは対照的に、鷹士はたしかに涼しそうな顔をしている。髪の生え際はしめっぽく、衣の背中にはうっすらと汗が染みているが、見苦しく汗だくにはなっていない。

日が高くなり、一行は休憩をとる。

隼人は座り込んだまま動けなくなり、鷹士が二本の水筒と水袋を持って渓流に水を汲みに行く。隼人は漬物や黍団子などの軽食を取りながら、じりじりと照りつける陽射しを肌に感じないことに、ふと気がついた。なぜだろうと見上げると、鷹士が座ることなく横に立っている。隼人はずっと鷹士の影の中にいたのだ。隼人はぎこちなく訊いた。

「座らないのか」

太陽を背にした鷹士の表情は読めない。

「いちど座ってしまうと、立って歩き出すのがいやになる」

座って休まない理由だけを述べた鷹士は、陽炎の向こうの青い森へと視線を戻した。

出発の号令に、よろよろと立ち上がった隼人が荷物を担ごうと手をのばすと、鷹士が黙って弓と隼人の背嚢を拾い上げて背負った。槍と水筒だけを持たされた隼人がなにか言う前に、近くの剣奴が笑いながらからかった。

「剣奴に雑用や荷運びをさせる雑奴なんぞ、前代未聞だなぁ」

戦奴たちの『おれも鷹士の雑奴になりてぇ』と冷やかす笑い声も聞こえた。隼人はかぁっと耳と頬が熱くなる。

「おれ、自分の荷物くらい自分で運べる」

「まだまだ暑くなる。おまえがたおれても、おれは担いで運ぶ気はない」

「たおれたら置いていけばいいじゃないか」

隼人はむっとする。野垂れ死にはいやだが、鷹士に担がれるのもいやだった。

「行きだおれの雑奴や戦奴が、ただ置き去りにされると思うのか。動けないふりをして逃げ出さないように、脱落したやつはその場でとどめを刺される」

槍の穂先を胸の前に突き出され、隼人の背筋がぴんと伸びる。隼人は次の休憩まで鷹士のうしろを黙々と歩いた。

夕刻が近づき、野営に向いた川沿いの森に近づくころには、隼人は槍を杖代わりにかろうじて歩いていた。それでも二ヶ月以上の水運びや茅運びでついた体力のおかげだろう。隼人は行きだおれることもなく行軍についていけた。

天幕の中で眠るのは、貴人以上のほんのひとにぎりだ。鷹士ら剣奴以下の男たちは草むらに寝転がる。干し肉や湯で戻した干し飯、炒った木の実をひとつかみと、回されてきた甘辛い夏瓜漬けで夕食を終えるなり、隼人は地面に伸びて動けなくなった。

しばらく姿が見えなかった鷹士が戻ってきて、隼人の横に腰をおろした。

「あのさ……」

話しかけようとした隼人の顔も見ないで、仰向けになった鷹士がたたみかけた。

「おれたちは未明の歩哨に立つ。早く寝ろ」

「『ほしょう』って、なんだ」

「見張りのことだ。朝が早いから、さっさと寝ろ」

鷹士がなにを考えて隼人を自分の雑奴に引き立てたのか、理由がさっぱりわからなかった。考える間もなく、隼人もまた数秒とかからず眠りの淵に吸い込まれていった。

——桜色に染められた形のよい小さなつま先が、夜露に濡れた芝草を一歩、一歩と踏み進める。足音が立たないのが不思議だと隼人は思う。思ってから、これは夢なのかとあたりを見回すと、空にかかる月の明かりの下、河原から少し離れたところに、長脛日子と貴人らの天幕が並んでいるのが見えた。

かさりと草を踏んだ音に、隼人がそちらに注意を向けると、先ほどのつま先の持ち主が、月の光を浴びて長脛日子の天幕に手を差し伸べた。真っ白な袷の短い上着に、踵まで届く白い腰巻きが微風にそよぐ。膝まで流れる長い垂れ髪と華奢な体つきは少女のようであったが、その顔にあたる部分を見て隼人は息を呑んだ。

真っ赤な顔に、巨大な鷲鼻、金色の目玉の飛び出た鬼神の形相であったからだ。

鬼神の顔を持つ童子、あるいは少女は、肩にかけた薄青の比礼を蝶の翅のように広げ、隼人の聞いたことのない呪言を謳いはじめる。

森がその詠唱に応えるように、不気味な鳴動を返し、ごぉぉ、と大気が震えた。波立つ川面から水しぶきとともに強風が巻き起こる。風は広げられた比礼にとらえられ、少女の体と鬼神の顔をもつ異形を竜巻で包み込んだ。竜巻のなかから、長脛日子の天幕を目指して、桜の色に染められた細い指先が突き出される。

いったん中空に巻き上がった竜巻は、次の瞬間には暴風と化して長脛日子の天幕へと襲いかかり、一瞬にして幕営地に建つものをすべて薙ぎ倒す。

驚愕する隼人が鬼神のほうをふり返ると、鬼神の背後の地面から筍かなにかのように人影が湧きあがる。それは短甲で身を包んだ赤い顔の兵の群れとなり、隼人に向かって襲いかかってきた――

鷹士に警告しようと跳ね起きた隼人は、なにか固いものに頭をぶつけた。周囲の暗さに、さきほどの鬼神の襲撃は夢だったのかとほっとしたが、男たちの怒号や足音、木の棒や金属を激しく打ち合う音に驚く。

　そういえば、草の上に横になっていたはずだが、あたりは真闇（まっくら）だ。いまがいつで、ここがどこなのかわからず、隼人は汗が噴きだし体が小刻みに震えた。やがて目が闇に慣れ、湿った木のにおいと、手に触れるとぼろぼろと崩れる朽木の感触から、隼人は木の洞（うろ）に押しこまれていたことを悟った。

　鼓動と手の震えがおさまってきた隼人は、洞の外をうかがい見た。野原では、半月の光を浴びて男達が戦っている。どちらが敵か味方かわからず、隼人は震えながら成り行きを見守った。限られた視界からは、鷹士がどこで戦っているのかも見つけ出せない。眠りこける隼人を木の洞に押し込んだのは疑いなく鷹士だろう。だから、戦い方を知らない隼人が、この夜襲が終わるまで洞から出てはいけないことはわかる。しかし、サザキと史人のことが心配になった隼人は、体の震えがおさまってくると、あたりのようすをうかがいながらそろそろと洞から抜け出した。

たおされた篝火（かがりび）の向こうに、剣奴に守られた数人の一団が森の奥へと移動するのが見えた。それを追う襲撃者らしき一団を食い止めようと、赤や青に染めた派手な革の短甲を着けた津櫛の兵（つわもの）と長脛日子が、恐ろしい形相で大剣をふり回し奮迅している。

　森の奥へ避難する人々の中に、女物の裳（も）がひるがえるのを見た隼人はその後を追った。暗くて足元のおぼつかない森の中を走っているうちに、隼人は肩と背中に痛みを感じた。緊張のあまりこれまで気がつかずにいたのだが、隼人はふたつの背嚢を背負って走っていた。隼人を隠したおりに、鷹士はふたり分の荷物を隼人の背中に負わせて洞に押し込んだらしい。邪魔に感じた隼人は外そうとしたが、すぐに思い直した。隼人は武器を持っていない。背嚢の中には小刀があったはずだ。鷹士の袋は隼人のそれより重く、なにか武器になるものがあるかもしれない。

　隼人は背負い紐をしっかり結びなおして、薬女の一行を追った。追っ手は騒々しく森を捜し回るので、隼人は見失う心配もなく距離をおいて彼らについていく。剣奴が襲撃者をひとり斃せば、別の襲撃者がその剣奴を斃すという具合に、薬女の守りは薄くなってゆく。サザキがあやうい手つきで戦奴の槍を構え、史人が薬女をかばって先を急ぐ。

　隼人は落ちていた槍を拾い上げた。サザキを追い詰めてゆく襲撃者の背後に忍び寄り、気合を込めて槍を突きだす。斜め上に突き出された槍は、漆で固められた短甲の表面を滑った。

　邪魔をされた敵は半回転してあたりを見回し、目の前に誰もいないことに戸惑った。その隙を突いて、隼人は槍をぶんぶんと左右にふる。脇を槍先で叩かれた襲撃者は、蚊に刺されたほどの痛痒も見せなかった。電光の速さで隼人の槍を奪い取り、隼人の胸を蹴った。隼人は蹴られた勢いと背負った荷物の重さに、尻もちをつく。

「小僧」

顔に赤土を塗った兵の、割れ鐘のような嘲り声。

「槍は突くものだ」

言い終わる前に、襲撃者は槍を肩の上にふり上げ、隼人の腹をめがけて突き下ろした。隼人はとっさに横へと転がり、槍は地面に突き立った。その敵の背にサザキが体当りをする。もんどりうってたおれた敵は、やわらかい森の地面とかさばる短甲のために、すぐには跳ね起きることができない。敵はその不安定な姿勢のまま、立ち上がろうとする隼人の背を槍で突いた。槍先は背嚢に当たり、金属音を立てて槍を止めた。鷹士の荷のおかげで、隼人は命拾いしたようだ。

隼人はばねのように飛び起き、サザキの手をとって走り出す。史人と薬女とははぐれてしまったらしく、森のどのあたりを走っているのか見当もつかない。戦闘の場から離れて静かな樹間で立ち止まり、サザキと隼人は早鐘のような鼓動と苦しい呼吸を整えた。息を吸うたびに、のどがひりひりと痛む。隼人は背嚢に水筒があるのを思い出して、サザキと分け合って飲んだ。

「ありがとう。隼人のおかげで命拾いした」

「まだわかんないよ。史人を捜さないと」

サザキは闇を透かし見、耳を澄ました。追っ手の怒号と女の悲鳴が聞こえる。

「あっちのほうだ」

「こっちの袋を持ってくれ。なくしたらまずいんだ」

隼人は自分の背嚢をサザキに手渡す。鷹士の背嚢は穴が開いていたが、まだ裂けてはいなかった。隼人は鷹士の背嚢を背負い直し、サザキとともに森の奥へと駆け出した。

史人に追いついたときには、最後の剣奴が討ち果たされていた。ふたり残った敵の片方が熊笹の繁(しげ)みを槍で薙いだ。史人が転がり出て、彼らの前で一瞬立ち止まり、身をひるがえして逃げ出した。敵はすかさず史人を追いかける。

不器用で動作の鈍い史人だが、巫覡の宮に弟子入りする前は、山を駆け回るこどもたちの遊びを欠かしたことはない。他のこどもたちより足が遅く、よく転ぶことはあったものの、山道を走れないということはなかった。

勢いよく駆けて行く史人と、その後を追う敵を、斃された剣奴の槍を拾い上げた隼人とサザキが追いかける。とはいえ、やはりあまり運動が得意ではない史人は、百歩も逃げないうちに速度が落ち始め、木の根につまずいて転び、そのまま斜面を転がり落ちた。

ふたり組の敵は斜面を走りおり、史人の衿(えり)をつかんで引きずり上げた。薬女のゆくえを訊いているのか、低くしゃがれた声が森の中に響いた。

隼人は無我夢中で駆けつけ、こちらに背を向けて立つ敵に槍を突きだした。背後の物音に危険を察知した敵は横に跳び、隼人の槍を間一髪でよけた。敵の槍がふり下ろされ、隼人の槍は柄の部分から叩き折られる。その衝撃で隼人は顔から地面に突っ込み、うつぶせに倒れる。その背に敵の槍が突き下ろされようとした刹那(せつな)、追いついてきたサザキが、走ってきた勢いのまま敵の背に体ごとぶつかる。重心を失いよろめきながら体をひねり、振り返ろうとする敵の脇を、サザキは両手に握りしめた槍で力任せに刺し貫いた。

隼人の耳の真横に、敵の槍が突き立った。そのまま倒れてきた男の下敷きになった隼人の小さな体は、屈強な兵の体重に肺の空気をしぼりだされ、身動きもできない。隼人の肩に生温い液が伝い、鉄臭い血の匂いが鼻腔に満ちた。

もうひとりの敵が捕らえていた史人を放り出し、サザキを襲った。サザキは突き出される槍を奇跡的に自分の槍で払いのけ、数歩下がる。史人が息をきらしながら隼人に這いより、渾身の力を込めて敵の死体を転がして隼人を助けた。

サザキは敵の突きを二度はかわし、三度突き込み返した。しかし、槍を打ち合わせるたびに柄を握る手も弱っていき、足元も危うくなる。ついに木の根か岩に踵をひっかけ、うしろにひっくり返った。

勝利を確信した敵が、罵り叫びながらサザキの腹を狙って槍をふり上げた。

「サザキィッ」

隼人の絶叫が森に響く。

ドスッと、硬いものが砂袋を突くような音がする。サザキにとどめを刺そうとした敵が、槍をふり上げたまま動きを止めた。その首の下から、鏃が突き出している。赤黒い血で濡れた、見覚えのある青銅の鏃。

枯れ枝や枯葉の上を駆けてくる、軽い足音がした。重なる樹枝の濃い影の下から、青い月の光の下に姿を現したのは。

「鷹士っ」

大股で隼人のそばまで駆け寄ってきた鷹士は、無言で弓を渡した。鞘から剣を引き抜き、たおれた敵に近づく。どちらも絶命していた。月明かりの下で、襲撃者の正体を調べようと死骸の上にかがみこんだ鷹士の背を、震える声が叩いた。

「火邦の兵だ」

声の主、史人へと視線が集まる。その史人が、突然思い出したように叫んだ。

「薬女さまっ」

史人は弾かれたように、もときた方角へ駆けだした。はじめに隠れていた場所に戻り、深い熊笹の繁みをかきわけたが、誰もいない。少し離れて、女の宮奴の亡骸が横たわっていた。

「薬女さまが連れて行かれたっ」

史人は取り乱し頭を抱えて叫んだ。必死で熊笹をかきわけ、狂ったように捜し続ける。

鷹士が近づいて史人の両肩を押さえた。

「落ち着け」

その平然とした言い方と態度に、史人は強い口調で鷹士に言い返した。

「薬女さまがさらわれたんだぞっ」

人が変わったような史人の態度と勢いに、隼人もサザキも唖然とするばかりだ。

「さらわれたってことは、殺すつもりがないということだ」

どこまでも冷静な鷹士の指摘に、史人は両手をだらりと下げてうなだれた。悔しさからか、両肩が震えている。そのまま膝を落とし、両手も地面についた。やわらかな森の地面に額をこすりつけて唸りだす。

史人の肩をつかんで起こそうとした鷹士を、隼人が止めた。ふり向いた鷹士の冷たい瞳が、闇を背に光ったように隼人には思えた。

「勝手にいなくなるんじゃない」

木の洞から逃げたことを言っているらしい。鷹士は隼人を捜しにきたのだろうか。隼人は素直に感謝を込めて言った。

「おれたちがここにいるの、わかったのか。すごいな」

鷹士はあごを上げて眼を細めた。

「薬女さまが逃げたという方向へ、戦闘や死体のあとをたどった。耳をすましていれば、騒がしいおまえたち素人の居場所はすぐにわかる」

「サザキを助けてくれてありがとう」

隼人は心からそう言った。鷹士はいっそう眼を細めて、史人へと視線を戻した。

「こいつはなにをしているんだ」

始めは泣き崩れているのかと隼人もサザキも思ったのだが、史人の奇妙な唸り声はだんだん大きくなっていった。それは一定の抑揚を持ちながら、獣の咆哮のように、森に反響する。

サザキがはっと息を吞んで、二人の腕をつかんで引っ張った。

「史人は警蹕を上げてるんだ。神が降りてくる。離れろっ」

隼人は、そしておそらくは鷹士も、本能的な畏怖に襲われて史人から数歩離れた。

やがて史人は人形が操り紐で引き上げられるように上体を起こした。目玉が飛び出るほど大きく目を開いて両手を前に差し出し、鉤のように曲げた指で月の光をかき寄せる。地の底に千年もまどろみ続けた老婆のような声が、史人ののどから流れ出た。

『南へ。倭びとの女は火の山神の贄に』

史人は体をぶるぶると震わせて、ふたたび地べたに突っ伏した。肩をせわしなく上下させて浅い呼吸を続けたあと、動かなくなる。サザキがおそるおそる史人に近づいた。おとなの噂で耳にしただけの神降ろしを、目の当たりにしたのは初めてだった。うっかり触りでもしたら祟られそうな恐怖から、誰ひとり話しかけることもできない。

サザキがその肩にそっと手を伸ばしたとき、史人はすっと体を起こした。なにかに憑かれたような潤んだ瞳のまま、ぐるっと南の方角に顔を向ける。

「あっちだ。やつらの足跡が見えるうちに」

それは史人自身の声だった。隼人たちは一瞬安堵したものの、すっくと立ち上がって走り出した史人のあとを慌てて追う羽目になる。

「どこへ行くんだよ。宿営に戻って、助けを呼んでこなくていいのか」

「跡が見えなくなる前に、薬女さまに追いつくんだ」

「どこへ行くのかわかんのか」

「火邦だ。急がないと間に合わない」

史人の声には、はっきりとした強い意志が込められていた。穏やかでいつも人に譲るばかりの史人がそんな声を出せることを、隼人もサザキも知らなかった。二人は急いで史人のあとを追って走り出す。

「おい、こら、待て。津櫛の御子に報告してからじゃないと、脱走扱いになるぞ」

鷹士の叫びは、月の明かりに照らされた森に虚しくこだまする。小さく舌打ちをした鷹士は、剣を鞘に納め、弓を拾い上げる。敵の屍から矢の柄を叩き切って鏃を抜きとり、斜面を駆けおりてゆく三人の後を追いかけた。

史人は走り続けることはできなかった。いくらも進まないうちに走るのをやめ、とぼとぼと歩き始めた隼人たちに鷹士が追いつく。このままでは脱走したことになり、見つかったら四人とも処刑されると忠告したが、史人は強気で反論した。

「こんな真っ暗な森の中でばらばらになってしまったんだ。津櫛の御子がどうなったかわからないし、邑首の娘でしかない薬女さまの捜索を、すぐに出してくれないかもしれないだろう？」

「こいつらまで捕まって処刑される危険を冒すほど、薬女さまを追うことになんの意味がある」

鷹士の高圧的な説得に負けず、史人は強気な語調で言い返す。

「私は誰にもいっしょにきてくれとは頼んでない。隼人たちは宿営に戻ればいい。私だけでも薬女さまを助けに行く」

隼人は、ひとが変わってしまったように、強引な主張を譲らない幼馴染に驚いた。史人が薬女にこだわる理由がわからず、サザキの顔を見る。サザキはまぶたをぱちぱちさせただけで、視線をそらした。

なんだこのぬるりとした空気は、と隼人は内心で首をひねったが、とりあえず声を励まして言った。

「史人だけに行かせられないよ。敵の生き残りや、夜の獣に襲われたらどうするんだ」

「おまえは津櫛の大郷にいる親に、会いたいのではなかったのか」

詰るような響きを含ませてそう言った鷹士は、隼人と目があったとたんにぎゅっと唇を結んで目をそらした。隼人は驚きに言葉を失ったが、すぐに震える声で問い返す。

「鷹士は、とうさんたちの居場所を知っていたのか」

いちどは隼人から目をそらした鷹士だが、腰に佩いた銅剣の柄に手を置き、あごを引いてから口を開いた。

「いや。腕のよい工人ならば、大郷の工人区郭にいるだろうと思っただけだ」

父親の居場所を明確に知ったいま、隼人は自分の家族と史人と、どちらが命の危険に直面しているか考え込んだ。工人は殺されないということだが、史人はひとりでは薬女に追いつく前に山の中で遭難して死んでしまうだろう。

父と兄は工人だから無事だとしても、母と妹はどんな扱いを受けているのか。奴婢として津櫛のどこかで働かされているのならまだいい。もしかしたら、すでにカラの船に乗せられて、どこか遠い島や郷に売られていったかもしれない。一刻も早く津櫛へ向かわなければ、母や妹とは生き別れになってしまう恐れもある。そう思い始めたら気が急(せ)いてならない。だがしかし、阿古の里が襲われてから春が過ぎ、夏が来ていた。大切な家族は、隼人の手の届かないところへ、とうに連れていかれてしまった可能性もある。もう、何もかも遅すぎるのかもしれなかった。

その一方で、ここで史人を置き去りにして、鷹士について津櫛の大郷を目指すのは、大事な幼馴染を見殺しにすることにならないかという考えも浮かぶ。

悩む隼人の代わりに、サザキが口を開いた。

「鷹士と隼人は宿営に戻ればいい。おれたちのことを報告して、薬女さまの捜索をお願いしてくれたら助かる」

「丸腰のおまえたちでは、邦境にもたどりつけまい。熊に遭ったらどうするつもりだ」

鷹士は冷静に指摘する。何もできずに熊の爪にのどを裂かれる史人と、無謀にも猛獣に向かっていって大けがをするサザキの光景が目の前に浮かんだ隼人は、鷹士の袖(そで)をつかんで頼み込んだ。

「おれ、史人と行く。鷹士は戻っておれたちが逃げたんじゃないって、伝えてくれよ」

鷹士は眉(まゆ)を寄せて、唇を一文字に引いた。細い眼に閃いたのが、怒りなのか苛立ちなのか、隼人には読み取れなかった。

「おまえらだけでは、山ひとつ無事に越えることもできないだろう。史人、降ろした神は『いけにえは倭びとの女』と告げたのだな」

　確信をもってうなずく史人に、鷹士が問いを重ねる。

「さらわれたのは、薬女さまだけか」

「津櫛の比女が、薬女さまと一緒だったけど、そういえば姿が見えない」

鷹士の顔つきが急に厳しくなる。いきなり張りつめた空気を漂わせる鷹士の右手が、腰に巻かれた菱形模様の真新しい紅白帯を堅く握りしめた。史人の示す方角をにらみつけて、鷹士は自らを落ちつかせるようにゆっくりと息を吐いた。焦慮を秘めた鷹士のつぶやきが、隼人たちの耳に触れる。

「この奇襲が、倭びとの血を引く貴人の拉致であったのなら――そしてさらわれたのが一の比女であったとすれば――確かに、ことは一刻を争うかもしれないな」

　歩き続けていくつかの丘を越えて谷を抜け、夜明けが近づいたころ、小川の岸にたどりついた四人は、誰からともなく立ち止まる。疲れて座り込んだ史人は、途方に暮れたように南を向き、星空を切り取る闇藍の山並みを見つめた。

　隼人はじぶんたちが久慈のどこにいるのか、まったく見当がつかなかった。

「サザキ、と言ったな。その荷を置いて、隼人と枯れ草と枯れ枝を集めてこい」

「なんでおまえが命令するんだよ」

サザキはむっとした口調で言い返しながら、背に負った隼人の背嚢を鷹士に手渡した。

鷹士は背嚢から麻の小袋をだして、サザキに放り投げる。

「火打石だ。おれが帰ってくるまでに、火を熾しておけ」

サザキに反論する暇も与えず、鷹士は弓矢を持って山の奥へ駆けて行く。隼人が集めてきた枯れ草に、サザキは何度も火花を散らしたが、うまく火がつかない。なるべく乾いた枯れ草をさらに細く裂いて積み上げて、再度火花を飛ばす。ようやくぶすぶすと枯れ草が燻り火が点いた。星がいくらも動かぬうちに、鷹士が二羽の野鳩を捕まえて戻ってきた。野鳩を地面に置き、自分の背嚢から小さな薄手の銅鍋を取り出す。

「だから重たかったんだな。でも、それのおかげで命拾いした。敵の槍で突かれたんだけど、壊れなかったかな」

鷹士は隼人の言葉に眉を上げた。かれらしからぬ慌てたようすで、焚き火の灯りに銅鍋を寄せて注意深く調べる。横に小さなへこみがあるだけで、ひびも穴もできてはいなかった。鷹士はほっと息を吐いて、指先で鍋肌をそっと撫でた。その仕草に、鷹士にも壊されたり失くしたりすることを怖れる大切なものがあるのだと、隼人は漠然と知った。

銅鍋に水を汲んで湯を沸かすように鷹士に命じられ、隼人は川端へおりた。銅鍋の外肌には、複雑な模様が浮き出ているのが指先に感じられる。目の前まで持ってきて目をすがめて見たが、月はすでに沈み、星明かりだけではなにが描かれているのかは見てとることができなかった。

　鹿骨の小刀で手際よく野鳩をさばいた鷹士が、切った鳩の腿肉や手羽先を骨ごと鍋に放り込み、胸肉は薄く削いで枝串に刺して火で炙った。

肉の焼ける香ばしい匂いが川岸に漂う。

　隼人は鷹士に渡された干し飯を鍋に入れてかさを増やし、ふたり分の食事を四人分にする。サザキが川端で水菜を見つけて摘んできたのも鍋に入れた。

　木の椀と匙は、隼人と鷹士のふたり分しかなく、交代で鳩粥を食べることになる。

「おまえ、神と話せるのか」

　サザキと史人が粥を食べている間、削いだ鳩肉を焚き火で炙りながら、鷹士が史人に問いただした。史人は小さな声で答えた。

「やり方は習ってたけど。ほんとうにできるとは思わなかった。未熟な神子や経験不足の巫覡に、御霊や魑魅のほうから憑いてくることはあっても、自分の意志で神を招いて降ろすことはとても難しいんだ」

「なんの神を降ろしたんだ」

　サザキが興味しんしんで訊ねる。史人は弱々しく首をふった。

「たぶん、闇山祇……この山々の、深い谷の奥に坐す神」

「たぶん？」

「薬女さまの守り神を呼んだんだけど、応える神を選ぶことは難しい。でも、薬女さまをさらったやつらの足跡を見せてくれた。薬女さまがたどるかもしれない運命も」

三人は目を丸くして史人を見つめた。その視線を避けながら史人は付け加えた。

「火邦の日留座の宮に連れて行かれる前に薬女さまを取り戻さないと、阿曽のクラ母神の生贄にされてしまう」

闇山祇よりもさらに、深い大地の底から命を紡ぎ続けるという大母神は、またときに無慈悲な火の雨を久慈の島に降らせる。サザキと隼人は顔を見合わせて身震いした。

「火邦って、津櫛の南だったな」

サザキが確認し、史人がうなずいた。

鷹士は炙った鳩の胸肉を笹の葉の上に並べ、八つ手の葉で扇いで粗熱をとりつつ、ふたたび史人に問いかけた。

「おまえ、神を降ろす前から敵の正体を知っていたな。なぜだ」

「あいつらが攻めてきたとき、風を起こしたんだ。それで天幕が薙ぎたおされた」

隼人の脳裏に、木の洞の中で見た夢が甦り、息を呑む。隼人が口をはさむ前に、鷹士が不審げに問い返した。

「火邦には、呪術で風を起こせるような巫覡がいるのか」

史人は両手でまぶたをこすりつつ、ひと言ひと言区切りながら答えた。

「火邦や日向邦の神宝には、風霊や地霊を操る力があると聞く。火邦の日留座はクラ母神の直系の末裔で、神宝を自在に使える稀な一族だという話だ」

「風を起こす神宝って、女が肩にかける比礼みたいなやつか？」

長脛日子の天幕を薙ぎ倒したのは、少女の体に鬼神の顔の異形が起こした竜巻であったことを思い出しつつ、隼人はぶるっと肩を震わせた。夢の中では鬼神かと怖れを抱いたが、いまになって思えば、祭りのときに荒神役の巫覡が着ける金眼赤顔の鬼の面と似ていなくもない。

話に割り込むことに成功した隼人を、少年たちは驚きの目で見つめた。隼人はとたんに居心地が悪くなる。阿古を出てから妙な夢を見ることが増えたとはいえ、木の洞で見たのは、隼人の過去にも先祖にも関係のないことだ。そもそも、あれは夢だったのかと思えるほど生々しく、現実のできごとに直結していた。

隼人の背に悪寒が走った。史人が唾を呑み込んでから訊ねる。

「その呪術者を見たのか、隼人」

答えようもなく、隼人は曖昧に首を横にふった。

「それなら、神宝の霊威が発動するのを感じたのか」

史人は探るような目で、さらに隼人を問い詰める。ときおり父の冶金工房を訪れた、阿古の巫を思い出させる史人の目つきに、隼人は慌てて否定した。

「まさか。ただ、風を起こすなら、比礼とか帯とかかなと思っただけで……」

影すだまのことから、史人は里にいた当時より隼人に神子の資質があるのではと指摘していた。異相のもらわれっ子というだけでたくさんなのに、異能などといった、ひとより変わった特質など隼人は欲しくはなかった。

「そうか」

自信のない口調で語尾もあやしい隼人と、急に緊張感を漂わせた史人の顔を、不思議そうに見比べるサザキに気がついた史人は、ふっといつもの微笑を浮かべた。

史人の追及を逃れてほっとした隼人は、いまのやりとりをどう思われただろうかと、鷹士の横顔を盗み見る。

鷹士は、阿古の少年たちの間に流れた微妙な空気に関心を払うようすもなく、炙り肉を焚き火の横に置いて、自分の背嚢から竹の小筒を取り出していた。小筒から指ですくい取った黄茶色の醬(ひしお)を炙り肉に塗りつけて重ね、笹の葉で巻いた。

鷹士は、隼人に食器をすすぎ、サザキに水筒と水袋を満たすように指図する。

「だから、なんでおまえがおれたちに命令するんだよ」

サザキは鷹士に食ってかかった。拳(こぶし)ひとつぶんは上背のあるサザキに詰め寄られても、鷹士はまったく動じる風はない。

「サザキや隼人に、武器の手入れができるのか。さっさと準備して出発しなければ、女たちを取り戻せないぞ」

隼人は食器と鍋を抱え、サザキを促して川岸へ降りた。そのあいだ、鷹士は持ち合わせた武器の血糊(ちのり)や汚れを落とし、槍の柄と穂のつなぎ目を点検してから、それぞれの武器の刃を水で濡らして研ぎ始めた。

「おまえ、ひとりでなんでもできるんだな」

背嚢に道具を詰め終えた隼人が、感心して鷹士の手元を見つめた。

「おれ、剣を磨くのならできる。家でも、鋳造物を磨くのはおれの仕事だった。おまえの剣とかさ、磨かせてくれよ」

「もともとおまえの仕事だ。だが、銅板を磨くのと、刃を研ぐのは違う」

無表情に言いのけ、鷹士は刃を研ぎ続けた。

曙光（しょこう）が山際を赤く染め始めた。刻々と空が明るさを増す。鷹士が三人に問いかけた。

「おまえらのなかで、みずらを結えるやつがいるか」

昨夜の戦闘の激しさを物語るように、鷹士のみずらの左はほどけ、右も返り血でごわごわに汚れていた。朝日ではっきりと互いの姿が見えるようになると、鷹士だけでなく誰もが、頭のてっぺんから指や足の先まで血や泥、すり傷や切り傷で悲惨な状態だった。

一斉に首を横にふる三人を冷たく細い眼でにらみつけたあと、鷹士は鼻を鳴らしてみずらを留める紐を小刀で切り取った。服を脱ぎ、川に腰まで浸（つ）かり汚れを落とし、ゆすいだ髪を櫛で梳いてから、前髪もうしろの髪もすべてひとつにまとめ、後頭部の高いところで束ねた。

そうするとサザキより拳ひとつぶん低く、史人よりも少し背の高い鷹士は、彼らとあまり変わらない少年に見えた。

自分たちも川に入って流せる血や泥は洗い落としながら、隼人はサザキにささやいた。

「鷹士って、もしかしたらいいやつかもな」

サザキは隼人の顔をまじまじと見て、不快そうに口元をゆがめた。低い声でささやく。

「あいつは人殺しだぞ」

「でも、その人殺しに助けてもらったんじゃないか」

鷹士を弁護する隼人に、サザキは苛立ちを見せる。

「あいつはおまえの家の工房から鏃を奪い、家族を連れ去って里を燃やしたんだ。それを忘れるな」

隼人は、なぜサザキがいまになって鷹士の悪口を言いだすのか、わからない。サザキはその鷹士に命を救われたばかりなのに。

「鷹士は、父とうさんたちを殺してないと思う。おれたちを阿古から連れて出た日は、鷹士は血に汚れてなかった」

隼人は、鷹士が自分よりも弱い相手に暴力を揮ふるうところを想像できなかった。両手ですくった水で髪や顔を洗ったサザキは、低い声で毒を注ぎ込むようにささやいた。

「阿古の里に、武器を持って戦える男はいなかった。汚い仕事は戦奴にやらせておけば、剣奴がわざわざ手を出す必要がなかったんだろう。あいつが阿古を焼き払った津櫛の剣奴で、みんなが逃げ回って殺されるのを黙って見ていたことに変わりはない」

それは、どうにも変えられない事実だ。

そして、離れていたわずかな間に、史人もサザキも隼人の知っていた幼馴染ではなくなってしまったように感じられて、隼人はひどく困惑した。

第五章　久慈の五邦

史人の示す道を注意深く見ると、確かに土の上に数人の足跡や、草を踏み分けた跡を見つけることができる。鷹士は地面に顔をすりつけるように、その足跡や周囲の草木の状態を細かく調べた。

「この跡は女物の木沓だ。ふたり分ということは、さらわれたのは、やはり薬女さまと貴人の女がひとり。長脛日子さまの比女さまに違いない。こっちの大きな沓跡は兵たちだ。四、五人はいるな。歩き慣れない貴人の女をふたりも連れていたら、それほど早くは逃げられない。急げば追いつけるかもしれない」

火邦の人さらいたちは、平地や開けた場所を避け、森から森を移動していた。おかげで隼人たちは真夏の日光に炙られることなく、涼しく繁った枝の下を歩くことができた。しかし、それはそれで道らしい道のない森の、縦横に張った木の根や下生えにわずらわされる、体力の消耗を強いられる道行きだった。

日が昇りきるころには史人の眼窩は焦りと疲労で落ち窪み、歩き慣れない足にできた肉刺は潰れて、ぼろぼろになった布沓は染み出した汁で変色していた。四人の中では一番体力のない史人にこそ休息が必要だったが、頑固にも立ち止まろうとしない。心配のあまり、なんども史人を見上げては、なにも言えなくなってしまう隼人の肩を鷹士が小突いた。なにごとかと鷹士の指さすほうを見ると、少し先の森が切れて陽光が射し込んでいる。光を浴びた緑の繁みに、艶のある赤黒い実がびっしりと生っていた。

「ヤブイチゴだ。サザキ、ヤブイチゴだっ」

隼人は大声で叫びながら、全速力で繁みに駆け寄った。指を刺す小さな棘にもかまうことなく、藪いちごを口いっぱいに頬張り、両手に赤黒い実を持って駆け戻る。甘酸っぱい果実は口内を爽快な涼味で満たし、暑さと疲労を少しのあいだ忘れさせてくれた。

史人とサザキも繁みに走りより、夢中で藪いちごを摘んでは口に放り込んだ。

「食いすぎると腹をこわすぞ」

鷹士の忠告に、その顔を見上げた隼人は赤紫の唾を噴いて笑い出した。

「指も唇も紫色にしてるやつが言うなよ」

隼人の馴れ馴れしい言い草に、サザキが横目で鷹士の表情をうかがう。天地がひっくり返っても笑ったり和んだりすることのなさそうな鷹士は、このときも隼人の揶揄を聞こえなかったかのように受け流し、涼味をもたらす甘酸っぱい藪いちごを、なんの感慨もなく頬張っている。

史人の緊張がゆるんだのを見て、ここで少し休んでいこうと鷹士が提案したが、史人は受け入れようとしない。いまだに昨夜降ろした神が憑いているのかと思える頑固ぶりに、ふたたび少年たちの間の空気が張り詰めてくる。史人に休息が必要であることは確かだと考えたサザキが、ふたりの間に割って入った。

「薬女さまが火邦の日留座のもとへ連れて行かれても、その場で生贄にはされないと思う。儀式の準備には時間をかけるものだろう？」

隼人もサザキに賛同し、三人がかりで説得された史人は、しぶしぶとやわらかな苔の上に座りこんだ。史人の布沓は、もはやその用を成さなくなっていた。

サザキは蓬の葉を摘んできて噛みつぶし、史人の足を洗って潰れた肉刺に貼りつける。上着の一部を裂いた布を、包帯がわりに巻きつけるのを隼人が手伝った。

「おれと隼人の食糧はあと一日分だ。火邦の大郷までどれだけかかるか、見当もつかない。まして邦の境を越えたら、火の民の集落で食糧を調達するのは難しいだろう」

土地勘のない彼らは、あとどれだけ歩けば火邦へとたどりつけるのか、それとも、すでに津櫛は抜けてしまったのかもわからない。

「あいつらの跡、まだ見えるのか」

隼人は不安になって史人に訊いた。史人は森の奥を見つめて自信をもってうなずく。史人の熱い視線の先を目を凝らして見つめても、隼人にはなにも見えない。

阿古では人並み以上の記憶力のほかは、神子らしい霊力を持たないと思われていた史人であったが、薬女の危機に直面したことで異態が発現し、急速に伸びているようだ。

頼もしいと思うべきなのだろうが、あまりに突然の変化に、一抹の不安も感じる。

「あいつらを見つけて、どうするんだ。相手は四人の兵だぞ。おれだって敵わない」

鷹士の指摘に、史人は額に汗をにじませ考え込むものの、頭を使うには史人も他のものも疲れすぎていた。深夜の襲撃からずっと眠らずに山から山へ歩き詰めなのだ。史人ほどやつれていないにしても、サザキの目は寝不足で血走っているし、鷹士でさえ眼の下に隈ができている。隼人のまぶたも腫れて熱っぽい。

「少し待ってろ」

鷹士は靫と背嚢をおろし、剣も鞘ごとはずして隼人に渡した。沓を脱ぎ裸足になり、近くの一番高い樫の木に登りだす。指をかける下枝のない幹をするすると猿のように登っていくのを、隼人たちは口をあんぐりと開けたまま見上げた。

「猿みたいだな。おれ、木登りは得意なほうだと思ってたけど」

しばらくしてからザザァッと枝がざわめき、枝から飛び降りた鷹士は、服や髪にひっかかった葉っぱを払ってから、右手を高く上げて遠くを指さした。

「こっちの方に集落がある。五筋の炊煙が見えた。海はどの方角にも見えない」

「こんな山奥にも里があるんだ。ここはどっちの邦なんだろう」

サザキのつぶやきに、鷹士が応える。

「津櫛邦と火邦の争いに関係ない里なら、食糧を調達できる」

「どっちの邦でもない里や邑があるのか」

豊邦はおろか、阿古の外も知らなかった隼人は、大きな目を好奇心で輝かせて訊ねた。

「久慈の大島、四族五邦、とは言うがな。久慈四神の子孫ではない民も、あちこちの海岸や山中に住み着いている。さっき見つけた炊煙が定住しない渡りの民の里ならば、余所者でも気にしないだろうから、食べ物にありつけるかもしれん」

そもそも邦境とは目に見える線を引いたものではない。そこからここまでが豊邦で、ここからそっちが火邦というものでもないと、隼人は初めて知った。

「じゃあ、境って、どうやって決めるんだ」

隼人は空と山並みを見回した。こんな広い大地を区切って、あっちだこっちだと争って奪い合っているのは、隼人にとっては理解不能なことであった。

「その邦の日留座の大郷から一番遠くにある里や邑で、そこの首長が邦の日留座に帰属を誓えば、そこが邦の端になる。加羅津のように、どこにも帰属しない里や邑、久慈四神の子孫でない民の郷も、少なからずあるとは聞くが」

里や邑といった呼び分けは、その集落の戸数の多寡によるが、郷によっては交易で盛え、日留座の住む大郷よりも大きな集落があるといったことも、隼人はこの日に学んだ。

「じゃ、その五番目の邦は、久慈の神の血を引かない、余所者の邦か」

隼人の問いに、史人が答える。

「いや、日向邦は何世代も前に、火邦から分かれた兄弟邦だ」

「いろいろとややこしいんだな」

久慈の全貌が思い描けず、頭を抱える隼人には構わず、鷹士は史人に話しかけた。

「とにかく、おれたちが今いる場所を確認する必要がある。火邦の霊山の噴煙は、かなり先の方に見えた。ここがまだ津櫛なら早く追いついたほうがいいが、すでに火邦だったら下手に動かないほうがいい。やつらに見つからないように近づいて、薬女さまたちを奪い返す機会をうかがう必要があるだろう」

鷹士の提案に応じたのは、史人ではなくサザキだ。

「で、その里を訪ねて、ここはどこですかって尋ねるのか」

「それが一番手っ取り早い」

サザキの問いに、鷹士はうなずいた。サザキと隼人は顔を見合わせた。

「手ぶらでは相手にされまい。なにか獲ってくるからお前らはここで休んでいろ」

鷹士はそう命じると弓矢を背負い、槍を持った。隼人は慌てて槍を取り上げる。

「狩りに行くなら、おれも行って手伝うよ」

「おまえは足音や鼻息を立てすぎる。獲物に逃げられるのがおちだ。あとで里に獲物を運ばせてやるから、それまではあるものを食べて休んでおけ」

そう言い残すなり、鷹士は樫や椎の生い茂る深緑の森の中へと姿を消した。

「なんだよ、偉そうに」

サザキは忌々しげに吐き捨てた。

「ま、ほら。鷹士は、おとなだから」

隼人はサザキの苛立ちを感じて、なだめるように話しかけた。

「ほんの十日前からな」

サザキの鼻息の荒さに、隼人は苦笑をこらえる。阿古が襲われなければ、サザキもこの夏には成人しているはずだった。阿古ではこどもたちの親方みたいにふるまっていたサザキは、鷹士がこの旅の主導権を握っていることが、我慢ならないのかもしれない。しかし、成人するずっとまえから、おそらく隼人たちに出会うよりもはるか以前から、鷹士はおとなのように考え、ふるまってきたのだろう。阿古では年下のこどもたちばかり相手にしてきたサザキに、張り合えるはずがなかった。

鷹士が狩りに持って行った矢に使われているのは、隼人の父の造った鏃だ。父から奪った鏃を当たり前のように使っている鷹士に抱くべき怒りや恨みが、いまは感じられない。そしてサザキが鷹士を悪く言えば言うほど、反論したくなる自分に驚きを覚える。

残された三人は茂みの陰に蛇のいないことを確かめ、身を寄せて疲れきった足腰を休める。水を飲み、あるだけの藪いちごを食べた史人は、そのまま下草の上にたおれて眠り込んでしまった。

いくらも経たず、鷹士は四肢を縛った若猪を肩に下げて戻ってきた。

「サザキと隼人が里へ行って、旅用の食糧に替えてこい。そして、ここの位置と火邦の大郷までの距離と方向をできるだけ詳しく教えてもらうんだ。もし手に入るなら、脛巻になるような布ももらってくるといい」

サザキと隼人は互いに顔を見合わせた。人見知りの激しい史人はともかく、サザキと隼人の童形ふたり連れでは、あまりに不自然ではないだろうか。

「鷹士は来ないのか」

言ってから、隼人は失言に思い当たった。

鷹士の刺青、身に着けた服や具足。若さに似合わぬ威圧的な眼つきと身にまとわせた凄み。そして上下の衣に染み付いた血痕は、たとえ武器を帯びなくても善良な里人を怯えさせるのに十分だ。特に筒褌のような脚衣は、北久慈の貴人や兵に特有のものだ。もしも里が火邦の領だったら、警戒されて追い返されることだろう。

むしろ、隼人とサザキが山道に迷ったこどもを装って、里人に助けを求めるのが自然だ。隼人たちは、山に迷い、怪我をした親を山に残して、食糧を調達に来たという筋書きを練ってから里へ向かった。

若猪を背負い、縛った前脚を首にかけ、腰に回した後脚を帯に括りつけられた隼人は、獣のおもりをしているように見える。

「鷹士ってすごいな。こんなのひとりで狩れるんだったら、剣奴なんかやめて狩人になればいいんだ」

鷹士が持ち帰ったときには、猪の内臓はすでに取り去られ血糊は洗われていた。毛皮や食用部分の肉に損傷はなく、これなら里人も喜んで穀物や塩と交換してくれるだろう。

「鷹士は人殺しだ。信じるんじゃない。おれたちについてきてるのも、ひとりで津櫛に帰ったら、雑奴を逃がした罪であいつが棒打ちの罰を受けるからなんだぞ」

サザキは苛立ちを隠さず、棘のあることを言う。隼人が鷹士を褒めれば褒めるほど、サザキの機嫌が悪くなることに気づかず、隼人は必死で鷹士を弁護する。

「鷹士を悪く言わないでくれよ。あいつがいなかったら、おれ、とっくに何べんも死んでたよ。特に、奥の郭にもぐりこんで捕まったときは、叩き殺されるところだったんだ。おれを助けなきゃならない理由なんか、鷹士にはないのにさ。行軍のときだって……」

聞く耳をもつ気のないサザキが急に歩調を速めたために、駆け足になった隼人は息が上がり、話し続けることができなかった。

森を拓いた狭い平地には、五軒の伏屋があった。山の里人は、童姿の二人連れが若猪を背負ってきたことに驚き、しかしまったく警戒することなく寄り集まってきた。隼人たちの『山に残してきた親の怪我』について知れば、痛み止めになる木の皮や、化膿を防ぐ草の根を分けてくれた。猟師らしき壮年の男が猪の解体を始め、素裸の幼子が猪の蹄で遊び始めた。

「ここは、火邦ですか」

サザキの問いに、里の老人は首を横に振る。

「火邦でも、津櫛邦でもない」

「じゃあ、豊邦ですか」

サザキの顔が明るくなり、隼人に振り返ったが、次の里の老人の言葉で気落ちした。

「豊邦でもない」

中央の広場には太い柱が一本立てられ、その先端には鳥の彫刻が据えられている。隼人たちには馴染のない光景だ。四族五邦とは信仰を異にする人々のようである。

鷹士の言っていた、渡りの民であろうか。しかし里の伏屋はかなり年季が入っている。この山に住み着いて、少なくとも二世代は過ぎているはずだ。

「あんたらがクラ母神の民なら、この地で採れた物で、必要な物は持って行くといい」

若いころに東の島から移住してきたという老人は、とても気前よく、日持ちのする干し肉や炒り豆、漬物など、旅に必要なものを都合してくれた。そして深く警戒することも詮索することもせず、地理的な情報や、かれらが森に刻んだ方角の目印の読み方も教えてくれた。

そして立ち去り際に、隼人たちが持ってきた猪の肉がよく焼けたと言って、串に刺して持たせてくれた。

どこか遠くの島から移り住んできた人々でさえ、見知らぬ旅人に親切なのに、なぜ同じ母神を祀る津櫛と豊は争っているのだろうと、隼人は釈然としない。

隼人とサザキは来るときに折った枝をたどり、森の奥へと戻る。史人はかれらが山をおりたときに横になっていた場所から動かず、まだ眠っていた。鷹士はどこにいるのかと見渡すと、少し離れた木陰に座り、幹に肩をもたせかけて目を閉じている。左腕に槍をかかえ、右手は膝に載せた銅剣の柄を握っていた。

疲れて史人の横に腰を下ろしたサザキと隼人も、仲間と合流できた安心と、歩き続けた疲労から、いつのまにか眠りに落ちていた。

――消えかけた熾き火の弾ける音がした。隼人が起き上がると、そばに寝ていたはずの父の姿がない。耳を澄ませば、潮騒の音が聞こえる。数日前から兄となってくれた八つくらいの男の子が、寝息も安らかに熟睡している。笑顔で接してくれる新しい父と兄とともに、海岸に沿って続ける旅は、幼いかれがこれまで体験したことのない、楽しいものだった。

「はやと、はやと」と呼びかけるかれらの声には、嫌悪も蔑みもない。隼人は、自分の新しい名前がとても好きになっていた。

外にひとの気配を感じたかれは、その夜の宿に父が借りた漁屋の戸の隙間から外をうかがった。

戸外では闇に溶ける磯辺を背景に、中年の女が泣いている。かれのよく知っている、そしてもっとも信頼してきた女だ。ひとりで浜遊びをしているうちに、はぐれてしまった隼人を捜しに来てくれたのだ。隼人は飛び出してその女の胸に飛び込み、新しい父と兄、そして名前をその女に教えたかったのだが、父が戸の前に立ちはだかっている。

『事情はわかりました。息子の命を救ってくれた恩は返します。あなたはこのふたつの玉を持ち去り、豊邦から遠く離れたところで処分してください。そうすれば、だれもあの子を追ってくることはない。親を亡くした海人の子など、この久慈には掃いて捨てるほどいる。わたしのところで成人するまで阿古の里からあの子を出すことなく、末永く養育していきます』

女が泣いている。『……やさまをお願いします。私の……さまを、どうか』と繰り返される嘆願に聞き耳を立てても、隼人はその女が呼んでいた自分の真名を、どうしても聞き取ることができなかった——

隼人は焚き火のパチパチと弾ける音に目を覚ました。月の位置を見ると深夜をとうに過ぎているようだ。火を熾していたのは、鷹士だ。隼人の視線を感じとった鷹士に見返されて、隼人はゆっくりと起き上がって訊ねる。

「これは夢じゃないよな」

「おまえがまだ寝ぼけているかどうかなど、おれにはわからん」

取りつく島もなく両断されて、隼人は苦笑いした。

「阿古を出てから、おかしな夢をよく見るんだ。昔もたまに見ることはあったけど。ただの夢なのか、本当にあったことなのか、よくわからなくなってきた。海を見たことなんか、いちどもないはずなのに、夢の中ではずっと波の音が聞こえてる。この、森の枝鳴りにも似ていて、だけどもっと深くて、風がおさまってもずっと鳴り続けている」

「夢を解くのは難しい。潮騒なら山の中にいても聞こえることはある」

さして興味もなさそうに、鷹士は淡々と応える。隼人は溜息をつくようにつぶやいた。

「おれ、小さいときのことはあまり覚えてない。妹が生まれたときのことも思い出せない。みっつかよっつだったから、家族が増えたときのこと、なにか少しくらい覚えているもんじゃないかと思うんだけど、阿古の両親に引きとられたころのことも、その前の記憶もない。たぶん、夢となにか関係があるんだろうな」

鷹士は視線を落としてなにか考えている風だったが、ふたりの話し声にサザキと史人も起きだしてきたために、かれらの会話はそこで終わってしまった。

四人は火を囲んで座り、里人の持たせてくれた握り飯と猪の焙（あぶ）り肉、木の実と果物で空腹を満たした。

火邦の大郷のある阿曾（あそ）の山までは、こどもの足では二、三日の道のりだ。それも主要な邑や郷、大郷を結ぶ邦通道（くにのかよいじ）を行けばの話だ。人さらいたちの移動している獣道ではもっとかかるだろう。

「おまえたちの足では、薬女さまをさらった連中に追いつけない。あいつらが山径（やまみち）を移動しなければならない今のうちに、邦道（くにのみち）を使って先回りするほうが確実だと思うが」

「邦通道は目立つ」

鷹士の提案に、サザキが反対した。津櫛の追っ手がかかっているとしたら、火邦へ向かう邦通道に長脛日子の兵（つわもの）が待ち構えているかもしれない。

「私たちはともかく、鷹士は火邦の邦道を歩くのはまずいと思う」

史人が指摘した。

「火邦には剣奴も戦奴もいない。火邦とその東隣の日向邦では、顔の彫り物はあまり歓迎されていないから、すぐに余所者と知れて捕らえられるかもしれない」

「日向邦って豊邦の南だったな。戦奴がいないって、本当なのか」

隼人は曖昧な知識を確認した。久慈の北岸には、人さらいの海賊が攻めてくる。豊邦も津櫛邦も、かれらを打ち払うために、多くの戦奴を養っているのだという。

史人はこっくりとうなずいた。

「久慈大島の邦々で戦奴隷を抱えているのは、津櫛と豊の二邦だけだ。久慈の北岸はつねに倭人や、カラ人の脅威にさらされている。日留座の血縁からなる兵だけでは、沿岸を守りきれない。津櫛には広大で肥沃な平地があるから、土地を耕さない戦奴や剣奴を大勢養うことができるんだが、中央から南の火邦、日向邦、南端の隈邦は森が厚く耕地に適した土地が少なく、戦奴の集団を育てるのは難しいと聞く」

「豊邦と他の邦はそんなに違うのか。邦は五つなのに、民は四つなのはどうしてだよ」

驚き質問を重ねる隼人に、焚き火の炎をその瞳に揺らしながら、史人は隼人の知らなかった世界のありようを語って聞かせた。

「前も話したけど、火邦と日向邦は、もともとひとつの部族だからだ。私たち久慈の四族は、母神の四柱の御子神たちの末裔だ。とくに火邦と日向邦の日留座はどちらも大地の母神クラの一の御子神、ふたつの顔を持つ久慈大神の裔とされ、火を噴く山を鎮めることのできる神族として、久慈島でもっとも敬われている」

「火邦では、戦や争いはないいんだな」

隼人はうらやましそうにつぶやいた。

「係争は、みな日留座に持ち込まれ、占読によって決着がつく」

「津櫛も豊も、そうだったら良かったのに」

口をとがらせてぼやく隼人に、史人が落ち着いた微笑を向けた。

「昔は、津櫛も豊もそうだったという。久慈島には部族ごとの戦というものがなかった。邦の間で諍いや対立がもちあがれば、五邦の日留座が高千穂の磐座に集まって合議をし、持ち寄ったそれぞれの邦の神宝に心の誠を誓い、占読で争議を解決した」

「いつから変わったんだ」と、サザキ。

「私たちの祖父の祖父くらいだ。それまでは少数で移住してきたり、交易で久慈を訪れたりしていた倭人の数が増え、邑を襲うことが甚だしくなった。これを防ぐために、津櫛の日留座は里や邑から男たちを集めた。久慈の民は、ためらうことなく槍や矢を人間に向けてくる倭人やカラ人を怖れて、逃げるものが多かった。戦うことを拒否して、里や邑を捨てて豊や火の邦へ逃げようとする者たちを捕らえて戦奴にした。豊邦もすぐにそれに倣って倭人の侵入に備えた。阿古の里でも、鋳造師たちは祭具でなく武器を作るようになった。でも」

史人は、言葉を切って深く嘆息した。

「久慈の邦と邦の間で殺し合いの戦いなんて、いままでなかったことだ」

それまで目を閉じて沈黙していた鷹士が、低い声でつぶやいた。

「津櫛と豊が、倭人やカラ人でいっぱいになったら、久慈の南三邦も戦わざるを得ないだろう。外来(けらい)の民は、火の母神の宣託など、鼻くそほどにも思ってないからな」

その母神への冒瀆(ぼうとく)的な言い草に、サザキは目玉が飛び出しかねないほど目を見開いた。

隼人は不思議そうに訊ねる。

「おまえの親って、カラ人だって聞いたけど、鷹士もクラの女神をはな……みたいに思ってるのか」

さすがに久慈大島の創造神を冒瀆する言葉を繰り返すことは、隼人にはできなかった。

立てた膝に肘(ひじ)を預けていた鷹士は、首を曲げて横に座る隼人の目を射るように見た。

「おれの母はカラ人じゃない。久慈の人間は、北の海を越えてきた連中をひとまとめにしてカラ人と呼ぶが、加羅(から)ってのは、久慈の北へ漕ぎ出し、対の島を越えて最初に行き当たる異国の名のひとつにすぎない。母の船はもっと北から東の海を回って流れてきた。うまく発音できないが、自分たちのことをカウマと呼んでいた」

隼人は島の外に広がる世界の知識にひどく驚き、興奮する。身を乗り出して鷹士の顔をのぞき込むと、鷹士は肩をうしろに引いて眉(まゆ)を寄せた。

「島の外って、どうなっているんだ。やっぱりいっぱい火を噴く山とか、山には土蜘蛛(つちぐも)や、海には大鰐(おおわに)や大蛸(おおだこ)がいるのか」

鷹士は瞬(まばた)きしてから、座りなおした。

「母の国は、どこまで行っても、何年も同じ方向にまっすぐ進み続けても、草原や沙漠が続いていたそうだ。母たちは、そこを大陸と呼んでいた」

「たいりく……。どんだけ広いんだろう」

阿古の里から出たことのない隼人でさえ、久慈が四方を海で囲まれた島であること、そして、久慈大島の端から端へと歩くのに、ひと月もかからないことは知っている。それは夢に出てくる曖昧な海の記憶のせいかもしれないし、隼人が成長したら冶金修行のために訪れるであろう他邦や、東の海峡の向こうにある、さらに大きな島々のことを父に聞かされていたためかもしれない。

だから、端から端まで歩くのに、何年もかかるという陸地の広さは、とても想像ができなかった。

「おまえが大陸の東の果てから歩き始めたら、西の果てに行き着くのはおまえの孫かひ孫、くらいの広さだな。それでも八紘の隅にはたどり着けないほど、世界は広い」

「はっこう……」

初めて聞く言葉を理解しきれず、ただただ茫漠と広がる大地を思い浮かべた隼人が、感嘆の声を吐いている横で、鷹士は淡々と続ける。

「久慈の連中は、火の神クラが地底の闇を照らして大地を創造し、人間や獣を生み出したと信じているが、世界はおまえたちが考えているよりもはるかに広くて古い。カウマの長老によれば、海の向こうには久慈全部を合わせたよりも広くて大きな国がいくつもある。それぞれの国には、石で築かれた壁の中にものすごい数の人間が暮らしていて、久慈にクラ神が顕れるよりもはるか昔から、大地を闊歩していた神々がいる」

「そんなに神々や人間がいたら、やっぱり争いになるんだろうな」

隼人が呆然とつぶやく。

「母の国は西戎の王に滅ぼされたという。一族とともに東の果てまで逃れ、船を得て海を渡り、倭人に追い回されて津櫛に打ち上げられ、捕まって戦奴にされた」

「おう、ってなんだ。神と違うのか」

隼人が訊ねた。

「久慈でいう日留座のようなものだが、神を祀るのではなく、戦を差配する人間だ。首長を束ねて自ら兵を率い、その手で武器を揮って戦うところが違う。大陸ではもっとも強い人間が国を治める。長脛日子さまは久慈の邦々の上に立ち、『国家』というのを造り上げ、自らが『久慈の王』になりたいらしい」

「え」

三人が同時に聞き返した。鷹士は焚き火に枝を折って放り込み、パチパチと飛ぶ火の粉をその瞳に映した。

「津櫛も豊も、いまや久慈の民の邦とは言いがたい。もう何世代も、北海や南西の倭人が住み着いて、かれらの考え方を津櫛の日留座や御子たちの耳に流し込んでいる。津櫛や豊には、倭人の有力部族と姻戚を結ぶ貴人も増え、加羅国や他の外来の王族の血を引く御子も少なくない。津櫛の比女の母方が倭人かどうかは知らんが、もしもそうなら…

……」

「倭人って、どっから来たんだ。加羅の国とやらみたいに『倭の国』ってのがあるのか。どうして久慈に来るんだ」

「倭人がどこから来たのかは、誰も知らない。主に、『狭間の海』に生きる海の賊民を指していう。あいつらは国も王も持たない。北海の倭人と南海の倭族は言葉も違い、風俗も異なる。だが、固有の名を持たなかったり、あっても部族名がたびたび変わったりするので、ひとまとめにそう呼ばれている。食い詰めると集結して略奪を働いたり、大陸で戦争があれば雇われて介入したりもする。加羅国と周辺の王でさえ、かれらを怖れているという話だ」

「お前って、何でも知ってるんだなぁ」

隼人は尊敬のまなこで鷹士を見上げた。サザキは苛立ちを込めて隼人をにらみつけ、史人は落ち着かずもぞもぞと座り直して口を挟む。

「闇山祇が、倭びとの女は火の山神の贄に、って告げたけど、薬女さまが倭人というこ　となのかな。それとも、長脛日子の一の比女のことだろうか」

「北久慈の沿岸では、ずっとやつらと取引きしたり、殺しあったりしてきた。津櫛よりも北岸の入り江には、加羅津という外来びとの郷があり、また西の外海に面した生月の島には、船を何十隻も持つ倭人の郷もあると聞く。どちらも、独自の祖神を祀り、クラ母神に敬意を払わず、大陸から珍しいものを久慈に持ち込み交易する。かれらの血を引く津櫛の貴人も、少なくはない」

鷹士はそこで話を切り、星空を見上げた。

「そろそろ夜明けだ。どうする。追いつけないとわかっていて山を行くか。森はどんどん深くなるぞ。太古の樹林には、恐ろしい獣や人を迷わす魑魅がいる。ましてクラ母神の聖域では土蜘蛛が迷い込むものを貪り食うとも聞く。死にに行くようなものだぞ」

史人は膝の上で握った拳に力を込めた。

「薬女さまを捨てて置けない。しかし、隼人たちを火邦の兵との戦いにも巻き込めない。クラ母神のもとへ遣わすための生贄が必要なら、神子であるわたしが薬女さまの身代わりになると、火邦の日留座さまに直接お願いしてみるのも一案かもしれない」

隼人とサザキは、いきなり明かされた史人の本意にぎょっとする。顔を赤くして身を乗り出すサザキより先に、鷹士が口を開いた。

「火邦の日留座が耳を傾けるかどうかはわからんが。史人が津櫛の神子として正面から乗り込めば、日留座も無下に追い返すことはできないだろう。火邦の大郷に入り込むことができれば、薬女さまたちを助け出す方策も立てられるかもしれない。その方法を採るのならば、人さらいどもを追いかけるより、邦道を行ってできるだけ早く火邦の大郷を目指すのが良い」

史人は手を揉んで鷹士を見つめた。明らかに津櫛の戦士然としたかれの風体が、火邦の民を刺激することを心配しているのだろう。

「お前が津櫛の神子として火邦の日留座と話すのなら、それなりの格式がいる。巫覡や兵のひとりも連れずに、神子と信じてもらえるものか」

言われてみればもっともなことと史人は納得した。

神子とはつまるところ成人前の巫覡に過ぎない。出自の尊卑や異能の種類、霊力の有無によっては、現人神や童子神として巫覡の長たる巫よりも崇敬されることはあるが、場合によっては災厄を鎮めるための生贄としてふつうの子を神子に選ぶこともある。

神子とはいえ、実際のところは豊の捕虜である史人が、津櫛の神子としてふるまうには、長脛日子の前でも臆さずに作法正しくふるまえる鷹士が、護衛としてかしずいていれば説得力がある。

「ちょっと待ってくれ、どうして史人が生贄にならなきゃいけないんだ。おれたちはどうするんだよ」

サザキが驚いて口をはさんだ。

「津櫛まで薬女さまを送って欲しい」

両手を地面について頼み込む史人に、サザキと隼人は唖然とした。隼人が守りたいのは史人であって、阿古を滅ぼした津櫛の貴人ではない。しかし、隼人が反対の声を上げる前に、サザキが声を荒らげた。

「そんなのだめだ。史人は豊の神子なのに、津櫛の薬師の命と引き換えにできるもんか。薬女についていって、津櫛の大郷で阿古の家族を捜す計画はどうなったんだよっ」

怒りの感情をむき出しにしたサザキを、鋭くさえぎったのは鷹士だ。

「神子が決めたことを祝(はふり)のお前が否定してどうする。立場をわきまえろ」

サザキは正論を突きつけられ、ぐっとのどを鳴らして、言葉を呑(の)み込んだ。

阿古から連れ出されるまでは、サザキと史人はなんの隔てもない幼馴染(おさななじみ)だった。巫覡(ふげき)の数が少ない小さな里では、神子といえども普通のこどもたちから隔てられることはない。それなのに、津櫛に来てからいくらもたたないうちに、たった四人の少年たちの序列が定まっていた。そして、その頂点にいるのが最年長で最強の鷹士でなく、成年にも達していない神子の史人であった。

史人が家族の消息よりも、薬女の命を選んだことが、隼人には信じられない。裏切られた思いはサザキも同じであったはずである。しかし、サザキは苛立ちもあらわに押し黙り、やがてあきらめたように「わかったよ！」と吐き捨てた。

隼人は三人とともに進むべきか、ひとりで引き返して津櫛の大郷を探すべきか迷った。しかし、やはり激しく思いつめる友人を置いては行けず、「おれも行くよ」とつぶやくように言った。

曙光(しょこう)が射し、足元が見えるようになるとすぐに少年たちは出発の準備をした。鷹士は隼人たちが里人からもらってきた麻布を、鹿骨の小刀で細く切り裂いてゆく。

「なにしてるんだ」

鷹士のすることなすことに興味をおさえられない隼人は、その細く切った麻布をくるくると巻く鷹士の手つきを感心して眺める。

「足を出せ」

焚き火の前での饒舌(じょうぜつ)さが嘘だったかのように、鷹士は説明もなしに目の前にあった隼人の足首をつかんだ。隼人は座り込んで言われるままに鷹士の膝に片足を乗せた。

「お前らもよく見ておけ」

鷹士は手に持った細長い布を、隼人の足首からふくらはぎへ向けて巻きつけてゆく。

「おれ、そこは怪我してないけど」

隼人はおそるおそる、下を向いて作業を進める鷹士に念を押した。

「脛巻(はぎまき)という。長く歩いても疲れにくく、茨(いばら)や虫にやられなくてすむ」

言われてみれば、鷹士の膝の下には茶色く変色してしまってはいるが、脛巻とやらが巻きつけてある。初めて会ったときもそうだったことを隼人は思い出した。

次に史人の脛巻を着け終え、その足の裏を点検した鷹士は、背嚢から革の切れ端を取り出して小さな楕円(だえん)にいくつか切り分けた。裸足に慣れた隼人と違って、やわらかな史人の足は傷だらけだ。そのまま歩き出せば半時もしないうちに傷が開き、出血するだろう。鷹士は細布を史人の足のつま先近くまで巻き、小さく切った革を布の間に固定した。

見よう見まねで自分の脛巻を着けたサザキは、食糧の袋を肩に担いで皆を待つ。

少年たちは、火邦を目指して出発した。

第六章　土蜘蛛の森

里から延びる一本の山道は、津櫛邦方面に出る。後戻りになってしまうこと、津櫛の戦奴が巡回していることなどを考えて、かれらはもう少し先まで山の中を南へ移動し、火邦に入ってから邦通道へ出ることにした。

しかし、その判断をすぐに後悔することになる。森の植生はその辺りから変わり始め、どんどん深さと密度を増していったからだ。火邦の人さらいたちがたどっていたのは、知らぬ者が見れば道とすらいえない獣道だった。だが、定期的にその秘道を利用しているらしき火邦の民によって、それなりに下草は踏み分けられ、伸びすぎた枝や丈高い草の間に人の通れる隙間があった。

一方、少年たちが方角だけの見当をつけて分け入った森は鬱蒼とし、わずかでも陽の当たる場所には藪草や羊歯が深く生い繁り、足を運ぶ隙もない。木の葉をびっしりとまとったブナや樫などの照葉樹の枝々は、幾重にも重なり合って日光を遮り、すぐに目指す方向を見失わせてしまう。

「畜生。迷った」

最初に現状を判断し、吐き捨てるようにつぶやいたのは鷹士だった。

薄暗い森の奥、深緑に染まった蒸し蒸しする空気の中、顔の周りをうわんうわんと飛び交う羽虫の群れを片手で払いながら、鷹士を除く少年たちは顔を見合わせた。

「前みたいに木に登ってみたらどうかな。上から見たら、方角がわかるかも」

隼人の提案に、天井のように視界を覆う木々を見上げた鷹士は首を横にふった。

「枝葉が繁りすぎていて、登る隙もない」

気を抜くと、どちらの方角から来たのかもわからなくなる。

「邦道(くにのみち)がこの樹海を迂回(うかい)していたら完全にお手上げだ。これを避けるために邦道を目指したはずが……畜生」

鷹士は苛立(いらだ)ってそばの木の幹を拳(こぶし)で叩(たた)いた。

「戻ることもできないのだから、焦っても仕方ない。できるだけ南へ向かって進もう」

あのまま薬女の痕跡(こんせき)を追っていればよかったとは、史人は責めなかった。かれの足では、人さらいたちに追いつける見込みなどなかったのだから。

陽光の射しこむ岩場にたどり着き、小さな泉も見つけた。そこで休憩と食事をとる。

隼人たちが食事の支度をしている間、鷹士は登れそうな高い木を探しに行った。

「迷ったふりをして、おれたちをあきらめさせて津櫛へ帰らせるって手なんじゃないか」

サザキは鷹士への強い疑惑を史人に吹き込む。史人は困惑してサザキの目を見返した。

「火邦の樹海で迷ってしまう危険を冒して私たちを欺けるほど、鷹士が狡猾(こうかつ)だとは思わない。それに、さらわれたのは薬女さまだけじゃない。鷹士は、津櫛の比女の無事を気にかけている」

サザキは周囲を見渡し、声を低めた。

「火邦の兵と戦わずに史人を生贄に差し出しても、薬女さまを取り返せるかどうかわからないだろう。鷹士は津櫛の比女さえ取り戻せば、長脛日子への手土産にはなる。そしたらおれと隼人は用済みだ」

史人はなだめるように、サザキを諭す。

「かれの考えていることはまったく読めないから否定はできないけど、かれが私たちを裏切るような人間じゃないのは、確信できる」

「史人は人の考えていることがわかるのか」

噛み砕いていた炒り豆を口から飛ばして、隼人は声を上げた。

「言葉で話すほどには、明確じゃないけどね」

「いつから……って、ずっとそうだったのか。史人は、おれたちの考えていることとか、わかってたのか」

隼人は、ずいと膝を進めて史人を問い詰める。史人はきまり悪そうに自分の膝頭に視線を落とした。

「だから、はっきりとはわからない。神子によっては、他者の心の中の言葉まで聞きとれるものもいるらしいけど、おとなになるにつれて聞こえなくなるそうだよ。私が感じ取れるのは、喜怒哀楽とか、好悪の感情の波とか、嘘くらいなものだ。この力は、ひとに知られると疎外されやすいから、巫覡のあいだでも口外は禁じられている」

「それを、どうしていま、ばらすんだよ。サザキは知っていたのか」

サザキは手に炒り豆を持って呆然としていたが、隼人に問い詰められて口を開けたまま首を横にふった。

「サザキが鷹士を疎ましく思っていて、どうしても信用できないようだから話したんだ。このままでは、私たちは仲違いして、薬女さまを助けるどころか、誰も生きて帰れないことになる。隼人たちに薄気味悪く思われるのはつらいけど、みんなの命には換えられない」

顔に表れぬ他人の感情や嘘を読み取る力があるのなら、史人が他人の警戒心や悪意を怖れて人見知りをしたり、弱者に対する侮蔑に満ちた戦奴の邑で、殻に閉じこもってしまったりしたのも無理はない。隼人はむしろ同情する。

サザキは気まずそうに視線をさまよわせたものの、やがて口を開く。

「おとなになったらなくなる力なんだろ。別に、いいんじゃないか。鷹士がおれたちを裏切るつもりじゃないって史人が言うんなら、それを信じるよ」

サザキが腰の引けた口調でそう言い終えるのを待たずに、隼人が身を乗り出す。

「なあ、鷹士はおれたちをどう思ってるんだ」

「隼人はこの力を不気味だと思わないのか」

史人は驚いて隼人の目を見つめる。

「どうしてだよ。便利じゃないか。とくに鷹士みたいなのがなにを考えたり、感じたりしているのかがわかると、やりやすいと思う」

史人は嘆息しつつ首を横にふった。

「正直、初めて会ったときから、鷹士からはほとんど感情の波を感じたことがない。鷹士が隼人を自分付の雑奴に取り立てたとき、薬女さまはとても驚いておられたんだ。鷹士が誰かに関心を持ったり、まして助けたりなんて、これまでなかったことだそうだ。好意とか善意といったものではないようだけど、隼人の面倒をとてもよく見ているし、聞かれたことには丁寧に答えている。鷹士は意図的にひとを利用したり、裏切ったりするような人間じゃないことは確かだ」

話しかけても無視されることも多いのだけど、と隼人は思わないでもない。でも、史人の目に映る鷹士が、サザキが言い張るような人殺しではなかったことを、隼人はうれしく思った。

「害意や悪意がないだけでも、いいんじゃないか」

少しばかりの失望を隠しきれないまま、サザキが希望的観測を述べたとき、森の奥で叫び声が上がった。

石や金属の打ち合う響きに続いて、複数の人間たちが争うような、枯れ枝や草を踏みしだく音。隼人たちが立ち上がりかけたのと同時に、大柄な人影がこちらに走り寄ってきた。サザキが地面の槍に手を伸ばしたとたん、その影は前のめりにどうっとたおれる。

うつ伏せになった男の背中からは矢が生えていた。男は、くたびれた麻というよりは楮らしき貫頭衣の腰を荒縄で括り、髪はざんばらで、裸足である。

「土蜘蛛かっ」

槍を構えたサザキの叫びに、隼人も急いで立ち上がる。そのとたん、三つの人影が森から躍り出て、かれらに襲いかかった。

土蜘蛛たちの肌の色は濃く、額は広い。あごが張っていて口が横に大きい。眼は白目の部分が少なく、大きな瞳は真っ黒な洞が開いているようだ。

隼人は震える膝を叱咤し、躍りかかってくるひとりの棍棒を槍で払いのける。

土蜘蛛たちが手にしているのは、楕円の石刀か短い棍棒だ。未熟な体格でやみくもに槍をふり回すだけの隼人だが、長い柄と金属の穂先のついた槍に牽制され、土蜘蛛たちは決定的な攻撃を打ち込めないでいる。

隼人たちに近づけないとなると、土蜘蛛たちは石を投げつける。隼人たちは槍をふり回すのをあきらめて頭をかばうしかない。

史人の悲鳴が聞こえ、そちらにサザキが駆けつける。史人の背中につかみかかろうとしていた土蜘蛛のひとりを突き飛ばし、もうひとりの長い髪をわしづかみして腕を取り、引き倒した。サザキほどの上背があれば、土蜘蛛の長い手足はむしろ、つかみとる範囲が広くて都合がいいようだ。

史人が窮地を脱したことも確認できないままに石をよけ、自身に向けられる攻撃を防ぐのに忙しい隼人に襲撃者の影が迫る。棍棒で槍を撥ね上げた男の拳が、隼人の腹へ打ち込まれる。痛みと衝撃に体をふたつに折った隼人は、先ほどまで食べていたものを吐き出してしまい、激しく咳き込んだ。

「隼人ぉっ」

サザキの叫び声がひどく遠くで聞こえたが、直後に首のうしろに落とされた重く鈍い痛みに、隼人は意識を失った。

――『船が手に入ったら、秋津へ渡りましょう。船守など要りません。ミコさまが玉の使い方を覚えれば、潮がわたしたちを安全な地へ導いてくれます。た――やさま』

蒼玉と碧玉をそれぞれの手に持たされても、それでなにができるというものでもない。ただ玉を転がして遊んでいるかれに、やつれて顔色の悪い女は苛立ちを見せながらもやがてあきらめた。玉を与えていればぐずることもなく、癇癪を起こさずにずっとひとりで遊ぶことができるというだけでも、幼子を抱えて逃亡を続ける女の苦労は、少しばかり軽くなるのだから――

隼人が意識を取り戻したときはすでに日が暮れていた。

また奇妙な夢を見た。ふたつの玉の色と形はとても鮮明に覚えているのに、女が自分に呼びかけた名前が思い出せない。思い出そうとしても、ひどく気分が悪く、絶えず揺れ続けるので集中できない。

霞む視界に映るのは、揺れる地面と饐えた臭いのする貫頭衣の粗い繊維だ。

脈動に伴ってひどい頭痛がする。手首と足首を締め付ける縄の感触があった。どうやら隼人たちは土蜘蛛とおぼしき一団に捕縛されたらしい。頭痛がおさまるまではと、気絶したふりを続ける。薄目を開けて周囲をうかがったところ、史人もサザキも同じように四肢を縛り上げられて運ばれていた。鷹士の姿は見えなかった。殺されたのか逃げおおせたのかと、隼人の心臓が早鐘を打つ。

土蜘蛛は、久慈のもっとも古い人族であるという。母神クラが、最初に創った祈りの民でもあるとも。かれらは久慈四族の民を避け、深い山の中の洞窟や岩穴に住み、神域にさまよい込む人間たちを捕らえてクラ母神への生贄にすると伝えられていた。

隼人は胸の奥で焦った。史人が自らを犠牲に火邦の日留座のもとへ乗り込むはずが、その前に薬女を助けることもできずに、そろって土蜘蛛たちの神饌にされてしまうとは。

それにしても、土蜘蛛たちの足の速さは鹿のようだ。担いだ荷の重さも負担にはならないらしい。この森にかれらだけが知る道があるのか、日没後の闇の中でも、微塵も迷う気配なく樹海の奥へ進んでゆく。

隼人は鷹士の身が心配であったが、争った場所がどこであったか、もはや知りようがない。土蜘蛛の会話に耳を傾けようとしても、かれらはほとんど口をきくことがなく、なにか話したかと思うと、隼人たちの知らない言葉が切れ切れに拾えるだけだった。

夜通し歩いたのではと思えるころ、ようやくかれらは目的地に着いた。山肌に穿(うが)たれた数戸の穴居棚(けっきょだな)、その前にあるせまい平地をならした集会場らしきところで、隼人たちは地面に下ろされた。

長い間、担がれ揺られ続けていたために、隼人はめまいと吐き気がひどく、地面に転がったまま寝返りも打てなかった。サザキも同じ状態のようである。史人だけが力なく座り込んであたりを不安そうに見回していた。

やがて穴居のひとつから、白い髪とひげをぼうぼうに伸ばした、枯れ木のような老人が出てきた。

「神域を侵した覚悟があったのだろうな」

喘鳴(ぜんめい)と変わらない声であったが、言葉は隼人たちに理解できるものであった。老人ににらみつけられた史人は月影のせいでなく蒼(あお)ざめ、はた目にもわかるほど震えていた。

「神域と知らずにさまよい込んでしまった」

史人の声に震えはなかったが、ひどくかすれていた。サザキも隼人も縛られ転がった状態では、周囲に何人の土蜘蛛がいるのかもわからない。

「我が同胞が三人も殺された」

隼人たちは確かに戦ったが、サザキも隼人も誰かにとどめを刺した手応(てごた)えはない。

隼人は動かせる部分の筋肉に力を入れ、見苦しく身をくねらせどうにか体を起こした。尻(しり)でいざりながら史人の近くまで行こうとする隼人に、土蜘蛛たちの視線が集まる。

転がされたサザキは意識はあるようだが、頭を怪我したらしい。顔の左半分が血まみれになったまま乾いていた。体も負傷しているのか、ぐったりしたまま動かない。

広場の隅に三体の屍が並べてあった。二体には矢が突き立ち、三体目の致命傷は槍で突かれたものでなく、剣の刃で肩口から斬り下げられた深手だった。

——鷹士だろうとは、思ったけど。

自力でひとりも襲撃者をたおせていなかったことに軽い失望を覚えながら、隼人は老人をにらみ上げた。

「そっちがいきなり襲ってきたんだから、こっちだって戦うしかないじゃないか」

あごをぐっと上げた勢いで重心を失った隼人は、ひっくり返って史人の膝もとに転がった。びっくりしている史人に、声をださずに唇だけを動かして話しかける。

『鷹士はどうした』

史人は驚きに眼を見開いていたが、隼人が滑稽な動きで土蜘蛛を油断させたのだとすぐに察して、口の動きだけで答える。

『わからない。殺されてはないと思う』

史人は月の青白い光のなか、意を決したように背筋を伸ばした。

「私は、豊邦の神子だ。火邦の日留座さまにお願いがあって大郷へ向かっていた。決してクラ母神の神域を穢すつもりはなかった」

「ではなぜ邦道を行かずに、我らが領域を通るか」

老人はもっともな質問を投げかける。

「津櫛邦の戦奴に捕まりたくなかったからだ。津櫛と豊は戦をしていて、津櫛に囚われていた私たちは、ようやく逃れてきたところだった」

土蜘蛛たちはざわめいた。

「火邦の日留座さまとの話し合い次第では、クラ母神への贄として、この身を差し出す覚悟はある。だから、このまま火邦へ行かせてもらえないだろうか」

「三人殺された。だから三人殺さなければならない」

土蜘蛛のひとりが叫んだ。男の声だ。

同意のさざめきが集落に流れる。仰向けのままの隼人が、失望の色を浮かべて史人を見上げた。長老のぜいぜいとした言葉がひとびとのざわめきを消す。

「占にかけなくてはならない。この者がすでにクラ母神に捧げられた贄であれば、手を出すことは禁忌に触れる」

隼人たちは、山肌の一番下に穿たれたせまい穴居に放り込まれ、竹を組んだ戸が穴の入り口にはめ込まれた。負傷しているサザキを横にすると、史人と隼人はまっすぐ座っているしかなかった。しかも史人の頭は穴の天井部分につかえている。

「鷹士、助けに来てくれるかな」

見張りが穴の外で居眠りしている気配を感じながら、隼人は小声でつぶやいた。

「負傷してなければ、たぶん」

互いの鼻先がやっとぼんやり見える状態で、史人はサザキの体に触れながら傷の状態を確認していった。押さえられる痛みに、サザキが呻き声を上げる。

「骨はどこも折れてない。石が当たったときに目の上を切ったようだ。肩や背中も打ち身があるようだけど、脚は大丈夫みたいだな。顔はどうだ。鼻血も出たのか」

サザキが弱々しい声で答える。

「目に血が入ったのがまだ痛い」

史人は嘆息した。

「水で洗えればいいんだけど、もらったぶんでは足りない。隼人は大丈夫か」

「腹と、うしろ頭。まだずきずきするけど、こうして起き上がれるんだから、大丈夫じゃないかな」

隼人は気丈に答えた。どうにかして逃げる相談をしなくてはならないのに、なにも良策が浮かばない。土蜘蛛族の樹海では、どこに逃げてもすぐに見つかるだろうし、動けないサザキをどうにもしようがない。

山間の里で、家の手伝いと野を駆け回る平和な日々しか知らなかった隼人たちに、落雷のように突然に、津櫛の戦奴や土蜘蛛から受ける理不尽な暴力から、逃れるすべも対抗する知恵も、そして撥ね除ける力も、あるはずがないのだ。

土蜘蛛の長老の言っていた『占』の結果が、史人たちを生贄にしないように出るのを、ただ祈るしかなかった。

胸の焼けるような悔しさを抑えつけて、隼人はずっと抱えていた疑問を史人に向けた。

「なあ、史人はどうして薬女さまの身代わりになりたいんだ。薬女さまが阿古の仇とは言わないけどさ。史人は豊の神子なのに、津櫛の薬師を助ける義理があるのか。確かに、戦奴や農奴にされるところからは助けてもらったけど、それは史人が神子だからだろ」

「たしかに、私が神子でなければ、薬女さまは私を拾っては下さらなかっただろう」

闇の中で、史人がしばらく思案する気配がした。

「薬女さまは、神子というものをとてもよく理解されているんだ。薬女さま自身が、薬師になられる前に神子だったからだろう。外には知られてないことだけど、巫覡のほんとうの仕事はね、神を降ろしたり、まじないで奇跡を起こしたりすることじゃない。星読み、風読みは農作に必要な天候と季節の記録を、医術師は病気の見立て方や治療法、薬師は薬草の種類や調合法を伝えてゆき、記部は自分の里や邦の歴史を記憶し、伝授してゆく。祭部は何百という祭祀の手順や作法を守ってゆく。まだほかにもあるけど、どれひとつとっても、ひとひとりには身に余る膨大な知識を記憶して、次代に伝えていかなくてはならないんだ。諸邦の大郷や、人の数の多い郷では神子たちは巫覡の宮から出ることがないから、自分の得意な仕事を学んで務めていけばいい。だけど、阿古みたいな小さな里では、なんでもできないといけないから、それぞれの知識が中途半端になる上に、修行中でも外のひとびとと関わらないといけない。かれらは巫覡というものに神秘とか神がかりとかといったものを求めているから、私のように異能の偏った、要領の悪い神子は出来損ないと思われてしまうんだ」

史人は、そこでひと息入れて、渇いたのどに唾を呑み込む。

「幼いころから頭の良かった薬女さまは、戦奴邑を預かる父のために、神子として大郷に上がって医術と調薬を学んだのだそうだ。でも、津櫛の大郷のように巫覡が大勢いるところでも、ひとつの仕事しかできない巫覡や、霊力の低い、あるいは異能の偏った神子というのは肩身が狭いんだそうだ。薬女さまが導いてくださらなかったら、私はいまごろ生きていることすら叶わなかっただろう。薬女さまのもとに来て初めて、薬女さまのような、痛みに苦しむひとたちに癒しを施す巫覡になりたいと思えるようになった」

そして、史人は固い決意を込めて断言した。

「薬女さまに救われた命だから、私はこの命に換えても、薬女さまをお救いしなくてはならない」

それだけではないだろうと隼人は思わないでもない。薬女は成熟した美しい女性だ。阿古では年寄りばかりの巫覡の間で修行していた史人には、まぶしい存在だったろう。口下手な史人がこの夜、薬女の恩をこれだけの饒舌ぶりで語るのを聞いていると、隼人のほうが恥ずかしい気分になる。

「ただ、そのためにサザキや隼人、鷹士まで巻き込んでしまったことは、申し訳ない。どう償っていいのか」

史人の謝罪に、サザキがもぞもぞと身じろぎする気配がした。隼人は強いて明るい声を作る。

「津櫛の戦奴邑でこきつかわれて、いつかどこかの邑や里を襲うために生かされているより、史人の大事なことのために生きたり死んだりするほうが、よっぽどましだ。それに本当言うとさ、この二日の山歩きは悪くなかった。めちゃくちゃ疲れたけど。薬女さまを取り返したあとも、あのまま旅が続けられたらいいのにって思ってた」

サザキが鼻の奥で笑う音が聞こえた。かすれた声が隼人の膝もとから上がる。

「四人でか」

サザキの声のした闇を、隼人は見おろした。

「サザキは、鷹士が嫌いだから無理かな」

「あいつらが、阿古の里を灰にしたんだぞ。おれたちの家を燃やし、父さんや母さんを連れて行ったんだ」

史人も隼人も、返す言葉もなく沈黙する。史人が薬女への心酔を深めるほどに、隼人が鷹士に共感を増してゆくほどに、サザキの態度は頑ななものになってゆく。

なぜそうなってしまうのか、まだ十三歳の隼人に理解できるはずもなかった。

翌朝、穴倉から引きずり出された三人は、広場の中央に座らせられた。サザキの左のまぶたは赤く腫れ、ほぼ塞がった目はひどく充血していた。集まった土蜘蛛の数は意外と少なく、三十人くらいであった。穴居棚の規模を見れば、妥当な人口と思われる。

土蜘蛛の長老が、厳かに判決を下した。

「占では、おまえたちは奪われた我らが同胞の命を返さねばならんと出た。おまえらのうち、ひとりは深手を負って谷へ落ちた。これは、おまえたちの連れのものだな」

長老の視線が左手の地面に落ちる。そちらに目をやった隼人は息を呑んだ。血にまみれた銅剣が横たえてあった。

「今頃は森の獣たちの餌食となっているであろう。ゆえに、その神子は火邦の宮へ送り届けさせるが、そこの二人はここで我らが神の贄となるがいい」

鷹士の運命に隼人は愕然とした。生死を確認したようすではないが、負傷して樹海にひとり残されたら生きる望みはない。頼みにしていた助けが来ないということよりも、鷹士がすでにこの世にいないかもしれないということに、隼人は激しい衝撃を受けた。

すぐに殺されるのかと思い隼人は頭を垂れる。しかし、土蜘蛛たちは隼人とサザキには注意を払わず、竹を組んだ籠を用意して、そこに縛り上げた史人を乗せた。

「史人っ。死ぬなよ」

「隼人、サザキ」

少年たちの呼び合う叫びも虚しく、屈強な土蜘蛛の男たちは籠を担ぎ上げ、森の中へ消えていく。残った土蜘蛛たちは、手にした荒縄でふたたび隼人とサザキの手首と足首を縛り上げ、肩の上に担ぎ上げた。

昨夜と違い、白髪の長老が先頭に立って行列を引きつれ、山の上へ上へとゆっくり登って行く。目指す峠に着き、尾根に沿って歩き続ける。眼下いっぱいに濃緑の深い太古の樹林が広がり、四方どちらを向いても青い山々が、うねる海原の波のように、どこまでも続いていた。少し左手に、煙を吐く山の頂が見える。

あれが火邦の阿曽山だと隼人は直感した。

大地と命を創造した母神、クラの坐す大地の底への入り口。

黒くごつごつした巨岩が所せましと並ぶ磐座に、土蜘蛛たちは隼人とサザキをおろした。隼人たちを岩の天辺近くにくくりつけたのち、長老と土蜘蛛たちは祭祀を始めた。

木の実で作った団子を供え、むせるような臭いのする草を焚き、白髪の長老が祝詞らしきものを唱える。楽人とおぼしき五人の土蜘蛛たちが音程の違う拍子木を叩き、残りの土蜘蛛は手拍子をとりつつ複雑な足踏みで踊りだす。拍子木の調子が繰り返される箇所では、踊り手が一斉に奇声を上げる。

真夏の陽光を遮るもののない山頂に縛りつけられた隼人は、のどの渇きに意識が朦朧としてくる。やがて祭祀を終えた土蜘蛛衆は見張りをふたり残して山をおりた。

「渇き飢え死にかぁ」

隼人は絶望してサザキを見た。サザキは身動きもせず、頭を垂れ眠っているように見える。空には幾羽かの猛禽が、彼らの頭上を舞っていた。

「鳥の餌は、やだな。死んでからならともかく。生きたまま食われるのは痛そうだ。最初に嘴で目をほじくるっていうからな」

何度か手首を縛る荒縄をゆるめようと努力したが、いたずらに肌を削られるだけだ。見張りの土蜘蛛衆は模様を刻んだ石を転がして、どの目が出るかという遊びをしながら時間を潰している。じりじりと、焼けるような陽射しが隼人とサザキの肌を焦がし、干からびさせてゆく。隼人は、水が一口飲めるのならなんでもするのにと、虚しい願いを天に向けた。

「サザキィ」

空気を吐くだけの情けない声が、隼人ののどから漏れた。

「せめて、史人が火邦の日留座さまのところまで行けただけでも、いいよな」

隼人のささやきに、サザキは力なくうなずいた。薬女を慕う気持ちに揺るぎのないいまの史人なら、ひとりの神子として、日留座と恥ずかしくない対面もできるだろう。この樹海を本拠とする土蜘蛛が、史人を火邦の大郷へ運んで行ってくれるのなら、それが一番確実ではあった。

史人の願いが叶うよう祈っているうちに、意識が遠のいてゆく隼人の耳に、重たいものがぶつかり合う音が二度、続いて苦悶の呻き声、ひとが這いずり回るような物音が聞こえた。隼人は強烈な陽光にほとんど見えなくなっていた目をこらした。

見張りの土蜘蛛衆がたおれている。その胸や背中には、見慣れた矢羽が生えていた。

「タカ……シ」

磐座に登ってくる影は、土蜘蛛たちを見慣れたあとでは、ひどく小さく感じられる。

生きていたのだ、助けに来てくれたのだ、と隼人の胸に熱いものが込み上げてきた。感情を表さない細い眼と隼人のかすむ目が合った。その口には鹿骨の小刀を咥え、首のうしろで束ねた髪が風にあおられている。手首を縛っていた縄が切られても、同じ姿勢で長時間日干しにされていた隼人はすぐには動けない。干からびた手に竹の水筒を押し込まれた隼人は、気持ちだけは大急ぎであったが、緩慢な動作で水を飲み下した。

のどに、胃の腑に、体の隅々に潤いが沁みわたり、文字通り生き返る。

鷹士は磐座を移動して同じようにサザキを解放する。頬を軽く叩かれても反応がなく、自力で水も飲めないサザキを背負って、鷹士は慎重に足場の悪い磐座をおりた。サザキを日陰のやわらかな地面に横たえると、呆然とする隼人のいる磐座へ戻り、隼人がおりるのに手を貸した。

鷹士は無言でサザキの状態を確認してゆく。サザキのまぶたの腫れは広がり、熱も高い。背嚢から銅鍋と薬袋を取り出し、刻んだ薬草に水を少しずつ加えながら潰す。座り込んだ隼人は鷹士の手元をじっと見つめた。

「熱冷ましの黄精だ。滋養もある。煙を出してやつらに感づかれたくないから、火を熾せない。煮出すことはできないが、少しでも飲めれば……」

木匙に濁った水をすくってサザキのひび割れた唇の隙間に流し込む。サザキののどが動いて、数滴ずつでも飲んだことを確認した鷹士はひと息つき、隼人の顔を改めて見つめた。

「おまえは大丈夫なようだな」

平坦な口調に、かすかに安堵の響きがあったようなのは、隼人の気のせいだろうか。

「頭痛いけど。うしろ殴られたから」

鷹士は薬袋から連翹を一つかみ取り出し、隼人に手渡した。

「齧ってろ。煮出すことはできないが、効くかもしれん」

そう言って鷹士自身も連翹を齧りだす。

「鷹士も頭痛いのか」

「谷に落ちたときに打ったからな」

陰になっていて気がつくのが遅れたが、鷹士の左頰の上からこめかみにかけて青いアザができていた。

「よく生きてたな」

溜息と安堵の綯い交ぜになった隼人の言葉に、鷹士はかすかにうなずいた。背嚢からグミの赤い実をひとふさ出して隼人に渡す。潰れている上に鼻をつく甘ったるい匂いもするのだが、文句は言っていられなかった。隼人は手づかみで半分を口に入れ、酔わせる甘みと、唾の湧く酸味に生き返った喜びをつくづく味わった。それからようやく思い出して、鷹士に礼を言った。鷹士は黙って視線をサザキに移す。いつもと同じ無表情は、腹立たしいほど変わらない。

「鷹士なら、ひとりで逃げて、森の出口を見つけることもできたのに。助けに来てくれたんだ」

言いながら隼人の目に涙が滲んでくる。

「おれ、鷹士に命を救われたの、何度目かな。もう、一生かかっても返しきれない」

干からびた腕であふれる涙を拭きながら、隼人は鷹士に感謝の言葉を浴びせた。

鷹士は、残ったグミの実を小鍋に移していた手を止めた。視線を上げて隼人と目を合わせたものの、すぐに下を向いて黄精の汁とグミの実をガッガッと擂り棒でかき混ぜた。

その薬汁をサザキののどに少しずつ流し込みながら、鷹士は面倒臭そうに付け加えた。

「おれは、できないことはしない。やつらを出し抜けると思ったからそうしただけだ」

平坦な口調だが、最後のほうは少しばかり低くなる。史人でなくても、すぐに助けに来ることができなかった鷹士の罪悪感を聞き取れた気がすると、隼人は思った。

鷹士は蓬汁で緑色に変色した小さな麻袋を水に浸し、中の蓬を揉み潰した。サザキの腫れあがった額の傷と、塞がったまぶたの上に載せて、麻の包帯を頭に巻きつけた。

それから腰を上げて、土蜘蛛衆の死体から矢を回収した。

亡骸になって横たわる土蜘蛛は、少し手足が長いだけの、隼人たちと同じ人間のようにも見える。

「こいつら、なんなんだろう」

隼人のつぶやきに、鷹士が振り返る。

「わからん。魑魅魍魎のたぐいにしては、矢や剣であっさりと死ぬ。そして群れで動き、言葉を話す」

クラ母神を信仰し、占いを立て、歌い、楽器を奏で、そして踊る。『土蜘蛛』などというおどろおどろしい名で呼ぶには、とても人間くさい種族だ。

隼人の考察を、鷹士が遮った。

「思ったより長居してしまった。ここを早く離れたほうがいい。そいつらの持ってる食糧と水の量からみて、そろそろ見張りの交代が来るころだ。隼人は武器と荷物を持て。おれがサザキを背負う」

青アザの上に、さらに濃い青緑色を浮き上がらせる鷹士の刺青を見ながら、隼人は頬を引き締めてうなずいた。

陽が斜めに射しこむ渓流の近くに、涼しげな岩屋があった。岩屋の入り口は背の低い、棘の多い灌木で隠されている。土蜘蛛たちが贄に直接手を下さず、死ぬまで放置するやり方であることを確信した鷹士は、いったん引き返して安全な隠れ場所を用意したという。岩屋の奥で火を熾せば、煙は重なり合う岩盤を昇って行くうちに薄くなり、外からはそこで誰かが火を焚いていることがわからない。

鷹士はサザキを草床に休ませた。蓬の湿布を渓流の冷水で洗い替え、他の打撲傷の手当ても終えた。隼人はその間に背嚢から出した赤米と干し豆、野蒜や途中で見つけた鎮痛効果のある山菜や茸なども鍋に入れ煮込む。

サザキにはさらにどろどろに煮詰めて重湯にしたものを、時間をかけて食べさせた。それから火を消して、三人とも虫に刺されるのも気にならないほど、夜明けまでたっぷりと熟睡した。

朝にはサザキのまぶたの腫れは退き、自力で粥もすすることができるようになった。

「史人は土蜘蛛たちが火邦まで運んでくれる。ある意味では一番効率的かもしれない」

鷹士は残った荷物や武器を整理しながら断言した。

「土蜘蛛たちが史人を運んだ道をたどれば、火邦の大郷へ短時間で追いつけるだろう。やつらに見つからなければの話だが。史人を追うのなら、もういちど、土蜘蛛の里まで近づいて道を探さなくてはならない。警戒を怠ったら、また捕まってあの山に縛り付けられるか、その場で殺される」

「鷹士さ、訊いていいか」

隼人が口を開いた。鷹士は黙って隼人のほうを見る。

「どうしてそこまでしてくれるんだ。鷹士こそ命がけでおれたちを助けたり、史人を救い出しに行ったりする理由がないだろ」

鷹士は槍の刃を研ぐ手を休めて、視線を森の奥へと逸らせた。

「理由は、いくつかある」

その理由を説明する気がないという態度も明らかに、鷹士は槍の手入れを続ける。

「磐座から目測した阿曽は、たぶん、ここから一日もかからない。史人は、昨夜か今朝には火邦の大郷に着いているはずだ。薬女さまたちも、おそらく今日明日中には、大郷に入っているだろう。追いかけるなら、すぐにでも出発したほうがいい」

昼過ぎにたどり着いた土蜘蛛の里には、思いがけなく人気がなかった。

「見張りが殺されて、生贄が逃げたんだ。いまごろは山狩りの真っ最中だろう。まさか里へ舞い戻るとは考えずに、あさっての方向へ捜しに行っているのだろうな」

と、鷹士は推測する。

「あいつら、鷹士の剣持ってたけど、取り返してこようか」

隼人の提案に、鷹士はあっさりと首を横にふる。

「ここで見つかって仲間を呼び戻されたらおしまいだ。時間も無駄にする」

剣奴にとって、剣はとても重要なものだと思っていた隼人は、鷹士の銅剣に対する執着のなさを意外に感じた。

三人は最大の注意を払い、里から姿を見られないよう迂回し、史人が連れて行かれた火邦への道を探し出した。こちら方面には土蜘蛛の気配はない。

進んでゆくにつれ、森の樹木の間隔が少しずつ開き、標高が上がっていく。

土蜘蛛の道から少し離れて、熊笹の繁みに身を潜めて軽食と水をとる。隼人は軽い頭痛に悩み続けていたが、我慢していた。それというのも、痛み止めの薬草を嚙み続けている鷹士を見れば、かれも怪我の痛みに耐えているのがわかるからだ。隼人は渡された薬草を嚙み潰しては、苦みを流すために水を飲んだ。

休んだらもう立ち上がれないのではと思われたサザキだが、湿布を取り替えると歩き出した。鷹士の槍を杖代わりに、息を切らしながらついてくる。

やがて日が暮れ、土蜘蛛の道から少し離れた繁みで夜を明かした。夜露を避けるものもなく、三人とも泥のように眠り、夜明けとともに歩き始める。その朝口に入れた強飯と炒り豆が、最後の食糧だった。

「土蜘蛛に出くわさないのって、運がいいよな」

かなりの距離を稼いだことに安心して、隼人はつぶやいた。鷹士が低くささやき返す。

「堂々とやつらの道を使っているとは、思いつかないのだろう。それに、やつらの集落ごとの人数は多くないようだったから、この樹海全体に手が回らないのではないか」

少しずつ増してくる耳の痛みに耐えながら登っていくうちに、やがて森は徐々に低くまばらになり、灌木が多くなる。さらに阿曾の噴煙を目指して斜面を登り続けると、果てしない草原が風に波打つ台地に出た。膝から腰まで伸びた草原のなかを踏み分けてさらに進むと、見晴らしの良い断崖の上に至った。

彼らの足下には、広大な盆形へと落ち込んでゆく森と緑野、その底には青い稲穂の伸びゆく水田や、稗や粟の乾田、緑の葉の勢いよく繁る畑の畝など、不規則に連なる耕作地がどこまでも広がっている。

夏の陽光を浴びて、連なる阿曾岳群そのものを中央に抱えこんだ広大な釜状盆地。その外輪山の尾根に、かれらは立っていた。白い噴煙を上げる阿曾の岳。その裾野(すその)に、高床の宮室群を中心として、かなり多くの数の人々が住む集落が見渡せる。

「火邦の大郷か。すごいな」

隼人が想像したこともない大規模な集落。何日もかけて土蜘蛛の棲(す)む原生林を抜け、その先の深い森を登り続けた山峰の、さらにその彼方(かなた)に隠された豊かな火邦のありさまに、鷹士は深い溜息をつき、隼人は大きく息を吸い込んで感嘆の声を上げた。

第七章　火邦の日留座

釜の底の広範な平地では、火邦の民が平和に農作業にいそしんでいた。かれらは作業の手を休めては、不思議そうに首を伸ばして三人を眺めた。わざわざ駆け寄って見に来る丸裸のこどももいたが、慌てるおとなたちに引き戻される。邦通道でなく、土蜘蛛の森から見慣れない服装の異邦人がおりてきたのだから、警戒されるのは当然である。

火邦の大郷には柵も濠も、門もない。外縁の尾根から数本の道が方々からおりてくるのに沿って、丸形や細長の藁屋根を地面にかぶせた伏屋の住居や、穀物の倉庫が並んでいる。

釜の底の平地をゆく三人を、火邦の兵らしき逞しい体軀の男たちが迎えた。

久慈の男子らしく、髪をみずらに結っているが、北久慈の糸巻き形ではなく、団子形の髷を耳たぶのうしろにまとめている。それぞれ槍を手にし、上半身は裸で下は膝丈の腰巻きのみという軽装である。夏の暑さを考えれば、これ以上快適な服装はない。

弓と数本の矢を背に負っただけの鷹士、槍にすがって歩くサザキ、荷物持ちの隼人という、薄汚れた襤褸をまとい、旅疲れて痩せこけた童形の一行では、この逞しい火の兵の脅威とはなりえなかった。

「土蜘蛛の里からの客人のようだが、土蜘蛛族ではないようだ。どこの、どなたかな」

真ん中に立つ壮年の男が、太く豊かな声で誰何した。先頭の鷹士が堂々と返答する。

「おれたちくらいの少年が、土蜘蛛にさらわれてこの郷へ連れてこられたはずだ。無事なら会わせて欲しい。おれは津櫛から来た」

火民の兵は、鷹士の姿を上から下まで眺め回した。とくにその顔の刺青を凝視する。むき出しになった男たちの上半身には、見事な火炎模様の刺青が施してあるが、顔には何も彫りこんでいない。隼人は、火民は顔の彫り物を好まないと、史人が語ったのを思い出した。

「おまえは、倭人か」

兵頭らしき壮年の男は、責めるような口調で鷹士の顔を凝視したまま問うた。

「黥面は倭人だけの習慣ではない。隈邦でも顔に刺青を入れると聞くが」

肩から胸にかけて恐ろしげな獣の刺青を施したその男は、鷹士の返答ににやりと笑う。

「隈の民の黥面を見たことがないのだな。あれは見事なものだ。まあいい。おれは火の大郷の兵頭、秋猪だ。ところで、そこの連れはいまにもこと切れそうだな。休ませたほうが良いのではないか」

秋猪は、蒼白な顔でかろうじて立っていたサザキをあごで示して、右の部下に手当てを命じた。サザキは抗おうとしたが、かえってよろめき、兵に支えられて集落の伏屋のひとつへ運ばれてゆく。

秋猪は隼人の顔を見ると、ふっと笑いをこらえたような表情になった。まるで、以前からの知り合いにでも会ったかのような親しみがこもっていた。しかし、隼人には直接話しかけることはせず、鷹士についてくるように告げる。ふたりはおとなしく従った。

かれらが通されたのは、四方に柱を立て、屋根を茅で葺いた簡素な四阿だった。竹を編んだ衝立を柱に固定して陽や風をよけている。土床に茣蓙を敷き、隼人たちはそこで待たされた。低地なら猛暑の季節ではあるが、高原の大郷らしく涼しい風が吹いてくる。巨大な釜の底の大郷は平和で穏やかだった。阿曽連岳をぐるりと回りこむ外輪山の内側は、水も緑も豊富で、風が噴煙の灰を撒き散らさなければ住み良い場所に思われた。

しかし、四阿を四人の兵が囲んで隼人たちを見張っていることと、行き過ぎる郷のひとびとがかれらと宮室群を交互に見比べ、不安そうに顔を見合わせてゆく光景に、得体の知れない緊張が郷を覆っていることが感じ取れる。

「薬女さまと長脛日子さまの比女も、どこかに捕まっているのかな」

供された新鮮な水と、雑穀を蒸して搗いた胡桃入り団子や漬物を頬張りながら、隼人は鷹士に話しかけた。鷹士はあぐらをかいて背筋を伸ばし、腕を組んで瞑目したまま静かに応えた。

「あの襲撃の夜から数えれば、とっくに着いていると考えて間違いない。もしも史人の交渉が駄目だったら、おれがなんとかするから、おまえはなにがなんでも逃げるんだ」

「史人たちを置いてか」

「自分が死ぬかもしれないときに、ほかのことは考えるな」

隼人はうつむく。女や病人、非力な史人を置いて逃げることなど考えられなかった。

「自分の命を投げ出すのは、その命を対価に誰かを確実に救えるときだけだ」

たたみかけるような鷹士の忠告に、自分ひとりが逃げ延びるのは嫌だと言おうとしたとき、火邦の貴人が彼らのもとを訪れた。

思いがけなく若い、それも隼人たちとあまり変わらない年ごろの少女であった。かかと丈の赤い裳を穿き、白い袷の上着に貝紫の比礼を羽織っている。膝へ届く豊かな黒髪は風に舞い、貴人の装いに不釣り合いなほど丸くて幼い顔には、小鳥のようにぱっちりとした眼が夏の陽を受けて輝いていた。しめじの笠のような丸っこい鼻が可愛らしい。

隼人は息を吸い込んだまま、吐くのも忘れて少女を凝視した。やわらかそうな、濃い桃の花を思わせる唇が開いた。

「津櫛からの客人ね。よく無事に土蜘蛛たちから逃れることができたわね」

可愛い顔に似合わぬ高飛車な物言い。さきほど隼人たちを迎えた兵頭、秋猪をお供に従えて、肩をそびやかしている。

「あんたは」

鷹士は組んでいた腕をほどいて膝に置き、座したまま落ち着いた声で問い返した。

「私は日向の御子比女で、一の巫女よ」

腰に両手を当てて、少女は宣言した。

「日向の一の巫女が、おれたちになんの用だ」

鷹士と日向の巫女のやりとりに、隼人が思わず顔を上げた拍子に、秋猪と目が合った。壮年の兵頭は苦笑を浮かべている。

日向邦の日留座の娘で、もっとも位の高い巫女であれば、長脛日子やその娘の上を行く身分ということだ。しかし鷹士は傲岸なまでに態度も姿勢も変えずに、対等に少女に向き合っている。

火邦や日向邦には奴隷の身分はないという話だが、日留座の直系や親族は別格だ。

「鷹士……まずいんじゃないか」

おろおろとささやく隼人に、鷹士は周りのものが暑さを忘れるほど冷え切った視線を向けた。

「なにが」

「比女さんで巫女さんだろ。こう、薬女さまにしたみたいに」

隼人は両手を合わせて拝跪の仕草をまねた。

「おまえがそうしたければ、そうしろ」

膝立ちになったものの、どうしてよいかわからず、隼人は秋猪と少女の顔を順番に見比べる。隼人の戸惑いを斟酌するようすもなく、鷹士は火邦の兵頭を見上げた。

「この火邦の大郷に、津櫛の比女、豊の神子、日向の巫女を集めてなんの茶番だ。あとは南から隈邦の日留座か御子が来るのを待っているわけか」

秋猪は鷹士の豪胆さに舌を巻いたようで、顔を引き締めてから厳かに告げた。

「それは、火の日留座さまがお話しになる」

隼人は思わず膝を浮かせて叫んだ。

「史人は無事なのか」

兵頭は重たげにうなずく。

「ただ、ひどく緊張して食が進まず、顔色も悪い。お前たちに会えばなにかのどを通るだろう。これから、おまえたちは沐浴して身を清める。衣も新しいのを用意させているから、着替えたら宮に連れてゆく」

促されるままに立ち上がった隼人と少女の眼が合う。日向の巫女比女は隼人の顔を見つめ、最初に秋猪が見せたのとよく似た微笑を口元に浮かべた。が、隼人に話しかけることはせずに秋猪と目配せを交わし、沐浴の場へと案内する。

隼人は釈然としない気持ちを抱えたまま、かれらに従った。

火邦の日留座の宮は床の高い構造だったが、造りが北久慈のそれとは違って屋根の傾斜は急で壁には厚みがあった。冬の積雪に備えてのことであるが、雪に埋もれるほどの高地に住んだことのない隼人には、その理由は想像もつかない。

隼人と鷹士は庭を通って、簾を巻き上げ見通しを良くした奥殿の縁先に案内された。床の高さは隼人の肩を超える。隼人たちは屋内に上がることを許されなかったが、きれいに掃き清められた庭先には莫蓙が敷いてあった。

室内の奥には、見事な白髪の老女が座っている。乳白色に輝くその髪は老女の肩から背中へと流れ、扇のように床に広がっていた。火邦の日留座であると、誰に聞かなくてもわかる威厳に満ちていた。

日留座の右側には、火邦の巫と思しき中年の女性、左側には先ほどの少女、日向の巫女比女が澄ました顔で紅い裳裾を広げ座している。左右の壁に沿って、火邦の巫覡たちが正装して居並び、縁廊には肩に紅梅色の紐をかけた祝部の男女が控える。そしてその縁廊を囲むように、槍を持った兵が守っていた。

兵頭の秋猪は、さすがに半裸では日留座の御前に伺候できないのだろう。黄蘗に染めた細長い布に襞を寄せ、左肩から斜めにかけて右の脇腹へと広げ、藍の腰帯でとめて上着としている。

衣服に用いられる色の数の多さが、身分の高さを示すのは北久慈の習俗と同じらしい。その邦の最高権威を構成するひとびとと隼人は対面しているのだ。隼人の知っていた阿古の巫覡の宮とは、その荘重さにおいて比べものにならない。火の巫覡たちの無遠慮な注視にさらされて、隼人はどうも腰の据わりが悪く、落ち着きなくあたりを見回した。

そこには、薬女や津櫛の比女の姿はなかった。

縁に座を与えられていた史人が隼人たちの名を呼んだ。誰も止めるようすがないので、隼人は縁廊へにじり寄って薬女たちの消息を尋ねた。

「薬女さまたちは無事なのか」

「まだ会わせてもらってないけど、無事ではあるらしい」

史人は視線を床に落とした。そこに、鷹士が平坦な口調で口をはさむ。

「火邦の日留座は、おまえの身代わりを受け入れなかったのか」

史人は首を横にふった。少年たちの視線が、奥殿に座す火の日留座へと集まる。老女は、おもむろに姿勢を正した。深いしわの中の小さな眼から、炯とした光が放たれた。

地面に敷かれた茣蓙に座るように促される。鷹士が床に上げられないのは津櫛の奴隷階級を示す顔の刺青のせいかと隼人は憶測したが、火邦で津櫛の習俗がどれだけ知られているのかは定かではない。

あれこれと隼人が胸の内で詮索していると、火邦の日留座が重々しい声で呼ばわった。

「津櫛の兵よ。土蜘蛛の森で命を落とさずこの郷へ来られたのはクラ母神の意思と見て、そなたらを客人として待遇する」

鷹士は臆することなく主張の声を上げた。

「われわれは、客としてここに来たのではない。津櫛の大郷への道中、さらわれた我らが比女と、薬師、神子を追ってここまで来たのだ。かれらを返して欲しい」

その毅然とした態度に、隼人は気持ちが引き締まる。弱気を見せては駄目なのだと、勘のようなものがかれに告げていた。

「それは無理だ。クラ母神の怒りを鎮める贄には、四族の濃き血を引くものが必要」

日留座の声は怒りを帯びていた。鷹士はじっと日留座をにらみつけ、隼人はその両者を交互に観察する。

「それが津櫛の比女をさらった理由か」

「津櫛の長脛日子は近年、豊邦や火邦に神宝の譲渡を要求して、戦をしかけるようになった。このようなことはクラ母神が地上に四族五邦を置いてから、かつてなかったことだ。クラ母神は久慈のこどもたちが生きるのに、十分な土地と恵みを下さっておる。それを他邦より多くを求めて争うなど、あってはならん」

日留座（ひるのくら）は顔を上げた。その視線の先に、阿曾の噴煙が上がっている。

「年々噴煙は高くなり、地鳴りや地揺れが増える一方だ。長脛日子が久慈の民のあり方に立ち返らねば、クラ母神は怒りを爆発させ、この久慈の島を灰と燃える泥の大河で埋め、すべてを焼き尽くすだろう」

「津櫛の比女を生贄にすれば、クラ母神を鎮められるというのか」

「我らは母神を鎮める術（すべ）を他に持たぬ」

「母神を鎮めても、長脛日子さまを止めることはできない」

鷹士は声を低くして断定した。驚いたことに、十六か七のこの少年が、何倍も年を経た老婆を諭すようにゆっくりと語りかけた。

「いまや津櫛の御子とその民の体に流れるのは、久慈の血よりも外来（けらい）の血のほうが濃い。大地ではなく日輪を崇（あが）め、より多くを欲し奪い、支配することを喜ぶ。久慈の島が久慈四族だけのものだった時代は、戻らない。より強いものが、より多くを手に入れて万民を支配する『王』の時代がもうそこまで来ている」

若者の口から告げられる厳かな予言に、火の日留座はふっと息を吐き、しわだらけの顔に微笑を浮かべた。

「ならば、われらはもろともに滅ぶしかあるまい。長脛日子を止められない限りは」

「では、生贄など無駄ではないか」

「無駄ではない。外来の血に穢された津櫛の贄を捧げれば、地母神の怒りはしばらくはおさまるであろう。我らは少しでも長く、昔ながらの営みを続けるだけじゃ」

「津櫛の民を捕まえて、片っ端から阿曾の火口に放り込むつもりか」

鷹士は眼を細め、抉るような視線で日留座を見据えた。おそろしく物騒な空気をただよわせる。しかし、邑の戦奴なら怯んで戦意をなくすような冷徹な眼光も、久慈の歴史そのものである火の日留座には、手のひらに融ける泡雪ほどの感銘も与えない。

「津櫛が火邦を攻め、里や邑を焼き、わが民をさらって奴婢に落とすのと、どう違うというのだ。聞けば長脛日子は、南海倭族の海賊が火邦の西岸の民を拉致しているのを、黙認しているというではないか」

「久慈島には、大陸の銅や鉄と交換できるものは、玉石と奴婢くらいしかないのだから、仕方があるまい」

「火邦に奴婢などおらんっ」

「では津櫛のように戦奴を育てて、自分たちの沿岸を守ったらどうだ」

それが邦の日留座の責務ではないことくらい、隼人にもわかる。邦の大郷は、日留座が地母神クラを信仰するひとびとのために、祈りを捧げる聖地である。大郷における衣食や必需品の生産が自給自足であるのは、他の郷や邑と変わりない。

大郷には季節ごとに献納品が集まるが、それは邦民が自発的に神々への感謝を捧げるものだ。日留座は祀の宮の維持と祭祀に必要なものを受け取り、残りは他の邦の日留座への贈り物と、各地の特産品をそれぞれの郷や邑で分け合うことを伝統としてきた。

津櫛邦がその伝統に背を向けて、邦内の郷邑に献納品の増量を強制し、奴婢の供出を迫るのは、火邦の日留座にしてみれば許しがたい背徳行為なのであろう。

それが農奴を増やして穀類の生産性を上げ、邦土の防衛に戦奴を育てるためであっても、それがゆえに個々の郷や邑の自立と調和が乱され、争いを誘発してしまうことは避けられない。

隼人と史人は、はらはらしながら首を右に左に向けては、鷹士と日留座の顔を見比べている。一方、半眼になって無関心に床の板目を眺めていた日向の巫女比女が、突然顔を上げた。火山と氷河の攻防を思わせる老女と少年の論争に水をさす。

「おばあさま。津櫛の御子のやり方を、本人でなくその手や足と議論しても、いつまでもらちがあきません。そこの津櫛の兵は女たちを取り戻したいのでしょう。だから、かれにできることで、生贄を出さずにすむ案について話し合いましょう」

火邦の日留座は眼の周りのしわをいっそう増やして、年若い巫女を愛おしげに見つめた。同じ眼を細めるのでも、鷹士と老女ではこれほど違う表情になることに、隼人はひどく驚いた。

「長脛日子さまを止められるものか。合わせて千を超える津櫛の剣奴と戦奴に対して、火邦に何人の兵がいるというのか」

「勇猛な兵はいるが、確かに、火邦にも日向邦にも、戦奴や剣奴はいないな」

背後から答えたのは、隼人たちを案内した秋猪だ。困惑のこもった、兵頭の地位に似合わない緊張感のない口調であった。日向の巫女比女がそのあとを引き継ぐ。

「戦うつもりなど、はなからないわ。久慈の母神は、久慈のこどもたちが殺しあうのを望んだりはされない」

「戦わずに、どうやって長脛日子さまを止めるんだ。おれにあるじを暗殺しろとでも言うのか」

「久慈の血の薄そうなあなたなら、同族を殺すのも躊躇しなさそうね」

少女の挑戦的な言い方に、鷹士の眉がわずかに上がる。隼人は、鷹士の表情を変えさせた巫女比女の勢いに妙なところで感心した。

「戦うのではない。クラ母神の御力を借りるのだ」

日留座のしわがれた声が、剣呑な空気をただよわせる少年と少女の間に入る。

「長脛日子は久慈の十二神宝を手にすれば、久慈の王になれると信じているそうだな」

鷹士は眉を寄せたが、無言を保った。

「津櫛の神宝が紛失した折、長脛日子は津櫛の日留座に、神宝は豊に奪われたのだと吹き込んで戦をしかけた。そもそも、ほんとうに津櫛の神宝は盗まれたのであろうか。豊邦を攻めて豊の神宝を奪う口実ではなかったのか」

「おれが知るか」

　鷹士の返答は短い。

　日留座は姿勢を正すと、控えていた巫覡に目配せした。ひとりが立ち上がって縁廊をおり、隣の棟へと消えた。すぐに、ふたりの貴人を伴って戻ってくる。

　赤い裳を腰に巻き、白い袷の上着に薄い比礼を羽織った妙齢の女性たちが、隼人たちのすぐそばを衣擦れの音とともに通り過ぎた。長脛日子の娘と薬女だった。

　津櫛の貴人たちは、縁に上がり、史人の上座に用意された藁座に座る。ふたりともやつれて青ざめてはいたが、髪は整えられ衣装は身分に応じた清潔なものを着けていた。

　急に鷹士が身を起こしたので、隼人はぎくりとしてそちらを見た。鷹士は立ち上がって、莫蓙からおり、地面に膝をついた。両手を顔の前で合わせて組み、肩と頭を下げる。さらにいちど上体を立てて、次に腰から前にたおれるように両手と額を地べたにつけた。

　それは、隼人が前にも見た、薬女に対する拝跪礼よりもさらに丁寧で、恭しいものだ。長脛日子の娘に対して行われたのだと、隼人が察するのに二拍ほどの間があった。縁の上を見ると、史人も床に両手を着いて顔を伏せている。隼人は自分はどうしていいのかわからず焦るものの、周囲のひとびとの表情や反応が気になって眼がさまよう。

日向の巫女比女など、頰をふくらませて鷹士の後頭部をにらみつけている。

津櫛邦の比女は、土下座する鷹士の頭に眼を向け、かすかに微笑んだ。

「面を上げなさい、鷹士」

玉を振り合わせるような涼やかな声だった。

織りたての麻のように白く、涼やかな比女の顔を見上げていた隼人は、その顔に見覚えがあるような気がして首をかしげた。

目鼻立ちのはっきりしたところは、遠目に見た長脛日子に似ているが、隼人が感じた親近感は比女が長脛日子に似ているからではなかった。もっと身近な誰かのなにかを思い出させる。それが誰なのか考えようとしたが、比女の涼やかな声に気を散らされた。

「わたくしたちのために、ここまできてくれて、礼を言います」

その口調には、静かな感謝の響きがあった。

「ここに連れてこられて以来、火邦の日留座さまとは、久慈のあり方について、何度か話し合いました。おまえも知っているとおり、わたくしは父君の方針には賛同できずに、しかし為すすべもなくこんにちまできました。母なる大地の神を崇めるものとして、恥ずべきことです。このときこの場に在ることもクラ母神の御意思かもしれません。わたくしが贄になることで、クラ母神の怒りが鎮まるのならそれもよいでしょう」

鷹士がさっと片膝を立てて、身を乗り出した。比女が現れてからの鷹士の動きは唐突で、そのたびに隼人はぎくりとして身が縮む。ひどく緊張しているようなのに表情が変わらないので、さらに不気味であった。

鷹士の動きを身ぶりで制して、比女は話を続ける。

「でも、それではいつまでも、何度でも生贄を捧げ続けなくてはならない。それよりも、失われた久慈の神宝を捜し出し、すべて合わせて母神に降臨いただき、争いに心を汚されてしまった人々の目を醒ますことができれば、それに勝る解決法はありません」

「母神の、降臨？」

鷹士は怪訝そうに比女の言葉を繰り返した。日留座がしわがれた、しかし威厳のある声で付け加える。

「久慈の種々の神宝は、人が人を支配するための道具ではない。母神がその和魂を別け、久慈の子たちを守るために授けたものだ。神宝が失われたままでは、母神の荒魂のみがふくれ上がり、やがては鎔けて燃え盛る泥の大河となって地底より噴き上げるだろう。そうなる前に母神の御魂をひとつに還し、神託を仰ぐのだ」

鷹士と隼人は、女たちの言わんとするところを察しかねて眉を寄せた。比女がわずかに肩を前に傾け、ささやくように告げた。

「父君が豊を攻めた折、神宝を得ることは叶わなかったそうです。豊の神宝もまた、津櫛のそれと同様、日留座の宮から失われて久しかったために」

史人と隼人は、驚いて比女の顔を見上げた。日向の巫女が奥の間から言い放つ。

「北の二邦が久慈の民の道に叛くから、母神が神宝を隠されてしまったのだわ」

日留座は手を上げて日向の巫女の発言を制した。そして隼人たちに視線を戻す。

「そなたらが神宝を捜し出し、集めてこの阿曾に戻ってくると誓うのなら、その比女と薬師は贄とせずに客として預かる」

史人は驚いて日留座を見つめ、鷹士は眼を瞠る。隼人は呆然として口を開けたままだ。しばらくは誰も口をきかなかった。庭先に重くただよう沈黙を破ったのは隼人だった。無意識に立ち上がり、拳を握りしめる。

「無茶を言うなっ。津櫛と豊の神宝はクラ母神さまが隠しちまったんだろ。よその邦の日留座が、神宝をはいそうですかとくれるわけないだろう。神宝を並べたところで、ガキのおれたちになにができるっていうんだよ」

一気にまくしたてた隼人は、肩で息をしながら日留座をにらみつけた。いままで誰も注意を払わなかった痩せっぽちのこどもに衆目が集中する。老女は隼人に笑みを向け、噛んで含めるように言い聞かせた。

「失われた神宝を見出し霊威を引き出せるのは、四神の血を引く日留座の子孫のみ。その神々の裔は、すでにここにそろっておる」

隼人はきょろきょろとあたりを見回した。

「日向と火の神宝はここにある。日向の巫女、高照が神宝とともにおまえたちに同行する。神宝は互いに呼び合う。そしてその神々の血を引くものの呼び声に応じて、豊の神宝は豊の神子の手に、津櫛の神宝は津櫛の御子のもとに戻るだろう。隈邦の神宝は隈の民の祖神、建日別(たけひわけ)の裔が譲り受けるであろう」

身を乗り出して言い切った日留座(ひるのくら)の眼が、隼人の顔を射貫(いぬ)くように見つめている。そして、人々の視線が隼人の上に集まっていた。

「隈邦の忌(い)まれ御子、建速(たけはや)。この隼人の民の失われた御子を、母神がこのときにここへ導かれた兆しを、われらは疑ってはならん」

その名で呼ばれた隼人は驚きのあまり絶句する。耳の奥がざわざわして、不快な汗が全身から噴き出した。鷹士に救いを求めるようにそちらを向いたが、鷹士も目を瞠って隼人を凝視していた。その眉がひそめられるのを見た隼人は耳鳴りがひどくなり、手を上げて両耳を押さえた。

「違う、おれは、忌まれ御子なんかじゃないっ。豊の工人の息子だ」

耳鳴りは潮騒(しおさい)となって、隼人の頭蓋(ずがい)の中に反響する。とても、気分が悪い。

「おれはとうさんの子だ。いらないこどもなんかじゃないんだっ」

――あの幼子は、……の海児(あまがつ)。凶事を移し負わせて、海へ還さねばならない――

耳の底から泡のように浮かび上がる誰かの話し声を打ち消すかのように、潮騒がうるさく耳を満たしていく。誰かが肩をつかんで話しかけてきても、なにも聞き取れない。

隼人は膝をつき、耳をふさいだまま、自分は冶金師(やきん)の子なのだと叫び続けた。

どこをどう移動してそこにいるのか、隼人は思い出せなかった。目を固く閉じ、耳を強くふさいだまま、誰かに抱えられるようにして歩かされ、気がつくと薄暗い伏屋の中で呆然と座っていた。

「正気にもどったか」

いつからそこにいたのか、戸口近くにたたずむ鷹士が話しかけてきた。

「正気って、どういう感じかな。自分が誰で、何者なのかわからない状態って、正気っていうのか」

隼人は呆然としてつぶやく。阿古の隼人は、ほんとうに存在したのだろうか。

「おまえは、隼人だ」

隼人は目を見開いて、戸口から差し込む陽光を背に立つ鷹士の黒い影を見上げた。

「阿古の冶金師の息子で、いまはおれの雑用をする雑奴だ」

鷹士は、ゆるぎない声で断言する。隼人は胸が熱くなった。手の甲でまぶたをこすり、小さくうなずいた。

「雑奴が仕事もしないで、いつまでもぼうっと座ってるんじゃない。時間ができたから、おまえに槍の稽古をつけてやる。秋猪から槍も借りてきた。外に出ろ」

カラン、と音がして、隼人の前に短い槍が放り出された。

広い場所に出て、槍の持ち方から教わり、幾通りもの構えの型を見せられる。安定した姿勢で型稽古が流せるようになるころには、隼人は汗だくになっていた。突きや払いなどのさばき方を習う前に、これほど基礎をしっかりやらなくてはならなかったのかと驚き、よく火の兵の夜襲と、土蜘蛛との戦いを生き延びられたものだと思う。

翌日には槍さばきも様になってきて、型に沿って鷹士を相手に打ち込む鍛錬もさせられる。まったく歯が立たないが、隼人は必死になってついていった。秋猪やほかの火邦の兵も集まってきて見物、参加する。

日留座の宮での一件以来、阿古に来る前のいきさつを知りたがる史人やサザキと違い、鷹士は隼人の出生についてはなにも聞かないし、言わないこともありがたい。そのことを考えようとすると、阿古の幸せな記憶よりも、忌まれ嫌悪されていた建速の記憶ばかりが湧き上がってきて、胸が焙られるような痛みにのどが詰まるのだ。

隼人の生まれた隈邦では、双子は不吉であるとされて、片割れは捨てられるか遠方に養子に出される習慣があるのだと、高照が教えてくれた。

そうしたことを聞かされても、隈にいたころの隼人の記憶は、やはり曖昧であった。

窓のない高床の、隙間だらけの粗末な小屋に閉じ込められて、乳母が通ってきて衣食の世話をされるほかは、一日中ぼんやりと過ごす日々であった。時に聞こえてくるこどもの声に、板間の隙間から外をのぞけば、大きな宮の縁側が見え、そこで小さな男の子とその両親が楽しげにしているのが見えた。思えば隼人の両親でもあったその男女の、小屋を見上げる表情には不安と嫌悪しかなく、隼人は人の気配がするときは外を見ないようにしていた。

だが、三歳にもならないころの記憶がそこまで鮮明であるはずもない。海岸を放浪していた当時に、乳母に聞かされた物語も混在していると思われる。寝覚めの夢に現れる中年の女と海の光景は、隼人が乳母とともに隈邦を追放されて、阿古の父に拾われるまでの、断片的な記憶だったのだ。

忌むべき子として、隔離されていたことは推察できたが、なぜ生まれてすぐに捨てたり他所(よそ)へ出したりということをしなかったのかは、謎のままだ。考えてもろくな想像しか浮かんでこないので、隼人はいっそう槍の鍛錬に打ち込み、夢も見ないで眠れるまで体を酷使し、鍛えることに夢中になった。

「あー。いい湯だなぁっ」

大郷の外れの温泉に浸かりながら、隼人は噴煙を上げる阿曾を見上げてつぶやいた。一緒に浸かっているのは、鷹士とサザキだ。

かれらが火邦の大郷に滞在して七日が経つ。

傷を治し体を癒(いや)すというので、病み上がりのサザキと、鍛錬で打撲傷の絶えない隼人は、一日に何度も硫黄(いおう)臭のする温泉に入っている。岩風呂の温泉は低い丘の上にあり、大郷の集落が見おろせる。耕作地と集落の間で遊ぶこどもたちの笑い声や、争う声が聞こえた。青アザの薄くなってきた鷹士の横顔を見ていた隼人は、その視線がこどもたちに注がれていることに気がついた。郷の子たちは、地面に引いた何本かの線に、石を蹴(け)り入れては片足で線を跳び越える遊びをしている。

「石蹴り遊びだ。火邦でもするんだな。おれたちも湯から上がったらやろうか」

誘いかけたものの、鷹士はそっけない。

「おれは、やり方を知らん。おまえたちだけでやるといい」

「教えてやるよ」

湯をざぶんと波立てて隼人は鷹士の髪を濡らした。サザキがわざとらしい声を上げる。

「春までは、隼人たちも阿古ではああやって遊んでいたのにな。石蹴り遊びも知らない誰かさんが里を燃やしてくれたおかげで」

「サザキ、やめろよ」

隼人は即座に言い返し、鷹士は我関せずと、鼻まで湯に沈んで目を閉じる。

サザキが鷹士に当たり散らす気持ちはわからないでもない。

史人が薬女を救い出すために命がけで火邦へ追跡してきたはずが、いつのまにか鷹士が津櫛の比女への忠誠心のために、土蜘蛛の試練を乗り越えたかのように火邦の貴人たちの間で語られているのも、サザキの苛立ちの種を増やしている。

そんなに腹が立つなら、鷹士と同じ時間に温泉に入らなければいいのに、と隼人は胸のうちでつぶやく。土蜘蛛の磐座で贄にされたとき、死にかけていたところを助けられただけでなく、動けないサザキを安全な場所まで背負ってくれたのも、粥が食べられるようになるまで介抱してくれたのも鷹士だと話して聞かせても『頼んでない』と聞く耳を持たない。

「鷹士は、どんな遊びを知ってるんだ」

隼人が話しかけても、湯に顔の半分まで沈めたまま、眠ったように動かない鷹士の返答をあきらめたころ、鷹士は水音を立てて立ち上がった。そのまま、無言で上がってしまう。その古傷や沈着した打撲痕に覆われた背中を見送る隼人を、サザキが詰る。

「鷹士がこどもの遊びなんか知るわけないだろう。物心つく前から、人を殺す技だけを教えられてきた鬼の子だぞ」

幼馴染へとふり返り、隼人はうんざりして応える。

「人を生かす技も知ってるよ。だから、おれもサザキも史人も、こうして生きてられるんじゃないか。津櫛の宮奴でいられなくなったからって、鷹士に八つ当たりするなよ」

「どういう意味だよ」

サザキが湯から立ち上がって怒鳴った。

「言ったとおりの意味だよ。史人の祝になって、戦奴にも雑奴にもならずにすんだのが、こんなことになって鷹士に八つ当たりしてるんじゃないか」

「隼人はもとが豊の人間じゃないから、阿古を燃やされてもどうってことないんだ」

さすがに隼人は腹が立ってくる。

「なに言ってんだよっ。とうさんたちを捜しに脱走しようって言ったときに、阿古にはもう誰もいない、豊邦は援けてくれないからあきらめろ、って言ったのはサザキだろっ。阿古が燃やされても平気なのは、サザキのほうじゃないかっ」

反論する隼人に、湯あたりだけでなく真っ赤になったサザキが、さらに怒鳴り返そうとしたときだった。

「なにを言い争っているんだ」

「まあ、裸でみっともない」

食事と薬を運んできた史人と日向の巫女比女、高照の声がした。

高照の言う通り、素っ裸で口論していたことに気づいたふたりは、同じ年頃の高照が袖で目を隠しているのを見て羞恥に顔を染めた。年頃は近くても、すでに成人して裳をまとっている高照の前で、あまりこどもじみたところは見せたくないと、ふたりは慌てて湯に体を沈める。

高い湯しぶきが上がった。

「なあ、高照。このおれが隈の御子だなんて、火の日留座さまの人違いじゃないのか」

サザキの怪我が癒えて、神宝探索の出発の日が近づくほどに、隼人は不安になる。津櫛に囚われた家族を取り戻すために北へ戻りたいのに、火邦の都合に引きずり込まれ、ますます遠ざかっていくのが歯痒い。それもこれも、隼人がひとりでは何もできない役立たずのこどもだからだ。そんな役立たずの隼人が、実は久慈四神の末裔で、隈邦の御子だなどと、何度思い返しても鼻で笑ってしまう。

「その顔だもの、間違えようがないわ。饒速とあなたはそっくりそのまま瓜ふたつよ。あなたが庭に通されたときの、巫覡たちの顔が見ものだったわ」

「高照は、そいつに会ったことがあるのか」

隼人は複雑な思いで高照を見た。初対面のときの、高照や秋猪の意味深な微笑を思い出す。

「私も饒速も日留座の後継ですもの。行事があれば、いやでも顔を合わせないとならないわ」

「どんなやつだ？」

「あなたよりはおとなびて、しっかりしているかしら」

容赦のない評価に、隼人は顔をしかめてぶくぶくと湯に頭まで沈み込んだ。

隈の神宝が必要なら、その双子の弟の饒速とやらに頼めばいいのにと隼人は思う。忌まれて追い出された自分がいまさら戻ったところで、だれも歓迎などしてくれないであろうし、実の両親からまたあの汚物でも見るような目で見られたら、たまったものではない。

この火邦と津櫛邦の関係が緊張しているときに、ふらふらと火の大郷にやってきてしまったがために、火の日留座に見当違いな期待を背負わされてしまった。

とはいえ、隼人の心にかかるのは、阿古にいたころから、かれがつらいときに訪れた影すだまのことだ。あの影すだまは、建速を追放したことを後悔して、ずっと気にかけてくれていた両親なのではないだろうか。遊魂術を使えるのはそうとう呪力の強い巫覡だと史人は言っていたので、隈邦の日留座その人ではないかと考えるのは不自然ではない。

できれば一生帰りたくない故郷ではあるが、もしかしたら、建速を温かく迎えてくれる人間もいるのではないかとも思う。

それでなくても憂鬱な旅路に、サザキが嫌みばかり言うようでは気が重い。隼人は少し下手に出て頼んでみた。

「なあ、サザキ。鷹士と、仲直りしてくれよ」

「もとから、仲良くしていた覚えはない」

鼻息荒くサザキが吐き出す。

「だいたい、誰が鷹士と仲良しだっていうんだ。おまえか？　隼人と鷹士が仲良く笑ったり遊んだりしているのを、誰か見たことあるのか」

「鷹士は、槍の稽古をつけてくれる」

「何度も槍で突かれて殴られて、アザだらけになって湯に浸かりに来てるのは誰だよ」

言い返す言葉もない隼人に微笑みながら、史人がとりなした。

「サザキがいやなら、鷹士と仲良くする必要はないけどもね。というか、鷹士のほうはサザキと仲違いしているとも思ってないだろうし」

サザキが眉を寄せ、口の端をゆがめた。もしかしたら、それがサザキの苛立ちの一番の原因かもしれないと、隼人は思った。史人は穏やかに話し続ける。

「鷹士は、自分が知っていることやできることを、私たちに伝えたり与えたりすることを惜しまない。敵とみなした相手にはおそろしく非情になれるけど、かれの側にいる人間には、親切なんじゃないかな。ただ、とてもわかりにくいけど」

高照は苦笑いする。

「史人は鷹士にも人の情があるというのね」

「高照が鷹士につっかかるのは、わざと怒らせようとしているのか」

ぶしつけな、それだけに鋭い隼人の質問に、高照は気を悪くしたようすもなく応じる。

「それもあるけど、あそこまで日留座というものに敬意を払わない人間に会ったことがないから、いらいらするのよ。初対面から道ばたの石ころ以下のあつかいをされたら、御子でなくても腹が立って挑発したくなるのではないかしら」

サザキも高照も、なんてこどもっぽい理由で鷹士に意地悪を言うのだろう、と隼人は温泉の湯をざばざばと頭からかぶって、うんざりした表情をごまかした。

出立の朝、薬女があれこれ薬草だの食糧だのを史人に持たせ、言葉を尽くして別れを惜しむのとは対照的に、鷹士と津櫛の比女は言葉少なく、ほぼ無言で向かい合っている。

津櫛の比女は自分の胸にかけていた瓔珞をはずして、鷹士の首にかけた。珊瑚と真珠の珠を連ねたその瓔珞を、鷹士は下を向いたまま拝領した。津櫛の比女は両方の手を上げ、親指と人差し指で鷹士の刺青にひとつひとつ触れていった。

それが意味のある儀式なのか、旅の無事を祈るまじないなのか、隼人は気になった。

かれらから少し離れて、隼人、サザキ、高照はじりじりしながら待っていた。旅装束の脛巻、白い膝下丈の腰巻と袷の上着姿の高照は、男のように髪を結んで鉢巻をしている。その横に高照の付き添いとして、隈邦への道案内を務める秋猪が立っていた。

隼人は高照にささやいた。

「津櫛の比女は、鷹士のことをずいぶんと気にかけているんだな」

このときになって隼人は、鷹士の成人の儀で、紅白の帯を授けた貴人の女性が、この津櫛の比女であったことを思い出した。

「鷹士は比女にだけ、あんなに丁重な態度をとるんだよ」

にやにやする隼人に、高照は胡乱げな眼つきを向ける。

「そういう解釈しかできないの。貧困なおつむね。さすがに脳みそに海胆が詰まっているっていう隼人族の御子だわ。鷹士は薬女にもちゃんと敬意を払っているでしょ」

そのとおりに、鷹士は両手を合わせた会釈を薬女に捧げてから、史人とともに隼人たちのところへやってきた。

史人は不安そうに何度も薬女の姿を求めてふり返り、鷹士はいちども背後を見ることなく、邦通道へと足を踏み出した。

第八章　隈邦の忌まれ御子

一行は、鷹士が背負う弓矢のほかは、秋猪が持つ槍だけという軽装であった。

日向の巫女比女の従者に、秋猪ただひとりという軽快さに史人たちは驚いた。

昔ながらに争いのない中央久慈から南久慈を旅するのに、野獣を撃退するための狩猟具以外の武器など必要ないことを、少年たちは旅ながらに学んでゆく。

「火邦の西海岸は倭人が海賊行為を働いていて、うかつに海辺を歩くのは危険だ。絶えず警戒が必要だから、人の多い郷や市だけでなく、小さな里にも兵を配備させているが、中央の山間部の邦道や日向の東岸は平和なものだ」

秋猪は、鷹士によく話しかけた。長脛日子の行列を襲って薬女たちを誘拐した首謀者でありながら、まったく悪びれたところがなかった。そもそも戦いを仕掛けていたのが長脛日子なのだから、火邦にとっては報復行為であった。そしてたった四十人の兵で、百人以上の長脛日子の一行を襲い、薬女たちをさらった力量も評価できた。

「私の呪術があったから、多勢に無勢でも崩せたのよ」

高照が自慢げに語った。隼人は木の洞で見た、金眼赤顔の鬼の夢を思い出して叫ぶ。

「あの風を起こした鬼女は、高照だったのか」

見なかったことにして、忘れていた夢の記憶を口走ってしまった隼人は、史人に聞かれてしまったかと焦って周りを見る。高照たちの健脚に遅れがちな史人は、ずっと後ろをサザキと歩いていた。こちらの会話が聞こえたようすもなく、道端の植物についてサザキに説明している史人に、隼人はほっと息をついた。

「誰が鬼女ですって？」

半眼になって声を低くする高照は、鬼の面がなくても恐ろしいと隼人は思った。

そうしたこどもたちを監督し、引率する秋猪は、冷静な視線を鷹士に注ぐ。

秋猪は鷹士から津櫛の情報を引き出そうと努力していた。非常に無口な鷹士の防壁を崩すのは容易ではなかったが、そこは親子ほど年齢も上で老獪な秋猪の話術に、鷹士は津櫛で造られている武器や、戦奴制についてぽつぽつと答えることもあった。

火邦以南の久慈に、剣を実戦に使っている邦はない。あっても日留の宝として祭祀に使われるだけで、武器といえば槍と弓矢だ。身分の高い兵が剣を佩くことはあるが、邦内に経験豊かな師範がいないため熟達した剣士はいない。またとない好機と、秋猪は鷹士に手合わせを請い、出立前にわざわざ作らせた木剣で休憩のたびに鍛錬に臨んだ。

鷹士の隙のない、流れるような動き、ためらいなく急所を突いてくる精確さなど、このような兵や剣奴が大挙して押し寄せてくるさまを想像すると、盛夏の蒸し暑さにもかかわらず秋猪の背に冷たい汗が流れる。しかも、鷹士は秋猪の半分の年齢でしかないのだ。壮年熟練の津櫛兵の腕前は推して知るべしであった。いつかの夜襲が、高照の呪術を使って本陣を混乱させての奇襲でなければ、まず成功する見込みはなかったろう。

とてもではないが、今から邦民を徴発して武芸を教え込み、津櫛に立ち向かうことなど不可能である。冶金工房も足りないために、武器をそろえるのも間に合わない。そもそも、道具や祭具に用いられる金属は、長い間、津櫛や豊から流通してきた。奴婢の対価を善しとしない火邦には、真珠や織物などしか交換できるものがない。倭人や加羅諸国との交易が津櫛邦や豊邦にほぼ独占されている状態で、原料になる鉱物資源をどうやって大量に手に入れていいのかもわからなかった。神宝を集めて呪術に頼り、とりあえず長脛日子の軍勢を足止めすることしか有効な方策はない。

一行にとって、隈邦への旅は快適なものであった。火邦と日向邦の境を南北に延びる邦通道を行くといっても、隈邦は久慈島の南端にあり、津櫛の境から阿曾までの道のりの、三倍の距離だ。

夕刻には火邦か日向邦の里や邑に着くように秋猪が進度を調整するので、道中はいちども野宿をする必要もなく、温かな夕餉のあとは、屋根の下の寝床の上で眠ることが出来た。

南へ下るにつれて、植生が変わってくる。枝がなく、てっぺんから見たこともない長大な葉っぱが幾重にも垂れ下がった背の高い樹木が増える。そして煙を吐く霊山がここにもあそこにもあり、邦通道のあちこちで蒸気を上げる温泉で休めるということに、隼人たちは目を丸くした。

「というか、邦道(くにのみち)が温泉に沿ってうねっているという気がする。いつになったら隈に着くんだろうな」

ようやく隈邦の最初の邑に着いたのが、旅の日数を数えるのも忘れてきたころであった。すでに火邦から連絡が行っていたらしく、かれらを迎える隈の兵たちが待っていた。同じ久慈の民とは思えないほど濃い色の肌、彫りの深い目鼻立ちと大きな目。自分も同じような容貌(ようぼう)をしているはずなのに、隼人は同族のもとに戻ったという実感よりも、気後れを通り越して萎縮(いしゅく)してしまう。それはおそらく、どの兵も隼人が見たこともない細かい刺青(いれずみ)を、顔一面に施しているせいだろう。

顔から肩にみっちり彫り込まれた意匠は、魚鱗(ぎょりん)もよう、龍紋、波頭、螺旋(らせん)状の釣り針など、海の民ならではのものが多い。驚くべきはその見事な左右対称の芸術度だ。そして、年が上に行くほどに、刺青の面積が増えるものらしい。季節柄、みな裸足(はだし)半裸で腰布を巻いただけで、壮年の男たちの腿(もも)は青緑色の複雑な紋様をさらしている。

「御子(みこ)さま、駄目です。お戻りください」

隈の兵たちのうしろで争う声がする。人垣を押し分け、止める声をふり払うように、隼人と同じ年頃の少年が現れた。長い髪を背中に流し、額の両側に魚鱗模様を入れ始めたばかりの少年は、隼人の前に来ると全く同じ高さの目線で見つめてくる。よく焼けた肌に、スモモの実のように大きな眼と、瞳(ひとみ)の周りの白い部分が印象的だ。

工房で銅鏡を磨き込むときによく見た、鏡面に映る自分の顔と、確かによく似ている。

心臓が早鐘を打ち、口の中がからからに乾いて、隼人はその場から逃げ出したくなった。

その海人の少年は、闊達に話しかけてくる。

「これがおれの兄か」

「御子さま、お下がりください。日留座さまに知れたら、お叱りを受けます」

側近の叱責や忠告を無視して、隈邦の御子は隼人に近づいた。両手を上げて、隼人の頬を挟み込む。隈兵たちが息を呑むのが聞こえた。頬に触れた手の温かさにもかかわらず、隼人の体はその接触を拒むようにこわばる。頭の中まで硬直し、どうしていいかわからずに、隼人はただじっと隈の御子の大きな目を見つめ返した。

周囲の空気にも、隼人の緊張にも頓着したようすはなく、少年は隼人の頬をぐりぐりしたかと思うと、鼻や眉のあたりを触った。そしてざわつく背後の兵たちに問いかける。

「おれは、こんな顔をしているのか」

隼人は、その少年の声に含まれた残念そうな響きがとても気になった。そして、自分のとよく似たその声に聞き覚えがあった。思いがけなく、大声が出る。

「おまえが、影すだまだったのか」

饒速は、にぃっと口を開けて笑った。

「なんだその呼び方は。ひとを魑魅かなにかのように」

少年は笑いながら一歩うしろへ離れた。

「おれは饒速だ。おまえが兄の建速だな」

隼人の心身の痛みが耐え難いときには、必ず訪れ寄り添ってくれた生霊（すだま）が、双子の弟だったとは。やわやわとした頼りない影、優しい史人の口からかけられる、はかなく遠い声は、目の前の溌剌（はつらつ）とした少年と、うまく重ならない。

「そうみたいだな」

隼人は、突然の弟の出現をどう受け取っていいのかわからない。喜べばいいのか、怒ればいいのか、どんな顔をして饒速の目を見ればいいのかすらわからないのだ。

頬がこわばって、口元も緊張してしまう。

しかし、饒速は世間話でもするように、楽しげに話を続ける。

「おまえの話はよく聞かされた。ふつうの兄弟みたいになれなくて残念だ」

こいつとおれは、同じ顔をしているんだろうか、と隼人は思った。同じではない、と心の奥からささやくものがある。

こうして老若の兵にかしずかれ、御子と敬われて屈託のない笑顔で他邦の客を迎えている少年と、乳母と海岸をさすらい、飢えと寒さをしのぎながら、見知らぬひとの情けで生きながらえ、せっかく手に入れた家族との健やかな暮らしを戦で奪われたあげく、奴隷に落とされた自分が、遊魂の術を使いこなし、己が民に血筋正しき御子として日留（ひるの）座（くら）の後嗣に据えられた少年と、同じ顔をしているはずがなかった。

悔しさや怒りが、胃の底にふつふつと湧き始める。

「おれは、弟がいるなんて話はつい最近まで知らなかったよ。義理の兄と妹ならいて賑（にぎ）

やかだったから、別に残念じゃないけど」

　素っ気なく言い返す隼人に、饒速は少しひるんだようだが、隼人の首のうしろに手を回し、土蜘蛛に打たれたあたりを撫で回した。

「どんな無茶をしたんだ。死ぬかと思うほど痛かったぞ」

　なんのことかわからず、隼人は瞬きをした。饒速がその瞳をのぞき込み、額を寄せるようにして、低い声でささやいた。

「おまえは、自分で知らない間に怪我をしたり、アザができたり、同じ病気に二回かかったりしたことはないのか」

　思い当たる節はある。隼人が啞然としていると、饒速は隼人の胸や腹に手を当てた。

「春の終わりからずいぶん悲惨な目に遭っていただろう。夏の初めは、食っても食っても毎日腹が減ってひもじくて大変だった。建速がそのうち飢えて死んでしまうんじゃないかと心配していたぞ。その後はあちこちひどくぶつけたりしたようだし」

　饒速はうしろから、ぐいぐい肩や肘を引かれている。側近らしい青年や老年の男たちが、隼人と目を合わせないようにして、饒速に下がるように促した。わかったわかったとぼやきながら、びっくりしている隼人を解放して、饒速は朗らかに声を上げた。

「高照、秋猪。こういうことだ。今回は歓迎の宴には出られなくて悪いな」

　高照たちが軽く手を上げて応じるのを見て、ふたたび隼人にふり返り、小声で話しかけた。

「会えて嬉しかったよ。体を大事にしろ。建速が無茶をするとおれも痛い目に遭う」

隈の兵に囲まれた饒速は、慌ただしく連れ去られた。兵たちの間には溜息やささやき声が絶えない。隼人は隈の男たちが自分を見ようとしない、あるいは目が合いそうになると視線をそらしてしまうことに気がついていた。隈の兵頭は、高照や秋猪には丁寧な挨拶をするが、少年たち、特に隼人がそこにいないようにふるまうのが不自然だ。

そんな隈の兵に前後をはさまれて、隼人たちは南へ向かう。

「なんなんだよ。饒速とか、隈の連中ってのはわけわかんないやつらだな」

隼人はすっきりしないわだかまりを吐き出すように、周りの人間に文句を言った。饒速が隼人に会えて純粋に喜んでいたにもかかわらず、自分のほうは嬉しさや興奮など微塵もなく、一刻も早くあの場を逃げ出したいと思っていたことがやりきれない。そしてそのどろどろとした感情は、饒速に確実に伝わってしまったであろうことも。

みなが黙っていると高照が説明した。

「仕方ないじゃない。普通の双子でも不吉なのに、次の日留座になるものが片割れの忌み子に会うことは禁忌なのよ。忌み子と嫡子が対面するなんて、常識じゃ考えられないわ。饒速はこれから忌み子に触れた穢れを落とすために、厳格な潔斎に何日も籠らないといけないのよ。それでも顔を見に来たのだから、よほどあなたのことが、気にかかっていたのね」

「双子って、そんなに不吉なのか」

望んで双子に生まれてきたわけでもないのに、自分の存在が不吉だと言われ、やり場のない腹立たしさに隼人は唇をかんだ。

「みんながそう信じているから、そうなってしまうのよ。双子が不吉だと思い込んでいるから、良くないことが起きるとみんな忌み子のせいだと言い出すの。不吉なことなんて、双子がいようといまいと誰にでも巡ってくるのにね」

巫女であるはずの彼女の発言に、隼人は驚いて立ち止まる。

「高照はおれが不吉だとは思わないんだな」

「思わないわ。他の土地では双子も普通の兄弟として育ててるし、別に不都合はないと聞くわ。そもそも、日向と火の邦の始祖神は双頭の双子神、日向別と久慈日祢別なのよ。ひとつの部族が二邦に分かれても、ずっと問題なく仲良くやってきたの。いつから双子が不吉になったのか、私のほうこそ知りたいわ」

ふたたび歩き出した隼人はひどく混乱した。

「なら、あいつらに双子は不吉じゃないって言ってくれよ。高照が言えば、あいつらも信じるだろ」

「言ったわ。饒速だけが耳を傾けたから、こうしてあなたに会いに来たんじゃないの」

隼人は言葉を失って高照の顔を穴があくほど見た。隼人の知らないところで、ずっと以前から高照と饒速の間で自分のことがやりとりされてきたと知って、愕然とする。

「何世代も大勢の人間がそう信じてきたことと、日留座の巫女といっても私みたいな小娘の思いつきと、どっちが重みがあると思うの。今まで何百という忌み子を捨ててきたことに、なんの意味もないからやめなさいって言われて、はいそうですかって従えるものですか。みなが忌み子が不吉だと信じる限り、すべての災厄は忌み子がもたらすことになるの」

「じゃあ、隈人やおれたちが信じているものってなんなんだよ。神宝とかクラ母神とか、本当に意味があるのか」

「私は神宝の霊威を使いこなせて、神々や祖先の霊と意思を通わすこともできる。だから大地のクラ母神が久慈の民を慈しんでくださっているということが信じられる。あなたも隈の神宝に触れてみれば、なにを信じていいのか、きっとわかるわ」

隼人はいつもどおり、高照にやり込められ沈黙してしまった。

隈邦の大郷は、入り江を見おろす高台にあった。南国の青碧の海が隼人の胸を締め付ける。かれは、確かにこの海の色を知っていた。

隈の住居は北久慈とはまったく違った造りをしていた。風通しの良い竹や蔓を編んだ壁の上に、屋根は藁や茅でなくこのあたりでよく見る、丈高い木の細長い葉を葺いてある。傾斜の急な山肌や、逆にゆるやかな岸壁に、岩礁にはりつくフジツボのように質素な小屋が密集していた。

「毎年のように台風がなぎたおしていくので、片付けるのも建て直すのも簡単なように造るんだそうだ。内陸へ行けば火邦のような藁屋も普通にあるのは、見てきた通りだ」

物珍しさに口を開けている少年たちに、秋猪がていねいに解説した。

平地が少なく、稲作などの農耕に向かない隈邦は、漁撈に生き、南洋の島々との交易によって富を蓄えている。縦に長い久慈大島の、厚く深い森に隔てられ、陸路による北久慈との交流はほとんどない。兵とはいっても日留座の側近というだけで、漁具も銛のほかは、武器らしいものもなく、集団で戦うこともない。久慈の中央と北部で通じる言葉を話すのは、日留座の一族数人だけであった。

久慈五邦のうち隈邦の民だけが、顔立ちや肌の色が異なり、衣服も建物も、話される言葉もどこか異質で、同じ母神から生まれた久慈四神の裔であるとは信じがたい。湿度は高く日差しも強く、気候や植生からして、同じ島にいるとは思えなかった。

さすがに日留座の宮は平地に建てられていた。会合所も兼ねているらしく、北久慈ではふつうに見られる高床式の入母屋造りで、屋根は藁葺の宮室だ。

五邦の交流のために建てられたらしく、何度も修復した跡がある。

宮の入り口で待っていたのは、壮年の男女であった。これが自分の生みの親なのかと、隼人はひとごとのように思った。

「高照巫女さま、秋猪殿。北久慈の客人方」

隼人はただ黙って、高照や秋猪が日留座とその妻に捧げる礼をまねた。

宮室内に招かれ、さっそく用件を切り出した高照に、隈の日留座はためらいつつも隼人たちを愕然とさせる告白をはじめた。

「恥ずかしいことで……これまで極秘にされていたことなのですが。隈の神宝は、建速が連れ去られたときに同時に持ち出されて以来、行方不明なのです。手を尽くして捜してはきたのですが」

「おれが、連れ去られたときに？」

隈の日留座はいかにも鯨漁師といった、古革のように焼けてしわ深い顔をしていたが、その眼を見れば実年齢はまだ若いことが見て取れる。日留座は重々しくうなずいた。

「建速の乳母は、建速を海へ還す直前に、幼い建速を連れて逃げました。そのとき、神宝の龍玉も奪って行ったのです」

日留座は遠い眼をして、開け放たれた扉から南の海へ視線を向ける。

「おれは海に流されるはずだったんですか」

神宝を捜しに来たのだから、そのことに関わりのない問いを投げかけるべきではないと思わなくもない。だが、隼人は知りたかった。

「饒速の三つの祝いのあと、潮が南海の龍宮へ変わる季節に、建速を『海の児』として、海に返すことになっていました」

隼人はどうも頭の整理ができそうになかった。隈の両親は、建速と乳母を追放したのではなかった。海に捨てられ溺れ死ぬところだった建速を、乳母が連れて逃げたのだ。

火の宮で建速の名を聞かされたとき、耳鳴りとともに湧き上がってきた言葉の切れ端

『海児』。赤子が健やかに育つよう、三歳まで身近において凶事や病などの災いを移す人形の形代。建速は、饒速から移し取った災厄と穢れとともに処分される形代として、とっておかれたのだ。ふたりぶんの穢れと凶事にまみれた自分を、隈の誰もが忌み避ける理由を、隼人はこのときはっきりと思い知った。

客人用の高床の家屋に案内され、沈黙を続ける隼人を、旅の仲間たちが囲む。誰もかれにかける言葉を持たなかった。

隈の日留座とその妻は、隼人がかれらの実子であることを認め、隼人もかれらが両親であることに納得し、それでも互いを抱擁したり、再会を喜んだりということをしなかった。

隼人は深呼吸したあと、嘆息した。

「あれだなぁ。結局、神宝はなかった、ということだ。これからどうしようか」

視線が高照に集まる。高照は咳払いをした。

「あなたの乳母の持ち物と、建速の赤子時代の産着があれば占を立てられるから、なにかわかるかもしれない」

「じゃあ、高照に頼む。なにかわかったら、そこから始めよう」

「実は、そのことはもう隈の日留座さまにお願いしてあるの。隼人が乳母のことをほとんど覚えてないことも、神宝についてはなにも知らないことも、隈の日留座さまはわかってくださっているから、神宝探索の力添えは惜しまないそうよ。私が心配しているのはあなたのことよ。幸魂がすっかり細ってしまって。病人みたいよ」

あぐらをかいていた隼人は、脚を伸ばしてそのまま横に転がった。

「うん。なんか、ときどき息が苦しくなって、座ってるのもつらいくらいだ。忌み子って、忌み子なんだな。穢らわしすぎて、会うのも、見るのも、触るのも禁忌なんだ。生き別れの両親とかさ、なにを期待していたんだろうな、おれ」

饒速の純粋な好意に触れたあとだけに、実の父母の無情ぶりが胸をえぐる。

影すだまの正体を、もしかしたら実の両親ではと想像していた自分がおめでたすぎる。

神子に他者の心を感じ取る異能があるのなら、史人と高照には、恨みと僻みにやさぐれた隼人の心境が手に取るようにわかるだろう。こんな醜い心を抱えた自分を史人たちに悟られるくらいなら、隼人はもうなにも感じたくも、考えたくもなかった。

サザキと史人は視線を交わし、秋猪と高照は顔を見合わせる。鷹士は大きな窓枠の向こうの夕焼けを眺めていた。

「あの人たち、いちどもおれの顔をまっすぐに見ようとしなかったよ。建速の名前もさ、おれに向かっては呼びかけなかった。たしかに死んだはずの子が帰ってきてもなぁ」

一同、無言のまま時間が流れる。

隼人は泣き虫な性根を恥ずかしく思ってきたが、こうまで手ひどく拒絶されると、涙も出てこなくなるものらしい。目も心も乾いて、どんどん干からびていく気がする。

「ごめん。なんかやる気が出てこない」

「隼人」

鷹士がおもむろに立ち上がり、隅に置いてあった荷物から靫(ゆぎ)を拾い上げて戻ってきた。

「おまえの親は、津櫛にいる」

靫から青銅の鏃(やじり)のついた矢を出して隼人の手に握らせる。隼人は、懐かしい癖のある造形に、じっと目を凝らした。

「工人捕虜が阿古を出発する前、成人前の男子が一緒でないことに気づいた工人のひとりが、こどもたちはどうなるのかと訊(き)いてきた。男子の捕虜はおれが戦奴邑に連れて行くのだと教えたら、その工人が懐に隠していた鏃の袋をおれに渡してこう言った」

隼人は大きな目を瞠り、鷹士の夕陽に照らされた無表情な顔を見上げた。

「豊で一番上等の鏃と引き換えに、眼の大きな色の黒い隼人という名の少年を守ってくれと。南久慈の血が濃く表れているから、津櫛ではつらい思いをするかもしれない。あまり酷(ひど)い目に遭わないように、見守ってやってくれないかと涙ながらに頼まれた」

隼人の鏃を握る手が震える。

「おれはただの剣奴で見習いだから、たいしたことはできないと断ったが、それでもこれを押しつけてきた。この鏃がその工人が作った一番の傑作で貴いものだから、これで息子の命を守って欲しいと」

隼人の視界がぼやけ、ぽろぽろと涙がこぼれた。嗚咽(おえつ)をこらえる隼人の背中を史人が撫で、サザキがその肩を抱く。高照ももらい泣きしている。やがて落ち着いた隼人が、鏃を握りしめたまま座りなおして背筋を伸ばす。赤い鼻をすすって、恥ずかしそうに笑った。

「おれの故郷は阿古だったんだよな。兄も妹も、両親も生きていれば津櫛に囚われているはずなんだ。こんな大事なこと忘れてたなんて、どんな親不孝者だ、おれって」

掌で顔をこすり涙を拭いた。そして顔を上げる。いつの間にか鷹士は姿を消していた。

「鷹士は、どこへ行ったんだ」

「外へ、浜を散歩しに行った」

秋猪が開け放たれた扉を指して答えた。隼人はバツが悪そうに言い訳する。

「なんか、鷹士に悪いことしたな。おれ、忌み子って数日言われただけでへこんでしまって。鷹士なんか、生まれたときからずっと鬼の子だってみんなに言われ続けてきても、へこんだりしてないのにさ」

「へこんでいたら、生きてこられなかったんだろう」

そう溜息まじりにつぶやいたのは史人だ。

「神子とか忌み子とか、鬼の子とか。自分で決めたわけじゃないのに、周りがそう型に嵌めてしまう。気がつけば、いつの間にか自分でも言われ続けたモノになってしまっているんだ。そうなりたかったわけじゃないのに」

「史人は、神子がいやなの」

高照が静かに訊ね、史人は苦笑いで答える。

「阿古では、ほかに能がないから神子なんだってよく言われてね」

「でも、史人の異能はすばらしいわ。どうしてそんなことを言うのかしら」

「高照は感応力が高いからそう思うんだよ。他のひとたちは異能そのものがよくわからないから、鬼憑き病と間違われたりして、怖れられたり否定されたりする」

高照は腕を組んで考え込んだ。

「傍系に異能が発現すると、潰されやすいというのは聞いたことがあるわ。小さな邑や里の巫覡では異能と鬼憑き、獣憑きとの区別がつかないというのはほんとうなのね。異能が偏っていたり弱かったりすると、神子の心が病みやすくなるとも聞いたわ。だから、長脛日子を止めなくてはならないの。津櫛の日留座には、もう何代も異能の持ち主がついてないのよ。日向や火の邦では、少しでも異能があるとすぐに巫覡が資質を見定めにゆくのに、北久慈では放置されている。このままだと久慈神族の血が顕れる神子たちがただの鬼憑き病にされてしまって、神宝から地母神の恵みを引き出したり、神々を降ろしたり鎮めたりできる人間がいなくなってしまうわ」

「だから、津櫛や豊の神宝が隠されてしまったんだろうか」

史人も腕を組んで考え込む。

神子同士で通じるところがあるのか、史人と高照は、機会があれば巫覡の道や異能の特質について熱く意見を交わす。

　隼人は議論に夢中になるふたりを残し、サザキとともに外へ出た。残暑の厳しい日が続いていたが、夕凪が過ぎると浜を吹く風が涼しく心地よかった。

　ずっと黙っていたサザキが深く息を吸って、吐いた。

「なんか、おれが一番気楽だな。なんも特別なことなくて。濃い血もないし、異能もない。親も自分も普通で、体ばかりでかいくせに、鷹士の半分の強さもなくて、史人もおまえも守る力も持たない。役立たずで、落ちこんでばかりだったけど」

　そんなことを気にしていたのかと、隼人は驚いて年上の幼馴染を仰ぎ見た。鷹士はとっくにお見通しで、つっかかってくるサザキを相手にしなかったのだろうか。

　サザキや隼人が家の仕事を手伝い、兎を追い果物を採りに野山を駆けまわっていたころ、ただひたすら鍛錬に打ち込んでいた鷹士と、同じ強さなど持てるはずなどないのに。

　しかし、それを言ってしまったらまたサザキがへそを曲げるのではと恐れた隼人は、何も言わなかった。サザキは、まだ何か言うべきことがあるらしく、鼻をこすりながら、適切な言葉を探して首を振る。

「なんの取り得もないってことは、なんでも好きなことを他人から変な期待をされずに適当にやれるってことなんだな。おれだけなにも背負ってなくて、自分なんてどうでもいいような気がしてくさってたけど。今はそれが、一番いいことに思えてきたよ」

　まだ手に矢を握っていた隼人は、目の前に父の鏃を掲げて微笑んだ。

「なぁサザキ。阿古を燃やされて家族を奪われて、雑奴にされてさ。赦せないし赦したくないのはおれも同じなんだ。でも、鷹士ひとりを責めて八つ当たりして、なにが変わるんだ。同じことを長脛日子やシシドに言ったら、その場で打ち殺されるだろうけど、

鷹士は黙って聞き流している。

「勝手におれらを打ち殺したら、シシドに罰を受けるのは鷹士だろ」

「それはそうだけど。おれはさ、阿古のみんなのおれを見る目が、もらわれっ子だ、おまえは余所者(よそ)だって言ってるのをいつも感じていた。だから家の仕事を必死で手伝ったよ。とうさんの子だって認めて欲しかったから。だから、おれは鷹士の気持ちが少しわかる。外来人(けらいびと)の親から生まれて、鬼の子って呼ばれ続けて。自分の育ったただひとつの場所なのに、自分の故郷じゃないんだ。命令されたことをしないと、鷹士にはどこにも居場所がなかったんだ」

「だからって人を殺しても、人の家を焼いて他人の家族を引き裂いてもいい理由にはならないだろ。ま、長脛日子に戦争をやめさせれば、鷹士もこれ以上ひとを殺さなくてもよくなるかな」

サザキはそう言うと、頭ひとつ高いところから隼人の頭に手を置いてぐりぐりと撫でた。隼人は笑いが込み上げてくるのをこらえた。

「隈の神宝で長脛日子を止めることができるのなら、捜してみる気力が湧いてきたよ。ありがとう、サザキ」

そして充分な力を蓄え津櫛に乗り込んで、隼人の大切な家族を取り戻すのだ。

翌朝、高照は日留座の広間に呪術を行うための結界を張らせた。それは四隅に立てた竹に麻苧の紐を巡らせたもので、中央に建速の産着とその乳母の『遺品』を置き、四つの円座がそれを囲んでいた。

高照に促されて隼人と史人が座についたあとも、名を呼ばれた鷹士は要領を得ないようすでサザキの横に立ち尽くす。

「鷹士、聞こえなかったの。ここに座って」

「どうしておれが」

「この面子で津櫛民の祖神、白日別の血が一滴でも確実に流れているのが、あなたしかいないからよ」

鷹士はその重たげな一重のまぶたの下の瞳に、理解に苦しむといった色を浮かべた。

「あなたには外来の血のほうが濃いことはわかっているわ。でも父方から津櫛の血を引いているでしょ。神宝が呼び合うには、久慈四族の血が必要なの」

全てを見透かすかのような少女の眼に、鷹士は反論するのも無駄と思ったらしい。言われた通りに結界を踏み越え、円座に腰をおろしてあぐらをかいた。

高照はやわらかな兎革の袋からなんの変哲もない四個の小さな玉を取り出した。おそらく、白瑪瑙、赤瑪瑙、琥珀、黒曜石であろうと思われる。隼人に白玉、鷹士に紅玉、史人に黄玉を渡し、高照は黒玉をその左手に握った。

「昨夜、建速の乳母の消息を鹿骨で占ったところ、七年前に他界していることが知れたの。生きていれば捜し出さなければならないけど、あの世にいるのなら道返術(ちかえしのじゅつ)で呼び出せるから話が早い」

てきぱきと説明する高照の顔を、三人の少年たちは少し口を開けて眺めている。

「ただ、道返術は危険が伴うの。あなたたちは男だから霊に呑まれやすい。その玉はあなたたちを守るために貸しておくのよ。決して失くさないでね」

隼人たちは掌の上で玉を転がしてみた。

「特に史人は憑かれやすいから、幽冥(ゆうめい)界に連れて行かれないように死返玉(まかるかえしのたま)を授けておくからね。魂が幽明の境で迷ったら、その玉の導くところへ向かうのよ」

言いながら、高照は握っていた黒玉を建速の産着とその乳母の遺品の上に置く。

「あなたたち、乳母の霊や神宝の御魂が降りてきたら、なにがあっても声を出さないで。亡者や降りてきた神に質問をするのも、こちらから応(こた)えるのも私だけ。たちの悪い霊が迷い込んでいたらあなたたちの声を聞きつけて、憑りつくかもしれない」

警告すると、高照は桐(きり)箱の底から一枚の比礼(ひれ)を取り出し肩にかける。蟬の翅(はね)のように薄く、淡い桃色を基調に、光が当たると虹(にじ)色に輝く比礼の両端を指でつまんだ高照は、両手を上げ、翼のように広げた。半眼にしてどこにも焦点を合わさず、少女の声とは思えない低く深い音を、腹の底から紡ぎ始める。

その、言葉にならぬ母音の連なりは、独特の律動と旋律となって、少しずつ音程を上げてゆく。それはまるで、高照が楽器そのものになって、御魂を引き寄せる音曲を奏でているようだった。

隼人は、高照の警蹕(みさきはらい)を聴いているうちに、体が水の中をただよっているような感覚にとまどい、周囲を見渡した。高照は半眼のまま低く厳かな音霊(おとだま)を揺らし、鷹士と史人は少しうつむいたまま微動だにしない。結界の麻苧の紐の向こうが、水底から見上げる空のように曖昧になる。

次の瞬間、隼人は白い霧に包まれていた。四方が真っ白な闇に包まれている。それでいて虚(うつ)ろさはなく、森の木々が生み出すしっとりした空気に似た温かさに抱かれていた。

あてもなく一歩を踏み出した隼人は、霧の中を行き交う白い人影に気がつく。目を凝らして見ても、その影に焦点を合わせようとすると、輪郭がぼやけて霧の境目が曖昧になり、湯に溶ける脂のように実体を失ってしまう。あちこちに漂っている白い影の群れのように、隼人もまたぼんやりとさ迷いながら、自分がここにいる理由が思い出せないでいた。

――帰らなきゃ。

泡のような思いが湧き上がり、握った手の内側に熱を感じた。左手を開いてみると、白玉がほんのりと淡い光を放っている。白玉の向こうに淡紅色の光が見えた。薄紅の光の導く先に、隼人は親しみを感じる白い影を見つけて駆け寄る。距離が近づくにつれ、求める白影の色や形が鮮明になってゆく。

——タ……

その名を呼ぼうとした隼人の口を、白影の手が塞いだ。かれはもう一方の手を上げ、人差し指を口に立てて声を出さないようにと無言で指示する。実像を映した鷹士の鋭い視線に、隼人は唐突にここが高照の言う『幽明の境』であることを悟った。周囲の白い影は、死者か死に逝くものたちの魂であることも。ということは、自分たちも高照の道返術で肉体を追い出された魂だということになる。

自分の手で口を押さえ、指示を理解したことを伝えた隼人に、鷹士はうなずいた。そして、鷹士は隼人の肩に腕を回すようにして、それ以上前へ出ないように手ぶりで知らせた。

不思議に思って足元を見ると、一歩前の地面には広い亀裂が走っていた。はっとして周囲を見ると、右も左も、そしてうしろも底の見えない深い断崖に囲まれ、隼人と鷹士は一歩も足を動かせない狭い地面の上に立っていた。地の底へ続く絶壁の下からは、硫黄や腐敗臭が立ちのぼり、無数の稲妻が絶えず闇底に閃いている。

そして、大きな口を開けた亀裂の向こう岸に、二十人ばかりの裸のこどもたちがこちらに向かって手をふっていた。こどもたちの年齢は十歳から十五歳くらいまでで、やつれた顔に熱のこもった目で隼人たちを見つめている。こどもたちの中心では、背の高い少年が鷹士へと手招きした。少年の胸と腹には空ろな穴が穿たれ、黒い闇となっている。かたわらの鷹士が身じろぎするのを感じて、隼人は斜め上の青ざめた顔を見上げた。

鷹士が向こう岸に行こうと一歩でも足を踏み出せば、断崖の底の幽冥界へと真っ逆さまに落ちることになる。隼人は鷹士の肘をぐっとつかんで引きとめようと足をふんばった。手のひらが触れたところから、焼けるような痛みが隼人の胸に流れ込んでくる。

赤く染まった野原を、『かれ』は必死で逃げていた。走りたくても、草は赤い血で染まり、ぬるぬると滑りやすく、何度も転んでは、目を剝いて天をにらみつけたまま動かなくなった戦奴たちの、まだ柔らかい屍の上に倒れこむ。両手を死者の血に染めて立ち上がろうともがいては、足を滑らせまた転ぶ。

「ここにいたぞっ」

どこからか聞こえる怒声に、見つかってしまった、と心臓が飛び上がる。

「ぐずぐずしてるんじゃない、さっさと逃げろっ」

後ろから追いついてきた同母の兄が、かれの衿をつかんで立ち上がらせた。

かれは大急ぎで足元の死体を飛び越え、『ミコさま』がかれらの報告を待っている陣地を目指す。背後で兄が弓の弦を鳴らす鋭い音がする。追っ手の戦奴に命中し、悲鳴や呪詛の声が上がる。兄の弓矢の腕は一流だが、矢はもう何本も残っていないはずだ。

大岩を見つけてその陰に逃げ込もうとしたかれは、岩の上から伸びてきた節くれだった手にのどをつかまれる。

「つかまえたぞっ。津櫛のネズミめ。ちょこまかと嗅ぎまわりやがって」

荒くれた戦奴に高く持ち上げられて、かれの足は虚しく宙を蹴る。空気を求めて口を大きく開けても、のどを締め上げられているために息を吸い込むこともできず、兄に助けを求めることもできない。

戦奴はかれの小さな体を地面に叩(たた)きつけ、槍を持ち直した。左の耳のすぐ横に槍を突き立て、恐怖に目を見開いてすくんでいるかれを、唇をなめて脅した。

「ガキがおとなの話に聞き耳を立てられないように、まず、この耳を削(そ)いでやろう」

陰惨な笑みを浮かべて、戦奴が槍を傾けた。耳の付け根に冷たい金属が触れ、鋭い痛みが走った。

――いやだ、かあさん、たすけて、ジンヤ。ミコさまっ、だれか、たすけて。

かれの心の叫びが届いたように、その戦奴が横ざまに飛んだ。異父兄のジンヤが駆けつけてくれたのだ。矢を使い果たしたらしく、短い銅剣を戦奴の腹に突き刺し、引き抜いて数歩下がる。かれのそばに走り寄って起き上がらせ、「逃げるんだっ」と叫んでかれの手を引いて走り出す。

腹を刺された戦奴の怒号がかれらを追いかける。かれの脚は限界だった。おとなよりも短い脚で死にもの狂いで走ったところで、とても逃げきれない。

となりを走っていたジンヤが立ち止まる。

「逃げろ、鷹士。おまえは生きろっ。カウマの血を絶やすなっ」

弟の背中を押したジンヤは、来たほうへと向き直り、追いかけてくる戦奴たちへと剣を構えて駆け出した。

「ジンヤを助けてくれ。御子さまの言うことなら、なんでもする。だから、ジンヤを」

声変わりさえしていない、甲高いこどもの声が隼人の耳の底に響いた。

鷹士は地面に座りこみ、ひどく高いところを見上げて必死で頼み込んでいた。その視線の先にあるのは、銅鋲の飾りもきらきらしい甲冑姿の、長脛日子の無慈悲な顔だ。

「そいつは助からん。苦しみを長引かせるよりも、とどめを刺すのが情けというものだ」

膝もとを見おろすと、血を吐きながらかれの裾を握りしめる、十五くらいの少年が横たわっている。鷹士は、少年の切り裂かれた腹からあふれる腸を両手で押さえ、必死で中へ戻そうとした。

「痛い、痛い」

焦点の合わぬ眼を宙に向け、うわごとのように繰り返す兄に、どうしてやることもできない。涙ぐむ鷹士の目の前に、細身の鉄剣が投げ出された。

「それでそいつを楽にしてやれ。その調子だとまだしばらくは死ねないだろう」

痛みに苦しみ悶え、徐々に力を失いすすり泣く少年を前に、鷹士は震える手で剣の柄をぐっと握った。

「ジンヤ兄、こうすると、楽になるって、御子さまが」

熟れた柿を小刀で突くほどの手応えすらなかった。肋骨の間から心臓を貫いた剣に、最後の血流と命の気が流れ込む感触が手のひらに伝わってくる。肺も傷つけたのか、ジンヤは口から大量の鮮血を吐いた。ジンヤの痙攣がおさまると、鷹士は屍が累々と横たわる丘を見渡す。まぶたが熱くなり風景が霞んだ。

ことされた少年の手は、鷹士の服の裾を握りしめたままだ。熱い血潮に浸かる剣の柄を握ったまま硬直した拳に、透明な滴がぼとぼとと落ちた。丘の彼方、戦場の北へ眼をやると、いつもと変わらぬ青空と、紺碧の海が交わる水平線がぼやけて見えた。

「それはおまえたちの母の剣だ。とっておくがいい」

鷹士の初陣であり、ろくに戦功も立てぬまま半日で終結した戦だった。

助かる見込みのない負傷者の処理は、敵地の偵察とともに、長脛日子が年少の鬼童隊にさせる、最初の戦場仕事のひとつでもあった。

隼人は実体のないはずのこの幽明境で、全身にびっしょり汗をかいていた。涙も止まらない。首から上は熱くてたまらないのに、手足はひどく冷え切っている。

対岸では、こどもたちが笑いながら跳ね回り、鷹士の名を呼び続けている。かれらは、みな、鷹士に似た細い眼や、まっすぐな鼻をこちらに向け、満面の笑みを湛えている。

中心の少年ジンヤも、恨みがましい表情でなく屈託のない笑顔で鷹士を手招きする。

――こっちにくれば、楽になるぞ――

「ジンヤ兄」

隼人は明瞭に発せられた鷹士の声に耳を疑った。鷹士の呼びかけに応じるように、対岸の人影が増える。こどもたちだけでなく、異国風に頭頂で髪を束ね、編んで背中に垂らしたおとなたちも現れた。

「ユメイ、ホオリ」

絞り出すような声だった。こどもたちの背後で、三十歳前後の女性が片手をジンヤの肩にかけ、こちらを見て微笑む。

「アーニァ」

硬直していた鷹士の頬がゆるみ、体がゆらりと動いた。踏み出した足の下で、地面が、ぐずぐずと崩れ始める。ぐらりと傾くその体に両腕を回し、隼人は渾身の力を込めて引きとめようとするが、足下の土は波にさらわれる砂のように、実在感を失くしてゆく。

足場を失った鷹士の体がずるずると幽冥の底へと落ちてゆく。鷹士の体から力が抜けていき、隼人の腕から虚しくすりぬけてしまう。もうつかまえていられないと絶望的になった隼人は、大声で叫んだ。

「ちがう、鷹士。あそこにいるのはジンヤじゃない。ジンヤはおまえに『生きろ』と言ったんだ。ジンヤはおまえを生かすために死んだんだぞっ」

握り締めた鷹士の腕の実在感が薄れてゆくなか、必死で逝くなと念じ続けるうちに、手の中の玉が熱を放ち始めた。鷹士の左手からも薄紅の光が強くなり、白く温かな空気が断崖の上に立つふたりを包み込む。

「ふるべ、ゆらゆら、ゆらゆらと、ふるべ」

幽明の境界に、高照の玲瓏とした美しい言霊が光の雫となり、雪のように降り積もる。


隼人が重いまぶたを上げると、真っ赤な壁が見えた。それがなんなのかを考えているうちに、夕日の朱に染まった客屋の壁であることがわかる。体が鉛のように重たい。

「隼人が眼を覚ましたぞ」

興奮したサザキの声がした。いちどに数人の顔がのぞき込み、それぞれが誰であるかすぐに思い出せない。高照を見分けた隼人は、ことの成り行きを尋ねた。高照はおもむろに座り直し、まじめ腐った声で威儀を正して術の成果をつげる。

「道返術は成功したわ。建速の乳母を招霊できたの。しかも、津櫛の神宝も隈の神宝のすぐ近くにあることがわかったの」

「津櫛の神宝も見つかったのか」

高照はもう自分を抑えきれなくなったのか、両手で頬を押さえて華やかに笑った。

「ああ、隼人に見せてあげたかったわ。津櫛の神宝の御魂が、鷹士に降りたのよっ」

隼人は跳ね起きて叫んだ。

「鷹士はっ。鷹士は無事なのか」

「鷹士ならあなたより先に起きて、外で秋猪と鍛錬しているわ。どうして」

「おれたち、危なかったんだけど。もう少しで冥界の底に落ちてしまうところだった」

隼人は息を切らして苦情を言った。

「まあ、声を出したの？」

隼人は「鷹士が」と言おうとして口を噤む。

「あなたたちが声を上げさえしなければ、幽冥界のものたちはなにもできないわ。知ってるひとが、あなたたちを迎えに来たの？」

隼人は、幽明の境で見た光景を話してよいものかどうかわからなかった。狭間の世界で最後の生き残りを待ち続ける鬼童隊と、鷹士が初めて人の命を絶ったときの記憶。

隼人はぶるっと体を震わせると、幽明境でおきたことを心の隅に押しやり、話題を変えた。

「道返術って、おれは自分の体から押し出されて、あっちの方に飛ばされてしまったんだな。史人が神を降ろしたときには、史人は神託を全部覚えていたのに、おれは自分の体になにがあったのかなにも知らないのは不公平だ」

「だって、あなたも鷹士も、覡じゃないからひとつの体に二つも魂を容れておくことなんてできないわ。だから迷わないように神玉を持たせてあげたでしょ」

「史人には、なにか降りたのか」

「私にはなにも降りなかったから、豊の神宝のゆくえはわからなかった。それにしても、憑坐ってのはああいう風になるんだな。知らずに見ていたら怖いものだ」

史人が感慨深げにつぶやいた。サザキもうなずきながら応じる。

「そうだよ。史人が山の神を降ろしたときは、おれたちすごくびびったんだ」

高照がひどく驚き、詰り声を上げた。

「史人が神を降ろしたの？　ひとりで？　いつ？　なんて無茶なことをしたのっ」

「薬女さまをさらった連中と目的を知りたかったんだ。初めての神降ろしだった」

「まあ、よく取り込まれなかったわね」

事の元凶である高照は、それ以上は言えなくなり深い溜息をつく。

「でも、史人。二度とひとりで神降ろしをしては駄目よ。必ず経験を積んだ巫女がいるときにするの」

隼人ははっきりしない頭をぶんぶんとふって、叫んだ。

「とにかく、手詰まりじゃないんだな。それで、次はどこへ行けばいいんだよ、高照」

一日も早く隈の大郷から出て行きたい隼人は、急に立ち上がった。

「明後日には出発します。目指すは高来津座（たかくつのくら）。いったん火邦へ後戻りして、西岸に出て海路を北にとります。そして不知火（しらぬい）の海を渡って、高来津の和邇（わに）族から龍玉を取り戻すの」

第九章　和邇族の龍玉

一行は隈の大郷に別れを告げ、火邦の西海岸を目指して進んだ。南下していたときには右手に仰いだ霧島の噴煙を、いまも右手に仰いで北西へと進む。体力のついてきた史人の足が速くなってきたために、歩幅の短い高照は早足になり息が上がりやすい。

「不公平だわ。まったく不公平だわ」

「おれがおぶってやろうか。高照は茅束や水瓶よりは軽そうだから」

　文句を言う高照に、隼人が笑いかける。高照は隣を歩いていた隼人からぴょんと飛び退くと、暑さと陽射しで赤くなっていた顔をさらに赤くして大声を出した。

「冗談じゃないわ。日留座の御子で神子の巫女に気安く触ったら、その手が腐るわよ」

「もう神子じゃないだろ。でも、高照はそうやっていると、巫女にも御子にも見えないんだけど。里の女の子たちとあまり変わらないくらいお転婆だし」

　隼人が笑いの合間にからかう。

「巫道を語り、呪術を為しているときと、いつもの高照の差が激しいのは確かだ」

　同意する史人も日焼けして、津櫛の戦奴邑にいたころに比べると、見違えるほど背が伸びていた。だが、一番の変化はかれの内面だった。隈邦の里や邑でも、初対面の人間に臆することなく、普通に話せるようになった。

「普通よりお転婆だよ」

津櫛のたおやかな比女君と比べたらな、とサザキが小声で付け加える。隼人は鷹士や秋猪がなにか言うのではとそちらを見やったが、秋猪は笑いをこらえているだけだ。鷹士は会話を耳にしたようすもなく、前を向いて黙々と歩いている。隼人の顔から笑みが退いた。

道返術の夜から、隼人は鷹士に無視されている気がする。

かつて、隼人が鷹士に『殴られてでも、顔を見たい友達や家族はいないのか』と罵ったことを苦く思い出す。鷹士は幽明境で声を出すこと、あの一歩を踏み出すことの意味を承知していて敢えてそうしたのを、隼人が無理にこちらの世界に引き止めたのだ。

あの夜、客屋に戻ってきた鷹士の、まるでなにごともなかったかのような平然とした顔を見た隼人はかっとなり、いきなり『勝手に逝ったらだめだっ』と叫んだ。涙ぐみながらつかみかかってくる隼人を避けることもせずに、鷹士は押し倒されて尻もちをついた。その鷹士の腹に馬乗りになり、隼人は衿をつかんで訴え続けた。

『おれたちから家族や里を奪っておいて、おまえだけ楽になんかさせるかよ。まだおれのとうさんとの約束も最後まで果たしてないのに、逝かせるもんか、このバカヤロウ』

隼人はあの夜の衝動的な言動を思い出すと、恥ずかしさでたまらなくなる。こどもじみた突然の癇癪の理由は、誰にも話せなかった。

高照だけは幽明境でなにがあったのかを察したらしく、ひとりで砂浜に座って落ち込んでいる隼人のところまで来て慰めてくれた。

『神玉があったから、もし亡霊たちに曳かれても闇の峡谷に落ち込むことはなかったはずよ。本人がどうしても幽冥界へ逝きたいって強く願わない限りはね。だから、鷹士は自分の意志でこちらに帰ってきたの。あなたが罪悪感を感じる必要はないわ』

泣き腫らしたまぶたを上げておくのに苦労しながら、隼人は訴えた。

『鷹士はさ、どんなことをしても会いたいと思う人間が、この世にひとりもいないんだ。みんな、あっちに逝ってしまったから』

『そのみんながあっちから呼んでいるのに、帰ってくる気にさせた誰かが、こっちにいるみたいね』

いつもの高飛車なところは微塵もなく、高照はやわらかな声で諭す。心が軽くなってくるのを感じた隼人はかすかに笑みを浮かべた。

『高照はお母さんみたいだな。ほんとうにおれたちと同じ年頃なのか』

『年はね。でも、私は五邦の日留座に四神が坐したときからの、久慈の記憶を受け継いでいるの。普通の娘よりはものが見えて、知らなくていいことまでわかってしまうの』

それはつまり、高照は隼人よりもずっとおとなの目と心を持っているということだ。

『高照は人の心が読めるんだろ。鷹士がなにを考えているのか、教えてくれないかな』

高照は困惑の微笑を浮かべた。

『読めるからって、勝手にのぞいていいものじゃないわ。あなたは他人に自分の荷物を無断でかき回されたい？』

隼人は首を横にふる。

『ただ、鷹士は怒ってるだろうなと思って』

『鷹士は怒ってはいないわ。怒りたくても怒れないと言ったほうが正しいかしら。怒ったり悲しんだりする、心の根そのものが枯れているのじゃないかと思うわ』

隼人はうなだれた。

『高照や史人が感じていることも、知りたいな。人の気持ちがわかり過ぎるのがつらいことだってのは、史人を見てきたからわかる』

『あなたも饒速も、他者の心を感じ取る力はひとより強いはずよ。だから、建速の乳母に助けられ、ゆきずりでも心の優しい阿古のお父さんに出逢えて、無事に育ててもらえたのではないかしら。饒速が建速の痛みを遠くから感じ続けることができたのは、双子だからというよりも、さらわれてゆくえのわからない兄と、痛みだけでも分かち合いたいというかれの想いが、異能となって顕れたのよ』

饒速に対する感情を、隼人は整理しきれない。双子の弟に再会してから、泡のように湧き上がる漠然とした幼児のころの記憶。もてはやされ、誰からも愛されている幼子を物陰から見ることしか許されない自分。新しいきれいな色の帯も紐も、白く滑らかな貝細工の腕輪も、鯨骨の櫛もみな、饒速のものだった。

『建速が忌むべき存在だとどれだけまわりから言われ続けても、饒速はあなたに心を向けていたの。建速の痛みを感じることでしか、あなたがまだ生きていると知ることができないとも言っていたわ』

建速のものであったかもしれないものも、すべて独り占めにして今日まできたことが、それで免罪されるわけでもないと隼人は思った。高照は御子どうしで饒速とかかわってきた時間が長いから、兄の建速に同情する饒速に好意的なのだろう。しかし、隼人は双子の弟の存在も好意も素直に受け入れられない。

そして、そんな自分がひどく醜く思えて、隼人は饒速のことは考えまいとした。

鷹士が立っていた幽明境の、断崖に囲まれた柱のようにせまい地面を思い出す。隼人は自分もまた、同じようにどちらを向いても深い亀裂に囲まれ、その彼方にある決して届かない失われた幸福を遠くに眺めながら、ただ立ち尽くしているような気がしていた。

隈邦からの道中、隼人と鷹士はほとんど言葉を交わしていない。

もともと普段から必要なことしか話さない鷹士だ。旅の段取りは秋猪が手配し、食糧の交換や宿の謝礼は、高照の呪術、史人の医術や薬草で間に合ってしまう。病人がいない集落でも、収穫の季節を迎えて祭りの盛んなこのごろは、高照が土地の神々に感謝の祈りや舞を捧げるだけで、ごちそうが山盛りで供されるのだから楽なものだ。

南久慈の快適で安全な旅に、鷹士の能力が必要とされる場はない。

海に沈む夕陽や星空に向かい、津櫛の比女に譲られた珊瑚(さんご)と真珠の瓔珞(ようらく)を指先で繰りながら、黙然と虚空を眺めている鷹士。その眼に映っているのは、あの幽明境で待つ鬼童隊と母方の一族ではないかと思うたび、隼人は鋭い爪で胸をかきむしられるような痛みを覚えた。

峠を越え、川に沿って行くうちにやがて海へと至った。河口には隈邦の大郷よりも大きな郷が賑(にぎ)わい、一本の丸太から樹肉を抉(えぐ)って造った無数の刳舟(くりぶね)が浜に上げてある。不知火の海には数々の島が点在し、対岸には巨大な島が横たわり、霊山を戴(いただ)く半島へと大小の島々が飛び石のように続いている。

火邦といえば、豊邦育ちの隼人には土蜘蛛(つちぐも)や火を噴く霊山くらいしか知識がないが、西側は複雑な海岸線と多数の内海、ひしめき合う島々からなる表情豊かな邦土である。とはいえ、実際には島々や半島の民の顔立ちや服装は、内陸山間部の火邦の民とは異なる種であることが、物資やひとびとの集まる米津(よねのつ)の市場を見ているうちにわかってくる。話されている言葉も、微妙に抑揚や発音が違い、聞き取れない単語も多い。

火邦の海人族は、久慈の母神クラの総本山である火の日留座(ひるのくら)に敬意を払い、折々に土地の幸を献納するが、津櫛の日留座とその邦民のように支配従属の関係ではなかった。

そして、隈邦の男のように顔に見事な刺青(いれずみ)を入れているものも少なくない。

「おれもなんか彫りたくなってきた」

「私も」

隼人がつぶやき、高照が同意した。

「女もしていいのか」

「当たり前じゃない。もちろん、女は体に彫るもので、よほどの理由がないと顔には彫らないけどね。女の刺青を見たことないの？」

隼人は首を横にふった。

「前腕から手首、手の甲にかけて彫られた蔦草模様に大小の蝶が舞っているのがきれいよ。あと、花や鳥とかの図案が多いわね」

「どこへ行けばやってくれるんだろう」

真剣に市場を見回し始めた隼人の耳に、久しぶりに聞く声が響いた。

「背が伸びてからにしろ。でないとあとで間の抜けた絵になる。しかも一生消えない」

「鷹士」

話しかけられた喜びに、隼人は笑顔をこらえきれず言い返した。

「でも鷹士はずっと前から顔に彫ってるじゃないか」

「これは海人の黥面とは違う。剣奴になったときに入れられたんだ」

隼人は失言を取り戻せたらと激しく後悔する。鷹士の黥面は、奴隷の身分という生涯消すことのできない烙印を、本人の意思とは関係なく誰からも見える顔に刻み込まれたものだ。

残暑の中で汗にまみれた背中に、さらに冷や汗を垂らしながら、隼人は突然よいことを思いついて急いで口走った。

「じゃあ、おれも一本ずつ入れないとな。鷹士の雑奴なんだから」

そばのサザキと史人が眼をむくような発言であった。鷹士は眉を少し上げ、隼人の笑おうとして引きつってしまった顔を見つめた。

「雑奴には必要ない」

鷹士は言い捨てると隼人から眼を逸らし、海へと視線を移した。隼人は小さくつぶやく。

「でも、饒速も額に入れてた。少しだけど」

「饒速は海に出る。溺れて他の土地に打ち上げられても、亡骸は隈に送り届けられるように、影響の少ない額に入れたのだろう」

隼人は会話の接ぎ穂になるものが、もう思いつかない。隈の民の刺青にそういう意味があるのだと初めて知ったのも、身の置きどころのないほど恥ずかしいことだった。

しばらく続いた沈黙を破ったのは、意外にも鷹士だった。

「おれはもうこれ以上背が伸びないようだ。そろそろ体にも入れてみたい。ここの彫り師には、津櫛や倭人の刺青師より腕の良いのがいるみたいだな」

「それなら良い彫り師を知っている。神宝を捜し終わったら連れていってあげよう」

秋猪が自分の彫り物を自慢するように右の肩を叩いた。隼人は勢い込んで訊ねる。

「鷹士は、どんな模様を入れたいんだ」

　鷹士はしばらく考えてから答えた。

「虎がいいが、久慈にはいない獣だ。このあたりでは彫れる者がいないかもしれない」

「とら？　どんな獣？」

　隼人はわくわくして訊ねた。

「人間より大きな獣で長い牙と爪、黄色い毛皮に黒い縞模様がある。頭と顔は丸い」

　隼人はうまく想像できない。牙と爪はともかく、丸い頭部と縞々の獣では、敵を威圧するべき剣奴の彫り物にしては愛嬌がありすぎる。

「鷹士はそんな大きな獣、見たことあるのか」

「本物はない。カウマの長老がよく話してくれた」

「外来の彫り師なら知っているかもしれない。探してみることはできる」

　秋猪が心当たりがあると請け合う。

「こだわりは別にない。倭人との戦いで首を落とされても、回収にきたやつに胴体がおれだとわかれば、それでいい」

　淡々とした鷹士の希望に、隼人たちは残暑も忘れて冷や汗をかいた。シシドたち剣奴が彫りこんでいた複雑な黥面や文身にも、海人並みに切実な意味があったのだ。秋猪の見事な火炎獣の刺青に一斉に視線が集まる。

　命を取り合うほどの戦が北久慈ほど頻繁でない上に、そもそも敵の首を落とすような習慣のない火民の刺青には、それほど深刻な意味はない。夏に半裸で過ごす時期が長いかれらの、色や柄が豊富でない服よりも楽しめる、華やかな自己表現であった。

居心地の悪そうな秋猪が言葉に詰まっているのをみて、史人が話題を変えた。今日は鮑の石焼きが食べたいなと秋猪にねだり、サザキと高照が賛成の声を上げる。秋猪は海岸に近い漁村に泊まることを提案した。

折悪しく、嵐の時季になっていた。短い間隔で襲ってくる台風をやり過ごしながら不知火の海へ刳舟を漕ぎ出す。波を越え、少年たちは船酔いに苦しみつつ島から島へと渡り、八代大島の海峡を越え、高来津湾へと進む。

海をはさんで阿曾岳と向かい合うようにして噴煙を上げる霊山、高来津座を戴く郷へと上陸したときには、季節はすっかり秋になっていた。

高来津の郷では、郷長みずからがかれらを出迎えた。

「私たちの到着を、ご存じだったのですか」

いまや一行の代表としてふるまっている高照が、歓迎の宴で盛んにごちそうや飲み物を勧める、でっぷりとした中年の郷長に問いかけた。

「郷の巫女の占に出ていましたからな。そろそろお着きになるころだと」

「では、私たちの目的もご存じなのでしょうね。協力していただけるのでしょうか」

高照は慎重だ。高来津は火邦であり、阿曾の日留座に敬意を払ってはいるが、従属しているわけではない。地理的に南海の倭族の略奪に悩むかれらは、手をこまねいているだけの火邦と、北岸の防衛を強化している津櫛邦の間で揺れている。

郷長は日焼けと酒で赤くなった顔に困惑を浮かべ、肉付きのよい指で頭をかいた。

「それはうちの巫から話があります。みなさま、船旅は初めてだったのでしょう？　今は旅の疲れを癒してください」

確かに、続く船酔いに食欲をなくし、それでも先を急いで船を乗り継いできたために、みなげっそりとやつれてしまっていた。史人は一日も早く神宝を火邦に持ち帰って薬女を救い出したかったし、顔には出さないが津櫛の比女を連れ帰りたいのは鷹士も同じであろうと隼人は推測する。

阿曾岳の噴煙は今のところ落ち着いているが、地揺れが起きるたびに時間切れが近づいていることを感じないわけにはいかない。

翌日訪れた高来津の巫覡の宮は、異様な建築物であった。赤い丹を塗った円柱を四方の柱とし、縁廊の側面には精緻な彫刻が施してあった。刀子と手斧だけで、よくこれほど彫り込めたものだと感心する。さらに見回すと、建材の目のつく面のすべてに波濤と龍の象眼が施してあった。

案内された宮の奥で、高来津の巫に対面したかれらは息を呑んだ。その額の中心に彫り込まれた青い眼ににらみつけられて、高照以外は蛇ににらまれた蛙のように固まってしまったのだ。

「長い間お待ちしていました。とくに、隈の忌まれ御子さま。やっと私たちのところへお帰りいただけたのですね」

老獪な巫女に呑まれまいと、高照は肩を引いて背筋を伸ばす。

「建速の乳母に隈の神宝を盗ませたのが、あなた方だったというのは、本当なのですね」

単刀直入に切り込む高照に、高来津の巫女は鷹揚にうなずいた。

「その前にまず、ひとつの誤りを正さなくてはなりません。隈の龍玉は南海龍王サカラの子孫、和邇の民の神宝であったものです。私たちは盗まれた宝を取り戻しただけだということを、ご理解いただきたい」

「そんな話は初めて聞くわ」

高照が動揺を押さえつけているのが察せられる声音であった。

「隈の代々の日留座だけが知る事実。だからこそ、十年前に龍玉が奪われても公にして捜し出すことをしなかったのです。正当な所有者が持ち去ったのなら、取り返すことは不可能だとわかっていたのでしょう」

「それでは、まるで隈の民がクラ母神の子孫ではないと言っているようね」

高来津の巫女は唇の両端を上げた。

「もちろんです。隈の民は久慈でなく、我が和邇族より分かれた阿多族。遠い昔、海神の怒りによって南洋の島々が沈むという大災厄がありました。潮の流れを操る龍玉の恵みで、和邇族の多くは災厄を逃れましたが、それを知った阿多族の生き残りが龍玉を奪い東の海へと逃れたのです。かれらがどのような作り話を騙って、久慈の祖神に受け入れられたのかは、かれらのみが知ること。我ら和邇の祖先がこの高来津に流れ着いたときには、隈の民はすでに豊かな南久慈の地に生み栄えていたといいます」

高来津の巫女は、そこまで語ると、まるで隼人が隈の民の代表であるかのように、その額に刺青された第三の眼も含めてかれをにらみつけた。

「でも、和邇のあなたたちも、この高来津で久慈の民に迎えられ、巫覡の地位を得て豊かに暮らせているじゃない。久慈のクラ母神は、どこから来た民でも争いさえ持ち込まなければ受け入れる。なにが不服なの」

「和邇族の血が薄まりつつあるのです。もともと生き残って流れ着いた数が少なすぎて、増えることがない。隈の民が栄えている一方で、和邇族の血は絶えようとしている」

隼人は湧き上がる疑問を抑えかねて発言してしまった。

「和邇と隈は同根なんだろ。同じ血が流れているんだから、神宝がどっちのだとか争ったり、血が絶えるとか言ったりせず、ひとつになって暮らしたらどうなんだ」

一同の視線が隼人に集まった。和邇族の巫女は三つの目で、自信たっぷりに意見を述べた少年を凝視した。そして、あきれたようにふたつのまぶたを閉じ、右手を額にあててかぶりをふった。手首に幾重にもはめた貝輪がカラカラと音を立てる。

「隈の忌まれ御子よ。そもそも何故、ひとつの種族が分かれ争うのか、考えが及ばぬ腕を組み、眉を寄せ唇を尖らせて考え込んだ隼人は、はっと顔を上げて口を開いた。

「和邇の長に双子が生まれたからか」

嫡子がふたりいれば、部族が分裂するかもしれない。そのために争い傷つけ合い、ひとつの部族がまるごと不幸になるというのなら、確かに双子が忌まれるのは仕方がないと、初めて隼人は納得がいった。

「そういうこともあったでしょう。つまり、互いに相容れないと思う一派が育つと、部族は分かれてゆく。阿多の民は、遠い昔に和邇から離れて自分たちの道を行ったのです。それが、災厄に見舞われ舞い戻り、かれらのみが生き延びるために父祖の龍玉を奪っていきました。そのようなことがあって、いまさらふたたびひとつになれると思うほど、隈の忌まれ御子はおめでたい方らしい」

隼人は侮辱されたことがわかったものの、一理あるので反論もできない。そして、忌まれ御子と呼びかけるのをやめてほしいと切実に思った。

「隈の御子のおつむに海胆が詰まっているのは否定しないわ。隈の龍玉が実は久慈のクラ母神の和魂から分霊されたものでないなら、無理に要求していいものか私には判断できない。それでも、失われた津櫛と豊の神宝を捜し出し、久慈島に平和を取り戻すのに、ぜひお借りしたいのだけど。源がなんであれ、神宝は互いに呼び合うの。それも無理かしら」

高来津の和邇の巫女は、ゆらゆらと首をふると、不可解な微笑を浮かべた。

「神宝を以て火の日留座にお仕えするのにやぶさかではありませんが、龍玉はここにはありません」

高照の唇がぎゅっと絞られ、少年たちの肩が緊張する。

「建速の乳母が、隠してしまったのです」

少年たちがそれぞれ落胆の表情を浮かべたが、高来津の巫女は微笑を絶やさずに話を続けた。

「龍玉のあり場所はわかっているのです。ただそこへ取りに行けるものがいません。和邇の巫女でもあった建速の乳母が龍玉を隠した折、その命と引き換えに張った結界のために、回収に向かった多くの和邇族が迷い、命を落としてきました。われらは、そこの隈の忌まれ御子ならば、乳母の残した呪法を解き、龍玉を取り戻せると思うのですが」

高照は深呼吸をしてから訊ねた。

「どこにあるのですか」

「高来津の霊山の、火口の中です」

隼人はあんぐりと口を開けたまま、言葉を失った。

「隼人、おれはおまえのためなら、火を噴く山の底までついていってやるよ」

サザキが隼人の両肩に手を置いて誓った。

高来津の巫女との会見を終え、郷長の用意した客屋で、呆然とする隼人にサザキや史人が励ましの声をかけている。

火山の噴煙の中を、溶岩のたぎる火口へひとりで降りて行けとは、誰も隼人に言わない。

噴煙を吸い込めば死ぬであろうし、火口に落ちれば上がって来られないのでやはり死ぬ。その有毒の煙や灰もさることながら、火口内の高温の中で数刻でも生きていられる人間も、生き物もいないであろう。

日留座の血を引いていようと、龍神の子孫であろうと、誰にとっても不可能な試練であった。

和邇族とさらに協議を重ねていた高照が客屋に戻ってきたのは、もう日が大きく西に傾いたころだった。海鮮の珍味を床に並べた晩餐ではあったが、高照は思案に沈んだまま黙り込み、隼人はぼんやりと宙を眺める。サザキと史人は何度も視線を交わしては嘆息した。鷹士だけはいつもと同じように黙々と夕餉を平らげる。

夕餉が片付けられると、高照が居住まいを正した。一同の注意が、彼女に向けられる。

「隼人は、どうしたいの」

「どうもこうも。いやだと言ったらどうするつもりだよ」

「失敗したら死ぬかもしれないものね。私も強制はできないわ」

「龍玉が戻らなかったら、久慈はどうなるんだろう」

隼人の問いに、胸元の端髪を指先で巻き取りつつ、高照は溜息まじりに答える。

「長脛日子がさらに周囲の邦に戦争をしかけて、たくさんの里や邑が焼かれて、かれに従わない民は奴婢にされるんでしょうね」

「龍玉や神宝が戻ったとしても、長脛日子さまを止められるとは、おれには思えない」

低い声で発言したのは鷹士だ。

「中久慈も南久慈も、戦うことを知らない男ばかりだ。ひとりひとりは勇猛で、強く逞しい。だが、それは海の脅威や獰猛な獣に対して一歩も引かない勇気だ。命を賭けた力自慢は得意だが、すべてを奪おうと襲ってくる武装した敵を、武器をとって戦い殺すことなどできそうにない。高照の風術も、夜の奇襲だったから有効だった。戦場で正面からぶつかっては効果はない」

高照は頬をふくらませて鷹士をにらみつけた。

「あの奇襲には、風の霊威だけで十分効果があったわ。津櫛の兵に正面から向かうために、日向の神宝だけでは力不足だってことがわかっているから、久慈の神宝を集めているんじゃない。隈の龍玉があれば、戦奴が何百いようと怖れることはないわ」

「でも、隈の龍玉はクラ母神の宝じゃないって、ここの巫女が言ってたけど」

勇気をふり絞って論議に加わったのはサザキだ。高照はそちらを見てうなずいた。

「そのとおりだとしてもね、隈の民がこの久慈に根を張ってから、もう何十世代と過ぎたのよ。久慈のひとびとの信仰が込められた、久慈の宝でもあるのよ。ましてその霊威を最大に引き出せる、南海龍族の末裔がここにいるの」

「おれのことか」

隼人は自信なさそうに、むしろ迷惑そうにつぶやき、上目遣いに高照を見上げた。

「ほかに誰がいるのよ」

両手を腰に当てて、高照が断言した。

「それに、あの女狐、というか雌龍ときたら、龍玉を手に入れたら津櫛の神宝も返してくれるそうよ」

一同はきょとんとして高照を注視した。高照はバンッと床を叩いて、頭から湯気の出そうな勢いで叫ぶ。

「津櫛の神宝を盗んだのは、和邇の巫覡たちよ。この争乱の火付け元でありながら、それを鎮める手助けをしましょうっていうんだから、ムカつくわね」

「始めから説明してくれよ」

隼人が眉間にしわを寄せて訊ねた。

「和邇の巫覡は、龍玉を捜し出すために津櫛の神鏡が使えると思ったのね。それで五年前に盗み出したというの。和邇の巫女は神鏡を使って龍玉の場所を突き止めたけど、そこが誰にも取りに行けない場所だとわかって、ずっと手をこまねいていたの。そうこうしているうちに、神宝を奪われたことに気づいた津櫛の日留座が、あちこちを責めだして大事になってしまったわけよ」

隼人は、横目で鷹士の横顔を盗み見た。

ひとびとの切実な欲望と思いつき、それに続く誤解と野心がもつれ合って、阿古の里は焼かれた。そして、平和であれば一生会うこともなかったであろう双子の弟と再会し、なんの関係もないはずの鷹士や高照の運命と自分の道が蔦のようにからみあう。

「隠し場所がわかってんだから、さっさとそこへ行って取ってくればいいんだろ」

隼人は半ばやけくそになって叫んだ。隼人が龍玉を見つけだして長脛日子を止められるただひとりの人間なら、やらないわけにはいかないではないか。

「行ってくれるのね」

隼人の叫びを聞いた高照は、飛び上がらんばかりに喜んだ。身を乗り出し、隼人の両手を握って上下にふる。興奮がおさまると呼吸を整え、巫女らしく厳かに告げた。

「もちろん、ふつうに行ったら百歩も降りないうちに煙の毒と熱気にやられて、命を落としてしまう場所だからね。火と日向と、津櫛の神宝と、私が知るすべての呪術を合わせて、あなたたちを守り導いてみせるわ」

「高照も来るのか」

そこに一縷(いちる)の希望を見出(みいだ)した隼人は、弾む心を抑えきれずに叫んだ。

「行かないわよ。龍玉へ導いてくれる津櫛の神鏡の使い手は、鷹士が最適だもの」

「隼人と、鷹士だけで行くのか」

隼人を手伝うのだと張り切っていたサザキが、落胆の声を上げた。

「サザキでは、津櫛の神鏡は使いこなせないし、史人では火口まで行って来る体力がないわ。私は和邇の巫覡たちがおかしなことをしないように、見張ってないとならないし。鷹士のほかに適材がいて？」

みなの視線が気の毒そうに鷹士に集中した。

「それに、毒煙と熱気から体を守る呪術も、いちどに何人にもかけられるものではないわ。ふたりが限度よ」

決死隊二番手の指名を受けた鷹士の無表情に変化があったとしても、それが読めたのは隼人だけだったろう。唇がわずかばかり両側に引かれただけで、眼を細める。

「津櫛の神鏡の使い方など、おれは知らん」

「あなたの体に流れる津櫛の祖神、白日別の血が知っているわ。あなたの御魂と神鏡の御魂は道返術のときにすでに触れ合っているし、御魂の降ろし方は私がみっちり教えてあげるんだから、すぐに最低限の用には使えるようになります」

勝ち誇ったように胸を張って宣言する高照を前に、鷹士の眉がこれまで見たこともないほど、ぎゅっと真ん中に寄せられた。

「一緒にいってやれなくて残念だ」

残念そうに、しかしほっとした感も少し滲ませて、サザキが隼人に詫びた。

ふたりは温泉に浸かりながら、星の瞬く空を眺めていた。

「あまり人数が多くても大変らしいからな」

「だけど、鷹士でないと駄目なのかな。高照の口ぶりだと、おれでも豊の神宝なら使いこなせるってことだよな。おれの家は何代も前から阿古にいて、阿古は豊の日留座に土器を毎年献納していたんだ。外来の血が半分の鷹士より、ずっと久慈の血は濃い」

悔しげな口調でサザキは文句を言った。隼人はゆっくりと考えながら、とつとつとこの一日漠然と思っていたことを告白する。

「たぶん、祖神の血を引いていれば誰にでも使えるんじゃないか。ただ、ひとつずつしかないから、もったいぶってるんだろう。あと使い方を知っているのと知らないのとでも違いは大きいと思う。高照の呪術を見ていると、口笛を吹くみたいに簡単に風を起こしたり、病人を治したりするじゃないか。史人も高照に教えられて、いろんなことができるようになった。もともとそういう能力があっても、それを引き出して教える人間がいないと、どんな異能も宝の持ち腐れなんだ。神宝もその霊威の存在を信じて引き出す人間がいなければ、ただの玉や布に過ぎない」

サザキは眼を丸くして隼人の頭をつかみ、ゆさゆさと揺すった。湯の表面がざわざわと波立ち、隼人の顔にしぶきがかかる。

「おお、なんかどっかの御子さまみたいなことを言うなぁ。津櫛の御子に対抗しようっていうんだから、いい意気込みだ。いっそ、おまえが長脛日子をたおして、津櫛の御子に納まればいい」

「無理だ。鷹士に殺される」

言ってから、ふたりとも慌てて周囲を見渡した。声の届く範囲に鷹士のいないことを確認して、胸を撫でおろす。サザキは額をかきながら、心配そうにささやいた。

「鷹士が神宝を使いこなせるようになって、長脛日子に寝返ったら、大変じゃないか」

寝返るもなにも、鷹士はもともと津櫛の剣奴であり、鷹士が長脛日子の命令に従うのなら、それは元の鞘に収まるだけのことだ。

「津櫛の比女が長脛日子の考えに反対しているから、だいじょぅ――」

隼人が希望的観測を述べ終わる前に、サザキがざぶんと立ち上がって湯から出る。

「やっぱり、あいつに神宝を使わせるのはまずいだろう。高照を止めたほうがいい」

「あ、サザキ」

大急ぎで腰布だけ巻いて客屋へ戻るサザキのあとを、隼人は慌てて追う。

客屋に近づくにつれて、獣の唸り声のようなものが聞こえて、隼人たちは顔を見合わせた。南側の明かり取りから漏れる、灯火の淡い光を頼りに、ふたりは客屋の内側をうかがい見る。

「ちがうのよ。だから、もっとおへその下から音をぐうぅっと押し上げるのよ」

高照の高飛車な指導が耳を打つ。

「言われたとおりにしている」

すっかりかすれてしまった声で、鷹士が言い返すのが聞こえた。高照の顔は見えるが、鷹士はこちらに背を向けているので、その表情は見えない。横から鷹士に水の椀(わん)を差し出しているのは、憔悴(しょうすい)した面持ちの史人だ。はたで見ているだけであんなに疲れるのだろうかと、隼人はびっくりする。史人もかすれた声で高照に話しかけた。

「高照、初日から警蹕(みさきはらい)の音を出せる人間は、神子にだっていないよ」

「出してもらわなければ困ります。警蹕を出せるようになるのに何日もかかったら、神霊を降ろして御力を使いこなすのに、何年かかると思うの？　長脛日子がこちらの準備ができるまで、待ってくれるとでも言うの？」

高照はすっと立ち上がると、鷹士の前に膝(ひざ)をついた。両手を鷹士の首に伸ばし、その首にかけられた津櫛の比女の瓔珞(ようらく)を握り込む。鷹士は肩を引いて下がろうとしたが、高照は瓔珞を握ったまま半眼になって、這(は)うような低い声で呪言を唱え始めた。

「とほかみとほつのかみ、きこしめせ、みそなわせ、えみたまへ」

同じ呪を繰り返し唱えながら、珠(たま)をひとつずつ繰ってゆく。

隼人は横でもぞもぞしているサザキの気配に横を向いた。

「なにしてるのか、見えないな。西側の隙間からなら見えるかも」

高照を止めよう、という当初の目的を忘れて、好奇心に負けたらしいサザキのつぶやきに同調して、隼人も抜き足差し足で移動する。ふたりが隙間を見つけてのぞきこむと、ちょうど高照が瓔珞の珠を一巡して、にこりと笑ったところであった。

「この勾玉(まがたま)は津櫛の日留座(ひるのくら)に伝えられる稀(まれ)な瑞寶(みずのたから)のひとつ。幾世代にもわたる巫覡(ふげき)たちの、強い呪力が込められている。津櫛の比女に感謝しなくてはね」

眉間に深いしわを寄せる鷹士の無言の抵抗を無視して、高照は居住まいを正した。神宝の比礼を羽織り、鷹士の胸元で光を弾く赤い勾玉を左手の指先につまむ。右手には神宝の足玉を捧げて低く頭を垂れ、警蹕を上げた。そのたおやかな少女ののどから発せられているとは思えない、恐ろしげな低く重たい招魂の言霊は、やがて隼人にも聞き分けられる呪言を形作り、妙な節回しをもって聞くものを茫洋とした心持ちに誘い込む。

「きこしめせ、みそなわせ。あはりや、あそばせと――津櫛邦御祖御魂白日別大神、汝が裔の現身に、おりましませ」

詠唱の余韻がおさまるころ、隼人は屋内の灯りが風もないのにひどく揺れた気がした。高照が左手に勾玉をつまんだまま、大げさかつ鷹揚とした仕草で、足玉を握り込んだ右の拳を鷹士の下腹部に当てて、ぐっと押し込んだ。打たれたという勢いでもないのに、鷹士は上体を折り、いまにも吐きそうなうめき声を上げた。

「警蹕を上げて。のどからでなく、この足玉が押し上げている腹の底から。警蹕は、肉体の声ではないのよ、あなた自身の御魂の叫びなの。降りてくる神と、ひとつになるために」

「高照っ。巫覡でもない憑坐が正気を保ったまま、いきなり神を降ろすなんて無茶だ」

蒼白になって止めるのは史人だ。鷹士は歯を食いしばって苦痛に耐えている。その肩が痙攣しているようだ。隼人は見ているだけの自分まで汗びっしょりとなっているのも気がつかず、金縛りにあったように動けなかった。

「鷹士の体には、隈邦でいちど鏡の御魂が降りているわ。勾玉の加護と、神宝の導きがあるのよ、できないはずがないわ」

高照はそう断言し、足玉を握った拳をさらに鷹士の腹に押しつける。体を折って吐きそうにしている鷹士の耳元に、唇を寄せてなにごとかささやいた。鷹士は汗をにじませた額を上げ、鋭い目で高照をにらみつけると、覚悟を決めたように息を吸い込んだ。

始めはかすれた笛のような音だったが、やがて獣のうめき声のようになり、遠吠えのようにかすれては、ついに咆哮となって空気を揺るがした。そして、一気に音量が増したかと思うと、客屋の壁や扉がぶるぶると振動する、大地の鳴動にも似た重く深い響きとなった。

「人間に出せる声じゃないな」

サザキが隼人の耳にささやいた。隼人はうなずきながらささやき返す。

「高照や史人の警蹕だって、ひとの声とは思えないし。あの声っていうか、音を聞いていると、神降ろしって、命を縮めるものじゃないかって気がするんだけど」

「そういえば、年寄りの巫って、女ばかりだよな」

神を祀る巫覡となるのに、男女の制限はないが、男の覡で長生きする者はめったにいない。神降ろしや降霊に、覡は精神を壊したり、連れて行かれたりし易いということは、里人の噂から漠然とした知識としてあった。

互いの顔も見えない夕闇のなかで、隼人とサザキは顔を見合わせて身震いする。

客屋の中では、隼人たちには理解できない理由で、高照は鈴釧を右手に鳴らし、緑の葉を茂らせる枝を左手に持って、史人の打つ木管の拍子に合わせて舞を舞っている。鷹士は座ったまま眠っているように見えた。

「なんかへんなことになってるぞ」

と、隼人。その横でサザキは首をひねる。

「あの楽器とか、どっから出てきたんだろう」

いつのまに、と隼人も思ったが、高来津の巫覡から借りてきたのだろうと推測した。

その後は、高照と鷹士が低い声で言葉を交わしていたようだが、隼人たちは聞き取れず、いつになったら終わるのかわからないまま、客屋の軒下で眠り込んでしまった。

「まさか、本当に初日から警蹕が出せるなんて、筋がいいわね。まあ、津櫛の比女の勾玉と、火邦の足玉と、私の援けがあってのことだけども。それにしても正直なところ驚いたわ」

翌朝、上機嫌な高照に史人が苦言を呈した。

「一歩でも間違っていたら、鷹士はいまごろ廃人か狂人になっていたかもしれないんだけどね。それをわかっていてやった高照の考えが理解できないよ」

このごろの史人は、一人前の巫覡のような口をきく、と隼人は思いながら朝餉の粥をのどに流し込んだ。

当の鷹士は早朝から浜に出て槍や剣の型稽古をしている。隼人は自分も早く浜におりて稽古に加わりたかったが、昨夜のことが気になって、ぐずぐずと朝餉の席で高照たちの話に耳を傾けていた。

「私は間違えたりしないわ。自分の分を超えることはしませんから」

隼人はおそるおそる話に加わった。

「なんか、高照、歌ったり踊ったりしてたな。その、外から聞こえたんだけど」

「そうなの。思いがけなく神降ろしがうまくいったものだから、鷹士に降りた神をもてなさなくてはならなかったのよ。龍玉へ無事たどりつくために、鷹士が神鏡を使いこなせるようにね、ご加護をお願いしたの」

「おれが見つけた龍玉を使いこなせるようにってのは、隈の神に頼まなくていいのか」

「あなたは生まれついての御子だもの。教えられなくても龍玉を使いこなせるわよ。建(たけ)速(はや)も饒速(にぎはや)も、赤ん坊のときから龍玉を使いこなしていたそうよ」

本人すら知らなかった新しい情報に、隼人は絶句した。

高照の疑わない瞳(ひとみ)に見つめられて、隼人は耳たぶが熱くなる。過大な期待を押しつけられる前に、早々に朝餉の席をはずして、槍をつかんで浜へと駆けおりた。

神を降ろすというのはどんな感覚なのか、鷹士に聞いてみようと思って気がはやる。

しかし、ひとり稽古で汗を散らしながらこちらをふりむいた鷹士の顔は、いつもと変わらぬ無表情だ。高照にいいようにいたぶられていたようにも見える、昨夜の一部始終をのぞき見ていたことを知られるのは気がひけた。

隼人は朝の空気を肺いっぱいに吸い込むと、そのまま構えの型をひととおりさらい、余計な言葉はかけずに待ち構える鷹士を相手に打ち込みを始めることにした。

第十章　津櫛邦の神鏡

未明、大地が鳴動した。人々は不安そうに高来津の峰を見上げる。いつもより噴煙が濃く太いようであるが、曙光が射さないとはっきりとしたことはわからない。

「行くのか」

隼人の声が震えるのは仕方がない。

高来津座が最後に大噴火したのは、随分と昔のことだ。語り部によれば、山が崩れ真っ赤に燃え盛る土砂の川が流れ、対岸には大波が押し寄せ、内海の島々は海に沈むほどの災厄があったという。しかし、その当時はまだ四神が神去ることなく民とともにあり、鳥船や磐船をもってひとびとを災厄から救ったともいう。

そして、久慈の島は火の神でもある地底の母神クラを崇めている。久慈のあちこちでたびたび火山灰が降ることは珍しくなく、火雹と呼ばれる真っ赤に焼けた砂礫が降り注いで森が燃えてしまった記憶は、神代の時代まで遡らずとも珍しくない。

それゆえ、大地が揺れようと、岳のてっぺんから火の混じった煙を吐きだそうと、それもまた巡る季節のように、避けようのない神々の営みとして受容するほかない、自然の理であった。

「だからって、おれたちがこれから登る山が火を噴き上げているって事実を、見過ごしていいのか」

　隼人は必死になって高照に抗議した。高照は風に乗って郷まで降りてくる硫黄臭を嗅ぎとり、鼻にしわを寄せる。

「そうね、少しようすを見ましょう。クラ母神の、今が時機ではないという啓示かもしれないし。占を立ててみるわ」

　そう言い残すと、朝餉の席もそこそこに和邇の巫覡の宮へ籠って、占に明け暮れた。

　隼人は不安のあまり、立っていても座っていても山のようすが気になり、海岸や市場をうろつきまわる。浜の松原までくると、見慣れた人物がひとりで槍の稽古をしていた。舞を舞うような流れる槍さばきに魅せられて、隼人はぼんやりと立ち尽くした。ひととおりの型稽古を終えた鷹士は、見物されていたことに気づいて歩み寄ってきた。

「秋猪と手合わせしないのか、って、そういえば、昨日の夕餉から姿を見てないけど、阿曽にでも帰ったのかな」

「津櫛へ行った」

　鷹士があっさりと意外な答を返したので、隼人は驚いて訊き返す。

「津櫛邦？　火邦じゃなくて？　秋猪が津櫛で捕まったらどうするんだよ」

「高来津の対岸では、昔から郷や邑の数が多く、火邦の民と津櫛の民は重なり合うように暮らしている。秋猪が自分から身分を明かさない限り、交易に来た他郷の人間と思われるくらいだ」

隼人は鷹士が目配せした高来津の対岸へと視線を移した。

「津櫛って、こっから近いのか」

「足の速い者なら、二日の距離だ。秋猪の足なら、六日もあれば大郷を見て帰ってこれるだろう」

鷹士は軽くうなずき、眼に流れ込む汗を手の甲で払って話し始めた。

「高照は巫女だから、戦いのことなどわからない。いくら神宝で風や波を起こそうと、鉄槍や鉄剣を備えた戦奴が何百と押し寄せてくれれば、持ち堪えられるものじゃない」

「てつ？」

対岸の津櫛の大郷にいるという家族に想いを馳せていた隼人は、鷹士が口にした短い単語に我に返り、耳に入った言葉をおうむ返しにつぶやく。

「鉄って、斧や鍬にするあれか」

鋳型の木や石を彫る工具も鉄だったことを思い出すが、それが剣や槍の穂になることとは結びつかない隼人だ。大小にかかわらず武器や道具、工芸品まで多様に、同じものをいくつも造れる青銅冶金と違って、ひとつひとつ鍛造しなければならない鉄工房は数が多くない。

「そうだ。長脛日子さまにとって、神宝は豊邦や火邦に攻め込む口実に過ぎない。数年前に北海倭人が新しい炉を造れる冶金師を連れてきてから、長脛日子さまは鉄の武器の量産に腐心してきた。冶金に携わる工人を集めているのも、鍛造師を増やして、鉄の冶金法を改善するためだ」

　隼人は、頭の中が鎔けた銅のように熱く感じられた。なにか、ものすごく得体の知れない潮流がどこかで巻き起こり、こちらに流れてきて隼人たちの乗る船を飲み込もうとしている気がする。

「秋猪に、津櫛邦にどれだけの数の工房があって、工人が働いているのかその目で見てみれば、神宝だけで対抗することの無謀さがわかると教えた。武器は、材料と工人さえそろえばいくらでも造れる上に、訓練すれば誰にでも使える。だが、神宝はなくなれば替えがきかない。そして使える人間が限られている。秋猪は火邦の兵頭だ。自分たちがなにに対して備えなくてはならないか、知る必要があるだろう」

　隼人はへなへなと砂地に座り込んだ。

「じゃあ、おれたちが神宝を集めるのは、無駄なことか」

　頭を抱え、叫び出したくなるのをこらえて、隼人は搾り出すように詰問した。

「長脛日子さまの足止めくらいは可能だろう。だが、海の潮流が変わればそれを止められないように、時の勢いもおれたちの力では止められない」

　浜辺に打ち寄せる波へと視線を移して、隼人はかれの理解を超える情報に、まとまらない考えをあきらめ、質問を変えた。

「鷹士はどうしたいんだ。おれと山へ、龍玉を捜しに来てくれないのか」

「おまえが行くのなら、行かざるを得ないだろう。おまえの父との取引きもあるし、神宝探索は比女君の願いでもある」

隼人は、理由のわからぬ苛立ちに襲われた。

「そうじゃなくて、鷹士の気持ちだよ。火口なんかに登ったら、死ぬかもしれないんだぞ。まして、やっても無駄だと思っていることに、命なんか賭けたくないだろ。おまえ自身の生死にかかわることを、おれ任せにするな」

憤懣をぶつけたあと、握りしめた砂を地面にたたきつけた。砂埃が舞い上がる。

いつまでも鷹士が応えないので、隼人はしまいにしびれを切らして立ち上がる。

「なにか言えよ。おまえのほんとうの気持ちを聞かせろよ」

鷹士の黒い瞳は、相変わらず厚いまぶたの下で深い闇を湛えている。

「母の祖国が西戎の王に滅ぼされて、陸の民だったカウマ族が海へ漕ぎ出したのは、東の海の果てには緑と森の豊かな島があって、そこには争いのない国があると言い伝えられていたからだという」

立てた槍に重心をあずけ、投げつけられた質問と外れたことを話し始めた鷹士に、隼人は目を丸くした。だがその流れを遮ることはせず、黙って耳を傾ける。

「その島の民は漂流者たちをいたわり、食べ物を与え、耕す土地を分けてくれるのだそうだ。王もなく、街を囲む壁もなく、税を納めるべき国もない。余れば与え、足りなければ分け合い、諍いが起きれば神の声を聞くものがそれぞれの嘘をただすという。その島に戦争はなく、男は殺されることなく、女が犯されることもなく、こどもらが奴隷として奪われることもないそうだ」

それは、何度も繰り返された古い物語のように淀みなく、鷹士の唇から紡ぎだされる。

「北久慈の浜にたどりついたヵウマの民は、津櫛の大郷へ連れて行かれ戦奴にされた。カウマはもともと森と草原に生きる弓馬の民だ。戦うより他に生きる術をもたないひとびとだったからだろう。倭人との慣れない海の戦いに駆り出され、多く死んだという」

その語り口が平坦で、なんの感情もこもっていないことが、隼人にはつらく感じられる。かれの親の世代に起きたことだから、あるいはただ古老の語り伝えるままに刷り込まれた物語だからであろうか、淡々と「──いう」「──そうだ」とひとごとのように結んで息を継ぐ。

「カウマの長老は、間違った場所に上陸してしまったのだろうと悔やんだが、あとのまつりだ。母は、海の果ての楽土とは、つまるところ八紘の外、この世の果ての彼方にある、死者の国ではないかと思ったそうだ」

耳慣れない言葉があったが、隼人は淡々とした鷹士の語りが耳を洗うのにまかせた。その胸に重苦しい悲しみが沈澱していく。

「おれは、火邦、日向邦、隈邦と歩いて、海の果ての争いのない島というのは、やはり久慈のことだったのだと思うようになった。日留座は民から取り上げず、民人は異郷者を警戒しない。余っていれば交換し、足りなければ補い合う。母神クラの与える恵みを、独り占めしたり、分かち与えることを惜しんだりしてはならないと、日留座からこどもたちまで信じている」

ひと言も聞き漏らすまいと、じっと鷹士の顔を見ていた隼人は、少しだけ鷹士の目元が和んだような気がした。だが言葉を切り、息を継いだときには、もとの硬い面に戻っていた。

「だが、やはり伝説は伝説だ。その楽土を求めて外来の民が移り住んでくる。交易もする。争いは、そうやってあらゆるものとともに、長い時間をかけて海の向こうからもたらされたのだろう。王と奴隷、民と税、戦と略奪。津櫛の日留座はカウマの民の鉄剣を取り上げて津櫛の兵に与え、カウマ族には弓矢と槍だけを持たせて戦場に送り出した」

鷹士はそこで語りをやめ、隼人の横に腰をおろした。

「鷹士はどっちのクニに住みたいんだ。王ってやつが戦ってばかりいる国か。それとも、誰も争わず、あってもないような境を行き来して、困ったときには分け合える邦か」

「おれは、戦うことしか知らない」

「争いのない邦でなら、鷹士はいい猟師になると思う。鷹士がみんなのために肉を獲ってきてくれるなら、おれが鷹士のために、鏃や槍を鋳るよ。青銅じゃなくて鉄がよけりゃ、鍛造師になってもいい。鉄なら頑丈な農具も造れるしな。ひとを殺すための武器じゃなくて、みんなで生きるための道具を造るよ」

隼人は早口で言い切った。胸に溜まった、よどんだ空気を吐き出せた気がした。

「とうさんは、反対するかもしれないけど」

「おまえの父は、鉄は好まないのか」

「鉄は『ぶすい』だって言ってた。意味がわからないけど、青銅みたいに色が華やかじゃないし、細かい細工ができないからかな」

うなずき、胸の瓔珞を指で繰りながら、鷹士は隼人の質問にも提案にも応えずに彼自身の考えを追う。そして手を膝に置くと、かたわらの隼人に眼を向けた。

「神宝で戦えるというのは眉唾だとは思うが、火の日留座が言うように、神宝で母神の御魂を地上に降臨させ、長脛日子さまの考えを変えさせることができるなら、試してみるのもいいとおれは思う。母たちが探していた伝説の島が、いま少し伝説の姿のままでいるのを見ているのは、悪くない」

初めて鷹士が本心を語ってくれたことに、隼人のまぶたと鼻の奥が熱くなってくる。

「鷹士は、クラ母神を信じているのか」

「まだ、信じるに足るものを見つけてないが、それが久慈の母神でも構わないくらいには」

帯の結び端でこみ上げる涙を拭き、深い溜息をつく隼人に、鷹士が淡々と声をかける。

「おまえは、よく泣くやつだ」

「鷹士が、泣かないからだ」

隼人は悔しまぎれに言い返す。鷹士の眉が少し上がった。

「おれのせいか」

立ち上がり、砂を払ったふたりは高来津の宮へと足を向けた。

客屋では、高照が隼人を待っていた。高来津峰の雲が晴れ、危険な噴煙は上がっていないという。噴火の様相を見せているのは周囲の岳であるようだ。

「明日、行きましょう。邦見岳の揺れが高来津の峰に及ばないうちに」

その決断を耳にした隼人は、体中から血が流れ出してしまったように、体が冷たくなった。

早朝、よく眠れない夜を過ごし、朝餉ものどを通らない隼人は呆然と出発の準備にいそしむ仲間たちを眺める。いつもどおりの食事量を黙々と腹に詰めている鷹士を見ていると、なにごともない一日が始まるような気がするのだが、脛巻を巻いて髪を束ね、革沓の履き心地を試している高照とサザキたちを見ていると、やはりこれから山に登るのだと思い知らされる。

「鷹士はよく食えるな」

鷹士は箸を休めることなく言い返す。

「食えるときに食わないと、途中で力が尽きて、生きて帰れるものも帰れなくなる。ましてこれが最後の食事になるかもしれんのなら、腹いっぱい食ったほうがいい」

まったくもって正論であるので、なにも言い返せない。食膳は高来津の郷長が吟味した高来津湾の珍味と、鹿や猪の炙り肉といった山の幸が盛り上げてある。まさしく最後の正餐というべきごちそうだ。鷹士はいつも身に着けている鹿骨の小刀で、脂の滴る猪の背肉を削ぎ切ると、隼人の膳に投げてよこした。

「季節の脂が乗っている。味わって食え」

しぶしぶと細切りの背肉を口に含んだ隼人ではあるが、脂があごに滴るのも不快であるし、やはり味はよくわからない。茹でた木の皮にも似た肉片を、嚙み切り呑み下すのも難儀であった。

「胃は痛いし、味がわからない。鷹士は味わう余裕があっていいな」

「今日こそ死ぬだろうと思って朝餉を食うのは、これが初めてじゃないからな」

隼人は失言に気づき謝りたい気持ちになるが、胃がきりきりと痛んでなにも言えない。仕方がないので鷹士が切り分けてくれた肉片を残さず食べ、椀に盛られた蒸し米をかきこんだ。

すり鉢を逆さに伏せたような高来津の霊峰を見上げて、隼人は尽きない溜息をつく。和邇の巫覡に伴われて高来津の峰へ登るかれらを、地元の住民たちはありがたい殉教者でも見送る表情で拝み、見送る。ここのところの地揺れを治めるための人柱と思われているかもしれないという考えに及び、隼人はいよいよ暗澹たる思いに沈んだ。

平地はすぐに抜け、紅葉に染まった森もあっさり通り過ぎ、木々のまばらな野原を息を切らして登ってゆくうちに、胸が苦しくなり足ががくがくとしてくる。やがて地表を覆う緑の野は終わり、砂礫に覆われた山肌へ至る。

「ここからは、鷹士と隼人だけで登るのよ。私たちはここに祀り場を置いて待ってるから」

「でも、おれたちだけでどうやって神宝の隠し場へいくんだ。高来津の巫女が案内するのかと思ってたんだけど」

隼人ののどが渇き、声がかすれるのは、標高と硫黄の臭いのする風のせいだけではない。高照はにっこりと微笑んで、隼人の両肩にやわらかな手を置いた。

「ええ、津櫛の神鏡を通して、道を示すわ」

その笑顔をひっこめ、高照は鷹士のほうへと顔を向ける。

「あなたもまた地母神クラの加護の内にある久慈の民よ。あなたが信じさえすれば」

鷹士は相変わらず無表情で、高照の顔を見ているのでなければ、声が聞こえていないのではないかと思わせるほどだ。

高照は桐の小箱から紅白の玉と、手のひらに収まるほどの赤く染めた小さな麻袋をふたつ、取り出した。首紐を通したその袋のひとつに白い玉を入れて、つま先立ちになって隼人の首にかけた。

「これは足玉。あなたに不足している心と体の力を補ってくれる。もうだめかもと思ったら、地母神の御魂に祈るのよ。幽明境のときのように、あなたを守ってくれるから」

隼人は呻きとも溜息とも取れる声を漏らし、うなずいた。

次に、高照は紅玉を入れた麻袋を持って鷹士へと向いた。麻袋を掲げて背伸びをし、手を伸ばして麻袋を鷹士の首にかける。

「これは生玉。決して放さないで。患いの神、禍津神があなたに近づけないように」

高照は手を休めることなく、桐の小箱から二枚の比礼を取り出した。薄青の細布を鷹士の腰に、梔子色の細布を隼人の腰に、帯のように巻いて脇で蝶結びにする。

「日向の神宝、風の比礼と地の比礼が、毒煙と熱い地面からあなたたちを守るわ」

そう言いつつ、光の具合によっては薄桃色とも、七色とも見える三枚目の比礼を自らの肩に羽織った。

砂礫に覆われた傾斜を登ってゆくふたりの少年を見上げながら、高照は両手を揉み絞ってその無事を祈る。

「瞳に映る表象を漏らさず見つめ、割れた土器のかけらを継ぎ合わせるように全体像を導き出し、運命を読み解くのは、骨占に顕れる徴を正しく知るよりも難しいわ」

高照に近づき、そのつぶやきを耳にした史人は首をかしげる。語尾の細くなってゆく少女の上気した頰を見おろした。

「高照にも、わからないことがあるんだね」

「神宝が失われゆくときに、四神の裔が個々の意思とかかわりなく、火の日留座のもとに集ったことを、史人はどう読み解くの？」

史人は思案に眉をひそめる。

「クラ母神の御意思とでも言いたそうだね。まるで、私と鷹士まで四神の御子だと言われているみたいだけど」

「徴がそう示しているのよ。でも、その読み解きが正解なのか誤りなのか、誰も教えてくれないから困っているの。異能の強さは、直系傍系に関係なく顕れることもあるわ。ほかの鬼童たちが誰ひとり成人できなかった戦場を、鷹士だけが今日まで生き延びることができたのも、ひとつの異能の顕れとはいえないかしら」

高照は両手で顔を覆って、深い溜息をついた。肩を上下させて、呼吸を整える。

「悩んでいる場合じゃなかったわね。和邇の巫女長が神鏡の用意ができたかどうか、見てこなくちゃ」

一部始終を黙って聞いていたサザキと、史人は顔を見合わせる。高照の悩みは、彼女がその全貌を吐き出さないでいる限り、かれらには理解も想像もできないものであった。

火口の縁まで登り詰めたふたりは休憩をとる。隼人の手のひらや膝小僧は傷だらけだ。急斜面では足の下の砂利はざらざらと崩れ落ち、なんども膝をつき手をついて、這うように登ってきた場所もあった。転んでは鷹士に引き起こされ、その腕につかまりながら、

「なんでおまえは転ばないんだ」と文句を垂れる。

もうもうと湯気の立つ火口に背を向け、岩棚に腰かけたふたりは、山頂から見渡せる高来津連岳と高来津湾、その彼方に霞む火邦の雄大な景色に見とれた。

空は蒼く、どこまでも高い。

「八紘の果ては見えないな」

天と地の果てどころか、家族が囚われているという津櫛の大郷すら、見つけることはできない。

隼人は失望し、柿の種を吹き飛ばして鷹士に話しかける。

「もっと高い山に登る必要があるだろう」

登山中、ほとんど口をきかなかった鷹士が会話に乗ってきたので、隼人は嬉しくなってしゃべりだした。

「九重の山が久慈で一番高いって、史人が言ってた。神宝を集めたら、八紘の果てが見えるかどうか九重に登ってみないか」

「おまえとか」

栃の実を蒸したのを齧りながら、鷹士が聞き返す。

「いやか」

「登り坂で不平を言ったり、息を切らすほど無駄なおしゃべりをやめるなら」

隼人は登山中、話しかけても鷹士が応えなかった理由を理解して赤面した。

「無駄なおしゃべりはしないって約束する」

隼人は堅く誓うと、柏の葉でくるんだ黍とどんぐりの団子を口に詰め込んで、水で飲み下した。

すり鉢の縁に並んで立ち、蒸気を上げる沸騰湖に眼をこらす。火口は迷うほど大きくも広くもない。隼人は探索に赴いた和邇の巫覡が方向を見失って帰れなくなるという理由がわからなかった。

鷹士は、背嚢をおろして中から袋に包まれた円いものを取り出した。鷹士が丁寧な手つきで袋から出したのは金銅に輝く鏡であった。

「おお、すごい」

鏡の背面は長く磨かれていないためか、青みがかっている。同心円に刻まれた輪のそれぞれに、見事な唐草や神獣の浮き彫りが施され、呪術的な何かだろうか、意味の不明な短い縦横の棒が、一定の規則性と間隔を置いて均等に並んでいる。熟練の冶金師によって細かく彫り込まれた鋳型から、どの意匠ひとつも欠けることなく鋳造された銅鏡。冶金師の子として育った隼人には、その鏡が非常に質の高いもの、少なくとも父親の工房で作られるものよりは上等な手の込んだものだということがわかる。そして、古い。

「鷹士はそれに触るの平気なのか」

「鏡だろ」

「こう、神々しくないか。おれたちなんかが触ったら、バチがあたりそうだ」

「日の光を反射しているから、そう見えるんじゃないか」

鷹士は素っ気なく言い捨て、鏡を両手に掲げて大きく息を吸い込んだ。わずかに間を置いて、腹の底から吸い上げるような深い音がのどから押し出される。

「おおぉぉ――」

まだ年若いそののどから吐き出されることが信じ難い、太く深い警蹕が、神鏡の霊威の目覚めを促す。腹に響く音霊が火口に反響し、遠くの山岳にまでこだました。三度繰り返された警蹕が途絶えても、火口内の空気は水桶の中の小波のように、その響きが何度も揺り返される。あるいは眠りの底で聴いた大地の鳴動、または隈の海岸で聞いた、遠い海鳴りのように、隼人の胸に沁み、腹を震わせた。

「鷹士のは、史人や高照の警蹕よりむちゃくちゃ迫力あるなぁ」

音の余韻にぼんやりひたっていた隼人は、感嘆のあまりつぶやいた。その横で、鏡をのぞき込みながら舌打ちする鷹士に、夢見心地を破られる。

「厄介だな」

「なにがだよ」

「和邇の龍玉だ。火口の裂け目にあるんだが、今は熱泉の底になっている」

「あそこで、蒸気を吹き上げている白緑の温泉か」

隼人は火口の中心、そこから張り出した岩の陰になっている蒸気の中心を指さした。

「温泉じゃない。熱湯の間欠泉だ。蒸気だけでやけどする。毒気も盛んだ」

鷹士は鏡を上げたり下げたり、角度を変えて見ていたが、最後に嘆息してしゃがみこみ、鏡を膝の上に置いた。隼人はなにが映っているのかと鷹士の肩越しにのぞき込む。鏡面には、無数の泡の湧き上がる濁った水底の裂け目に、こどもの拳大の玉がふたつはまり込んでいるのが映っていた。

「これが、サカラ龍王の龍玉か」

鏡に映っているのが自分や鷹士の顔でないことに不思議さは感じながらも、これが神宝とやらの霊力なのだろうと思う。鷹士も、神鏡の神々しさには洟もひっかけないようすだったが、その霊験を否定する気はないようだ。

「手を突っ込めばやけどする。潜ったら茹で死ぬ。熱泉の近くに長居したら、毒気に侵されて死ぬ。さてどうしたものかな」

手の届かない位置にあるアケビの実を、どうやって取ったものかと思案するように、鷹士はつぶやいた。顔を上げて隼人を見る。

「おまえがサカラ龍王の末裔なら、こっちへ来いと呼べば飛んでくるかもしれない」

「鷹士が一番言いそうにないせりふだな。やり方を教えてくれたら、やってみるけど」

「だから、来てくれないかと呼びかければいい。まあ、いい。おりていくか」

鷹士はおもむろに立ち上がった。腰から風の比礼を解いて、登山杖の代わりの槍に結びつけた。風が比礼を巻き上げ、なびかせる。硫黄などの臭気が爽やかな風に吹き払われ、隼人は胸苦しさから解放された。

「この比礼から離れるな。毒雲や毒気を吸い込むと、動けなくなって死ぬぞ」

隼人は慌てて鷹士の上着の裾につかまった。

一歩火口におりたとたん、浮遊感覚に襲われた。右も左もわからず、上下も判然としない。それはいつか訪れた幽明の境に似ていたが、周囲の大気には敵意が充満していた。

「鷹士」

「おまえの乳母が張った結界の内側に入ったんだろう。落ち着け」

鷹士はふたたび銅鏡をのぞきこむ。このたびの警蹕は最初と比べて大きくはないが、細く長く鏡の御魂を揺らして映像を結ばせた。

上空を飛ぶ鳥が火口を見おろしているような映像であった。鷹士と隼人の頭も、背に負った背嚢の結び目まではっきりと見えた。さらに、足元の砂礫のひとつぶひとつぶまで見える。だが、視界が絶えず動いているので、見つめているうちに眼が回ってきた。

「あまり旋回されても、現在の位置がつかみにくい。高照も他の鳥を選んでくれればいいものを」

鷹士は空を見上げてつぶやいた。隼人がつられて上を見ると、噴煙を避けるようにして、一羽の猛禽が上空を舞っている。その猛禽の眼から神鏡へ送られてくるらしき映像を追えば、結界で視界が利かなくても熱泉の近くまでまっすぐにおりて行けた。

やがて、結界を包む靄を抜け、ときおり熱水を噴き上げる火口湖のほとりに出た。

風の比礼をはさんでひっつくように立っていても、硫黄の臭いが鼻を突く。鷹士は銅鏡の映像を鳥瞰のそれから龍玉の場所へと切り替えた。

「すごいなぁ。どうやっているんだ」

「鏡の御魂にそうしてくれと頼むとやってくれる」

「そんな簡単なものか」

「だから、さっきも龍玉を呼んでみたらどうかと言っただろう」

鷹士が冗談など言うはずがなかったのだ、と隼人は冷や汗をかいた。

「わかった。呼んでみる」

心の中で、隼人は必死で念じてみたが、湖はぐらぐらと煮立つばかりで、玉が飛んでくるようすも、転がり出てくる気配もなかった。

「だめだ。返事もない」

隼人はうなだれてあきらめた。

「そうか。では、地の比礼を試してみるか」

鷹士は隼人の帯の上に巻きつけてあった梔子色の比礼を解いた。それを隼人の歩き杖に結びつけ、大地をとんとんと叩く。地揺れがし、みしみしと足元がぐらついたかと思うと、地面に亀裂が走った。隼人は慌てて鷹士に跳びつく。

「大丈夫だ。おれでは比礼からたいした霊威を引き出せないと高照が言っていた。地面にちょっとヒビを入れるくらいが、せいぜいだそうだ」

大地を裂いてヒビを入れることは、かなりたいしたことじゃないかと隼人は思ったが、息苦しさに異論をはさめなかった。

湖がごぼごぼと恐ろしい音を立て、熱湯が亀裂に吸い込まれてゆく。やがて立ち込めていた蒸気がゆっくりと晴れ、灰色の溶岩質の岩がむき出しになった。

ふたりは数歩進み、岩の隙間にはさまっているふたつの青い龍玉を見出した。

それぞれが空の蒼と海の碧を湛えた玉は、隼人の記憶よりも少し小さい気がする。だが、隼人がぐずるたびに乳母が持たせてくれた隈の龍玉に間違いないことを、隼人の直感が告げていた。まるで、長い間はなればなれになっていた親友たちと再会したかのような懐かしさがこみ上げる。

龍玉のささやきかける波の音が隼人の耳を満たし、波間に漂う心地よさに夢見心地となる。否応なく亀裂に引き寄せられ、魅せられ、熱に浮かされた隼人は、龍玉の招きに抗うこともできず、鷹士が止める間もなく岩の隙間に両手を突っ込んだ。

「っと、あっつぃ、てぇよぉ」

龍玉の熱さに我に返り、痛みに飛び上がった隼人は、泣き声を上げる。右手の皮がべろりと剝けていた。

「おまえは、ばかか。熱泉に浸かっていた玉に、いきなり触るやつがあるか」

抵抗もできずに龍玉に魂を奪われた自覚のある隼人は、返す言葉もなくうなだれた。

鷹士は冷静に隼人の手首をとり、首にかけた赤い麻袋から生玉をだして、隼人の爛れた手のひらに載せ、自分の手を重ねた。

「ふるべ、ゆらゆらと、ふるべ」

鷹士が幾度か快癒の呪いを単調に繰り返しているうちに、隼人の痛みは治まってきた。

皮膚が溶けてしまった肉の上に、新しくやわらかな桃色の皮が張っている。

「すごいな」

「確かにすごいな」

鷹士が淡々と同意する。

「これならどれだけ重傷を負っても、すぐに戦列に復帰できる」

「復帰しなくていい。そうじゃなくて、鷹士が怪我まで治せるのがすごいって言ったんだよ」

鷹士は顔を上げて隼人の顔を見たが、なにも言わずに生玉を袋に戻した。自分の掌を見つめたあと、胸の瓔珞の赤い勾玉を、指先で弄びながら考え込むようすを見せる。しばらくしてから、隼人の首にかけた足玉の袋を指さして、鷹士は自分の考えを口にした。

「高照に、白日別の御魂を降ろされたときの痺れが、まだ指先に残っている。その神威の名残に加えて、ここには津櫛の鏡と日向の比礼、火邦の生玉と足玉、そして龍玉がある。高照は、神宝は互いに呼び合うと言ったが、呼び合う以上のなんらかの霊威が相互に働き、白日別の神威に感応した神鏡の御魂を通じて、おれの呪いが効いたのだろう。……憶測に、すぎないが」

久慈の神宝の半数以上がここにあるという事実に、隼人は改めて驚き、神降ろしの実体験を耳にしたことで、厳粛な気持ちになる。岩の裂け目に鎮座する龍玉に視線を移した隼人は、槍を手にとった。

熱い岩や龍玉に触れないよう、槍を使って裂け目から取り出そうとする。しかし、真っ白に乾いた、枝切れのようなものがからみついて、龍玉を引き寄せることができない。

「これは、もしかしたら……乳母の骨かな」

推測ではあるが、ほかの人間ではありえない。隼人は胸に手を当てて瞑目した。

龍玉だけでなく、棄てられる建速を連れて逃げたのは情が移ったからではないと、和邇族の巫女長は語った。隈の民の罪を浄化するために、阿多の古い血を引く贄が必要だったという。だが、乳母は高来津からも龍玉と建速を抱えて逃げた。やはり、幼子に情が移ったのだろうか。

「乳母の名を、覚えているか」

鷹士の問いに、幼いころを思い出そうとするが、阿古の家族のことしか思い出せなかった。それでも、胸元の足玉を握りしめ、眉をぎゅっと寄せて考え込んでいるうちに、阿古の母との妙な会話を思い出した。

夜泣きで起こされるたびに、母を違う名で呼ぶのを直された記憶。

『かあさん、とお呼び』

『かあさんは、みさきじゃないの？』

中年の女に手を引かれて、遠い道をどこまでも歩いた断片的な記憶。その背に負ぶわれて眠りに落ちた日々。乳母が食料や衣料を調達するために、ひとり隠れ場所に置いて行かれるときは、ふたつの青い玉をおもちゃに持たせてくれた。

逃げることに疲れ、建速を阿古の父に託したのち、みさきはどのように生きたのだろう。

「みさき。おれ、十三になったよ。いい家にもらわれて、幸せだった」

隼人が静かに話しかけると、カラリと骨が崩れる。かさかさと風に削られ白い粉と化し、砂礫に混ざってさらさらと地割れへと流れ落ちて行った。

火口に爽やかな風が吹き渡る。うしろをふり返ると、靄の結界は消え去っていた。すり鉢の底から、円く切り取られた蒼穹を見上げると、ゆったりと猛禽が舞っている。

手を伸ばして触れると、熱かった龍玉は水のようにひんやりとしていた。隼人が両手で持ち上げてみても、高照が言っていたような奇跡はなにも起きない。ただ、隼人の手のひらの体温が沁み込んだように、龍玉が温かさを増しただけだ。風に混じって、隼人の耳は潮騒の音を感じたが、それだけだ。

隼人は、やはり自分は隈の御子などというたいそうなものではないのだろうと思った。もしそうだとしても、忌まれて棄てられた自分に、高照や史人のような異能はないのだと失望する。黙り込んだまま、用意した革袋にひとつずつ入れて、背嚢にしまいこんだ。

隼人が火口の外縁を見上げると、結界も煮えたぎる湖も消え去った底には、靄も蒸気も出ていない。空には雲ひとつ浮かんでいなかった。

足元を見ると、地の比礼が裂いたはずの地面のひび割れは閉じていた。

「やった。帰るのは楽ちんそうだな」

いまにもすり鉢の斜面を駆け上がりそうな隼人に、鷹士が釘を刺す。

「風と地の比礼から離れるな。地面は熱いし、毒気がまだ充満しているかもしれない。さっき地を割ったときに、いやな色の煙が上がっていた」

灼熱の龍玉に触ったときの短慮と痛みを思い出し、隼人は赤面して歩みをゆるめた。

第十一章　鷹士の選択

高来津の郷に戻ると、津櫛の偵察から戻っていた秋猪がかれらを待ち構えていた。

「長脛日子が豊の大郷に攻め込んだ」

日焼けした精悍な面差しの秋猪に、緊張の面持ちで告げられた高照と少年たちは、息を呑む。

「それで、豊の神剣はどうなったの？」

蒼白になって尋ねる高照に、秋猪はかぶりをふって答える。

「まだ、わからん。豊の日留座は長脛日子を警戒して、二年前から大郷を平地から山へ移している。簡単には攻められない地形に、長脛日子はこの夏をかけて落とすつもりだというので、とりあえず引き返してきた」

「豊邦の神宝が長脛日子の手に渡っては、母神を降ろすことができなくなるわ」

高照は客屋の奥に鏡架を並べて、津櫛の神鏡を置いた。

目を閉じ神鏡のひとつに手を当て、神降ろしの祓い詞を唱える。やがて目を見開いて鏡をのぞき込む高照を、一同は固唾を呑んで見守った。

「見つかったのか」

神鏡の探索力を目の当たりにしていた隼人は、高照の方に体を乗り出して訊ねた。

「だいじょうぶ。まだ豊の隠し処に祀られている。場所はわからないけど」

ほっとした空気が流れた。

隼人は両手両膝をついて、高照の横へいざりより、神鏡をのぞき込んだ。

「そっちじゃないわ。こっちの澳津鏡」

鷹士が火口で使っていたのではない方を示され、隼人はそちらへと近寄る。もっとも、どちらの鏡も似たような造りで、知らなければどちらがどちらとはわからない。

「豊の大郷まで見ようと思ったら、遠見の澳津鏡でないと無理だわ」

高照は体をずらして隼人へと場所を譲った。鏡の面には、龍頭を模した柄頭に赤い玉が嵌めこまれ、刀身には精緻な紋様を施された美しい剣が、闇の中に浮かんでいる。見たところ青銅製のようだが、長いこと使われず、日の目も見てないようで、表面が青みがかっている。実戦には使われたことがないのだろう。

隼人が不思議そうに訊ねる。

「津櫛の御子も豊の神宝を使えるのか」

「久慈の邦々の日留座は代々、相互に婚姻を重ねてきているもの。どの御子にも他邦の日留座の血が少しずつ流れているわ。火邦の日留座さまは、私にとっては母方の祖母にもあたるのよ。豊と津櫛は交易で対立したり、倭人との謀議で緊張したりすることが多かったから、婚姻で和解を重ねてきた歴史もあるし」

史人はうんうんとうなずいているが、隼人やサザキには馴染みのない事実である。

「だから直系でなくても、異能が発現していない普通の人間でも、祖神の血を一滴でも引いていれば神宝を使えないということはないのよ。もちろん、神宝との相性や個々の呪力（じゅりょく）も重要な要素だし、神宝の神威をどれだけ引き出せるかは、個人差があるけど」

高照が話し終える前に、鷹士が身じろぎした。その気配に、誰もがふり向き、かれの発言を緊張しながら待つ。鷹士は高照を正面から見つめて質問した。

「それで、もしも津櫛の御子が神宝の剣を得た場合、どれだけの威力を神剣から引き出せるんだ」

高照は自信なさそうに首をふる。

「豊邦の祖神、豊日別（とよひわけ）であれば、ひと振りで雷を落とし、ひと薙（な）ぎで山を削（けず）り崩し、ひと突きで大地をふたつに引き裂くと伝えられているけど。ひとの身ではそこまでは無理じゃないかしら」

「鷹士は地面を裂いたよ。地の比礼（ひれ）で」

隼人がそのときの驚きを思い出しつつ、指摘する。史人とサザキはますます表情を硬くした。鷹士があまりに自然に神宝を使いこなしたことに、危機感を覚えたのだろう。

「ほんとうに裂いたわけじゃないでしょう。でなければ高来津が噴火していたわ。そもそも、地の比礼で大地を裂くなんて聞いたこともない。私が教えたのは、風と地の比礼で毒煙と焼け土から身を守る結界の張り方だけよ。鷹士はなにを念じて地を割ったの」

「地面に温泉を吸い込めと。龍玉を拾ったあとは地割れは閉じた」

「でしょ。比礼は地の御魂たちに力を借りるものだけど、剣は、その刃（やいば）に触れるものを破壊し、滅ぼす力を秘めているものだから、霊威の質そのものが違うの」

「神宝が長脛日子の手に渡ったら、これまでの苦労はどうなるんだ」

まるで危険を伴う探索のすべてに、自分自身が深く関わってきたかのように、サザキが途方に暮れてつぶやいた。

「救いは、長脛日子が母神クラの権威を信じてないことかしらね。神宝の霊力は、それを信じなければ引き出せないはずだから、たとえ神剣を手にしたとしても、長脛日子が神威を発現させることはないでしょうけど――」

鷹士が首をかしげ、上げた右手でその首筋を撫（な）でた。かれが体を動かすたびに、誰もがそちらに注意を向ける。

「神剣が母神クラの和魂（にぎみたま）から生み出されたものではない、となれば神宝の神威など長脛日子さまは必要としないだろう」

「どういうことよ」

高照は物騒な苛立（いらだ）ちを眉間（みけん）に寄せて、問い返した。

「龍玉がもとは南海龍族の宝と知ったときから、おれが以前から抱えていた疑問に答が見えた気がした。津櫛の神鏡と、豊の神剣は久慈のクラ母神がその胎内から生み出し、ひとびとに賜った神宝ではないという事実だ」

史人とサザキは、この冒瀆（ぼうとく）的発言に飛び上がりそうな勢いで膝立ちになる。高照は顔を赤くしたが、すぐには反論しない。ただ、抑制のきいた低い声で問い返した。

「根拠は」

「剣と鏡の材料になる銅は、久慈の地では採れない。材料も、青銅の器や道具を作る技術も、海の向こうからもたらされたものだ。隈民の祖先、阿多族が龍玉をもたらしたように、鏡も剣も南西海や北の加羅諸国、あるいはさらに遠方の外来の民が、かれらの宝を久慈の日留座に贈り、あるいはかれら自身が日留座を名乗り、その後、久慈の神宝として受け継がれてきたものではないのか」

高照は言葉を失った。久慈の島を守るクラ母神の巫女として、世界が崩壊するほどの異説である。

「ずいぶん自信たっぷりに言うのね。神宝の霊威は、あなた自身で確認したばかりじゃない。ここに並んだ神宝が、倭人の海賊がもたらしただけの、ただの丸い石ころだとか、どこにでもある青銅の鏡だとは言い切れないでしょ」

「神宝に霊威がないとは言わない。だが、その霊威を使いこなすことと、クラ母神への信仰とは関係がない。高照はいま、剣の霊威は触れるものを破壊することだと言った。母神の和魂から、破壊し滅ぼすための神宝が生み出されるというのも矛盾だ。どのみち、長脛日子さまが必要としているのは剣の神威ではなく、ひとびとが神剣に抱く畏怖と、その剣がかれに与える久慈の王としての権威だ」

鷹士はそこで息を継いだ。重々しい口調で次の言葉を吐く。

「神々によってくだされた宝剣は、大陸においては王の権威の象徴だ。長脛日子さまが求めるものはまさにそれだ。そして、その剣や鏡を戴く津櫛や豊の祖先もまた外来の民。もとからクラ母神の子孫などではなかった――」

「ふざけんなよっ」

　サザキが大声で叫びながら、鷹士を黙らせようと横から殴りかかった。鷹士は顔の中央を狙ったサザキの拳をすっと避けはしたものの、一回り体格の大きなサザキの体当たりを受けて仰向けに床にたおれ込む。だが崩した体勢を立て直す速さは、剣奴の鷹士にサザキが敵うものではない。あっという間に上下が入れ替わり、サザキは手首を逆手に取られ、うつ伏せに押さえつけられた。背中に馬乗りになった鷹士に、サザキは唾を飛ばしながら喚いた。

「おれも史人も久慈の民だ。じいさんのじいさんの、そのずっとじいさんとばあさんのときから、久慈にいてクラ母神の恵みを受けてきたんだ。昨日今日やって来た余所者のおまえなんかと一緒にされてたまるかっ。ぎえっ」

　鷹士は容赦なくサザキの腕をねじり上げて、激昂するサザキを黙らせる。この事態を力で収められる唯一の人物、秋猪は黙って見ているだけだ。

「やめてよっ」

「鷹士、サザキを傷つけないでくれよ」

　高照が金切り声を、隼人が哀願の叫びを上げた。隼人は、サザキが黙らなければ、鷹士は平然とその肩を外すか、腕を折るだろうと思った。すっかり忘れていた鷹士に対する恐れ——自分に逆らう人間の腕を平然と切り落とし、敵と見做した相手は迷わずに殺してしまう剣奴の本性をじわじわと思い出す。

驚いたことに、鷹士はあっさりとサザキの腕を解放し、その背中から降りた。史人が急いでサザキを助け起こす。止めに入らなかったことで、高照に責めるような視線を向けられた秋猪は、困惑の笑みを浮かべて肩をすくめた。

高照は気を取り直し、咳払いした。

「とにかく、鷹士が誰かの受け売りの知識だけじゃなくて、とても鋭い洞察力と思考力を持っていることがわかったわ。その、海の向こうの国とか大陸の王とかの話も、阿曾に帰ったら詳しく聞かせてくれるかしら。日留座さまも関心がおありでしょうから」

青ざめ、声の震えを抑えつけて、その場を収めた。

巫女たる彼女の基盤である、久慈の信仰と日留座の権威を真っ向から否定されたのだ。

鷹士の考えを否定したい気持ちは、高照もサザキに劣らないはずであった。

だが、鷹士が神宝の探索に手を貸しているのは、火邦で人質にされている津櫛邦の比女のためであることを、高照は忘れてはいなかった。普段から言いたいことを言い放題と見える高照ではあるが、幼いころより日留座の後継として育てられたゆえに、冗談やはったりが通じないとき、おのれの力量に不足があるときには、感情に囚われずに一歩引く判断力があった。

「長脛日子に対抗するのに貴重な考えを聞かせてくれて、礼を言わせてもらいます。とにかく、これからどうしたらよいか、手に入った神宝を一刻も早く火の日留座さまにお持ちして、ご決断を仰ぎましょう。津櫛と豊が戦っているところへ、のこのこと神宝をもらいにいくのも、危険すぎるわ」

鷹士は眉間にしわを寄せて、意見を述べる。

「それについては、おれに考えがある。火の日留座に聴く気があれば、だが」

高照は、鷹士がその考えとやらを自分には話そうとしないことに苛立ちを呑み込んだ。

「わかりました。明日にでも、阿曾へ発ちます。今夜は早く床につきましょうね」

険悪な空気を漂わせたまま、一同は寝床へと引き上げた。

夜明けまであと数刻というころ、隼人はこっそりと客屋を抜け出して、北極星を目指して高来津の郷を走り出た。背中には数日分の食料と旅の小道具を入れた背嚢を背負っている。時折りうしろを振り返っては、誰もついてこないことを確かめつつ、先を急ぐ。

鷹士から、津櫛の大郷がここからそれほど遠くないと聞いてから、ずっと心中でくすぶっていた計画であった。

これまでは土地勘がなく、久慈のどこをどう歩いてきたのか、さっぱり把握していなかった隼人だが、鷹士から聞いた話を高来津の地元民に確かめ、さらに秋猪が数日のうちに為した津櫛偵察の話などから、隼人はいてもたってもいられなくなっていた。

このまま高照たちについていけば、津櫛に囚われている家族からふたたび遠ざかってしまう。せっかくここまで津櫛の大郷に近づいたのに、家族の消息を確かめずに火邦へ引き返す理由は隼人にはなかった。それに、隈の忌まれ御子でなければ捜し得なかった龍玉はもう手に入ったのだから、隼人の役目は終わったはずだ。

史人は薬女を、鷹士は津櫛の比女を解放するために、神宝の探索に協力した。人質のいない隼人は、なんのために神宝捜しに加わったのか。実の両親や出生の真実を知りたいという誘惑に抗えなかったのもあるが、なにより、神宝がそろえば長脛日子の横暴を止められる、神宝のひとつは隼人でなければ見つけ出せないと、火の日留座に説得されたからだ。

だが、龍玉の担い手には饒速がいる。隈邦の御子で、次代の日留座として神宝を受け継ぐ正当な継承者だ。隼人は乳母の結界を解くことはできたが、龍玉は隼人の呼びかけに応えなかった。神宝を操る神子の異能もなく、非力で戦力にもならない自分など、これ以上は足手まといにすぎない。忌まれ御子の隼人は、ここでそっと姿を消すほうが、あとくされがなくていい。

隼人はようやく、異邦の忌まれ御子ではない冶金師の息子に戻って、自分を慈しみ育ててくれた家族の無事を心配していい、自由な立場になった。

高来津と津櫛の間には内海が横たわっている。その海を渡り海岸に沿って、北へ北へと進み、平地に出て東から流れてくる川を遡れば、やがて津櫛に至るという。

夜明けとともに舟を出す漁り人に頼み込んで、対岸へ渡してもらう。船賃代わりに手伝った網の引き上げは、一度もやったことがないはずなのに、上手に縄や網を繰ることができた。

「あんたたちは、小さくても海人なんだな」

土地の漁師が感心して隼人を褒めた。外見から生まれながらの海人族だと思われたらしい。

大きくうねる波に上下する刳舟の舳先につかまり、波頭の向こうに見え隠れする対岸を眺める隼人のまぶたに、この短い季節をともにした仲間たちの顔が浮かぶ。いまごろ、もぬけの殻になっている隼人の寝床に、高照たちは大騒ぎをしているだろうか。誰にも相談せずに自分勝手な行動をとった隼人に、腹を立てているだろうか。それとも、用済みになった自分がいなくなって、かえってほっとしているのだろうか。

隼人の出奔は唐突と受け止められるかもしれない。確かに、昨夜の騒動が引き金ではあると思う。鷹士とサザキの衝突のあと、史人とサザキ、そして高照が、それぞれ夜のうちに密談を交わしていたことを、隼人は知っている。その密談に自分が含まれなかったことに寂しさを感じてはいたが、同時に安堵を覚えもした。

隼人の心情は、どちらかといえば鷹士に添うものであったからだろうか。鷹士も、隼人の祖先も、久慈の古き民ではない。海の向こうからやって来た漂流者の子孫である。生まれたのも、育ったのもこの久慈の島なのに、顔立ちや感じ方、鷹士の場合は考え方も違うために『余所者』と決めつけられる。

だが、その鷹士という人間についても、隼人は自分にとって都合のいい解釈をしていたことを、昨夜は見せつけられた。サザキに対する無情な対応を見れば、友人になれた気になっていたのは、自分だけではなかったか。余所者同士で孤独を分かち合えたと感じられたのは、自分の勝手な思い込みだったのでは、という疑心が心を占めてゆく。

――でも、鷹士は土蜘蛛(つちぐも)の岩山へ、自分の危険をかえりみず、隼人たちを助けに来てくれた。

隼人はハッとして振り向き、背後の高来津山を仰ぎ見る。

――鷹士、おまえがいいやつなのか、悪いやつなのか、とうとうわからなかったけど。でも、これ以上おれのことで世話を焼かせるのも悪いし、おまえはさっさと比女を連れて長脛日子のところへ帰ればいいさ。おまえは、本当はあっち側の人間なんだから。

剣奴に従属する雑奴という、津櫛の身分制度に組み込まれても、隼人はそれがなんだという反発しか感じない。津櫛が里の仇(かたき)であるとか、豊の敵であるという感覚は、どういうわけか隼人の感性からは抜け落ちていた。十三になるまで、家族と谷間(たにあい)の里という狭隘(きょうあい)な世界しか知らなかった隼人だ。鷹士に仕えるというより、面倒を見られてばかりいたことに、心苦しさを感じていたのかもしれない。

阿古の里が焼かれた夜から、短い間にあまりにいろいろなことが急に起こりすぎて、感情を整理できていないこと、そして、敵であるはずの鷹士の過去や境遇を知って、同情や共感を覚えたことが、一元的に物事を決めつけることを難しくもしていた。

——鷹士や史人は、神宝を火の日留座に渡せば、女たちを返してもらえるはずだから、やがて津櫛へ帰るだろう。そしたら、どこかですれちがうかもしれない。

しかし、世界の果てを見るために九重の山を登るという、鷹士との約束を破ってしまったことには、罪悪感を覚えないでもなかった。


高来津の郷で、最初に隼人の不在に気づいたのはサザキだった。厠か散歩かと待っていたが、隼人の荷物がなくなっていることに気づき動転する。未明には神事を終えて、秋猪とともに朝餉を摂っていた高照と史人に報告した。

「ひとりで出て行ったのか。隼人が？」

三人は同時に箸を置き、史人が驚きに目を瞠る。

「あいつ、まさかひとりで豊の神剣を奪いにいくつもりなんだろうか」

サザキが不安げにつぶやき、高照は額に拳を当ててかぶりを振った。

「そこまで無謀で短絡的な人間じゃないと思うけど」

「隼人は衝動的なところはあるけど、自分にできることとできないことはわかっている。単身で長脛日子に向かっていくようなことはしない」

困惑する高照を、史人が即座に否定する。秋猪は考え深げにあごの髭に手をやった。

そこへ朝の鍛錬を終えた鷹士が入ってきて、隼人失踪の報を驚いた風もなく聞いた。

「津櫛の大郷へ行ったんだろう」

平然と言って腰を下ろし、蒸し飯を椀に盛った。炙った干し魚の身をほぐして、飯の上に載せる。秋猪は、鷹士の推測が正しいことを高照に目配せで告げた。

「どうして、そう思うの？」

硬い口調で訊ねる高照に応えたのは、鷹士ではなく史人であった。

「隼人は、家族を捜しに行ったのかな」

史人の意見に、サザキが応じる。

「もしそうなら、あいつは何を考えているんだ。隼人ひとりで、親父さんたちに会わせてもらえると思っているのかよ。ガキがひとりでふらふらしていたら、津櫛に着く前に人さらいにあって奴隷に売られるだけだぞ。すぐに追いかけて連れ戻さないと」

サザキは立ったり座ったりと、落ち着きなく歩き回る。

「サザキ、とりあえず——」

朝餉を食べるよう勧める史人を、鷹士が遮る。

「そのガキを火口へ送り出し、大のおとなですら尻込みする仕事に命をかけさせた」

淡々とした口調ではあったが、非難されたと感じた史人は、恥じ入った顔でうつむき、高照は口を引き結んで頬をこわばらせる。サザキは昨夜の続きとばかりに鷹士に食ってかかった。

「何が言いたいんだよ。隼人にしかできないことだったんだ、仕方ないだろっ」

鷹士は椀の中の蒸し飯を空にしてから、おもむろにサザキを見上げた。

「隼人はあいつにしかできない危険な仕事を成し遂げた。もうガキでもこどもでもない。自分の考えで決断し、自分の力で動く。おまえが隼人を心配する必要はどこにもない」

「こどもだろうと、おとなだろうと、友だちを心配して何が悪いんだ。火口は槍や剣を持って襲っては来ないだろうが！」

サザキは顔を赤く染め、唾を飛ばして怒鳴った。つかみかからないのは、前夜の取っ組み合いで、力や技では勝てないことを学んだからだろう。

「連れ戻さなくてもいいとは、言っていない」

鷹士は朝餉を終えると、ゆっくりと立ち上がる。サザキは息を呑み、身構えつつ一歩下がった。鷹士は高照へと振り返った。

「高照と史人は、龍玉と神鏡を持って先に火の大郷へ戻れ。秋猪と火邦の通道（かよいじ）を行けば、危険はない」

「隼人を連れ戻しにゆくの？　そのまま長脛日子のもとに帰参するつもりではなくて？」

高照は疑心を隠さずに、鷹士を見つめた。

「高来津から津櫛までの邦通道（くにのかよいじ）は邑や郷の間隔が短く、ひとの行き来は多い。隼人は人さらいにさらわれることなく津櫛に行き着けるだろう。だが、大郷に隼人の顔を知る剣奴や戦奴がいたらやっかいだ。脱走雑奴の身元が知れたら捕えられ、行方不明だったときのことをすべて白状させられる。日向の比女巫女高照が、長脛日子の一行を襲撃したことと、津櫛の一の比女と薬師を監禁していること、そして、十二神宝の探索をしていることも、すべて長脛日子さまに知られることになるぞ」

鷹士の警告に高照は鼻白み、サザキがいっそう顔を赤くして言い返す。

「隼人がおれたちを裏切って、津櫛のやつらに白状なんかするものか！」

鷹士はサザキの顔をじっと見つめて言葉を返した。

「白状しなければ、目を潰されてさらし者にされる。長脛日子さまは、自分に逆らう者には容赦がない。そして長脛日子さまが豊邦を攻めている間、留守居にされた兵は、手柄を立てる機会もなく退屈している。かれらにとっては、異邦の人間を狩り、なぶり殺すことは、暇つぶしのひとつに過ぎない」

旅人や年端のいかないものは厚くもてなすのが、久慈五邦の不文律であったはずだが、いまや津櫛の大郷では、異なる掟や倫理観が支配しているようだ。

高照も少年たちも、薄く口を開けたまま、隼人を待ち構えている運命について沈黙してしまった。特に史人とサザキは、暇を持て余した津櫛の戦奴たちが、阿古から連れてこられた新入りの少年たちをどのように扱ったか、記憶に新しい。

興奮する高照と少年たちの会話に、なかなか割り込めずにいた秋猪が、頭を掻きながら口をはさんだ。

「俺の落ち度だ。すまん。津櫛の大郷について、隼人にいろいろ訊かれるままに、教えてしまった。まさか単身で大郷に乗り込むつもりだったとは——」

鷹士は片手をあげて、秋猪の弁明を止める。

「隼人は最初から、親を捜しに行くことを望んでいた。龍玉も見つかったいま、父親のいる津櫛の大郷が二日の距離にあるというのに、隼人には自分の都合を先送りする理由はもはやない」

言われてみて初めて腑に落ちたのか、サザキは黙り込み、高照と史人は返す言葉もない。秋猪だけが納得してうなずいた。

「龍玉と神鏡は一日も早く火の大郷へ持ち帰らねばならないが、隼人が長脛日子の手に落ちるのも都合が悪い。鷹士には津櫛も大郷も、自分の庭のようなものだろう。隼人に追いついて、うまく逃がしてやってくれ。おれは高照と神宝を火の大郷まで送り届けたら、すぐに引き返してくる。おれが戻るまでは、火の兵を迎えに出しておく」

うなずいて客屋を出てゆく鷹士を、サザキが呼び止めた。

「おれも行く」

言葉には出したものの、決めかねる思いもあるのか、サザキは史人と視線を交わす。

隼人を案じて腰を浮かしかけた史人を、高照が押しとどめた。

「史人にはまだ、豊の神剣を捜し出す使命があるのよ」

迷いに視線をさまよわせる史人に、鷹士は畳みかけるように言った。

「いつもの調子で歩いていては、隼人が大郷に入るまでに追いつけない。走るぞ。ついてこれないやつは、置いていく」

警告とともに、鷹士に視線を向けられたサザキは、ごくりとつばを飲み込んだ。脇におろした両の拳をぐっと握りしめる。

「おまえのかかとに喰らいついてでも、ついていくさ」

隼人が高来津から津櫛を目指して二日目の朝。

この大郷と大郷をつなぐ邦通道は、誰にもわからないほど古い。時に夏草に覆われて森に呑み込まれることはあるが、絶えず誰かが草を踏み分け、木の枝を払って、ひとびとの行き来を保ってきた。

この調和に満ちた久慈の島の秩序を、どうして長脛日子は破壊しようとするのか。

そんなことを考えながら、秋の色に染まる林を抜けていた隼人は、背後から速歩で追いついてくる足音を察知した。邦通道からおり、茂みに隠れる。

足音は隼人の隠れている場所で立ち止まり、先へ進まない。隼人は茂みにしゃがみ込んだ姿勢のまま、額に流れる汗を感じる。

「隼人」と耳になじんだ声が、自分の名を呼んだ。

ほっと息をついた隼人は、きまり悪げに笑いながら、ガサガサと背の高い草をかき分けて出て行った。

「なんだよ。津櫛の戦奴かと思った」

「脱走奴隷だという自覚は、あるんだな」

鷹士は冷淡に応じる。隼人は前髪を結わえた紐がゆるんで、顔に落ちてくるほつれ髪をかき上げた。

「大郷の近くには、あのときの襲撃で生き延びた剣奴や戦奴はたくさんいるだろうから、津櫛に近づくにつれて、なるべくひとに顔を見られないようにはしているよ」

賢いだろ、と言わんばかりに胸を張る。

「サザキまで来ちゃったのか。高照と史人を阿曾に送っていかなくていいのか」

隼人は鷹士だけでなく、サザキも自分を追ってきたことに驚いた。

「隼人が津櫛の兵に捕まったら、火邦の企みや神宝探索のことを聞き出すために、拷問でギタギタな目に遭わされて、白状しなかったら目玉を刳り抜かれるって言うから放っておけないだろ。高照と史人は、秋猪がついていれば火邦の大郷へ無事に帰れるだろうし」

隼人を連れ戻しにサザキまでがついてきた理由に、隼人は大きな目を丸くして鷹士を見た。それから、未練がましく北へ延びる邦通道へと目をやる。

「見つからないように、とは用心していたけど。そうか、一の比女がさらわれているんだものな。同じ夜にいなくなったおれたちを疑うよな。でも、とうさんたちが元気にやっているかどうか知るだけでも、そんなに難しいのか」

火邦や隈邦の大郷のように、誰でも自由に出入りできる場所だと思っていたわけではない。だが、郷の民は普通に生活しているだろうし、市に出入りして大郷のようすを見るくらいはできるのでは、という希望を捨てきれなかった。

「工人区郭は監視が厳しい。大郷の中でも塀に囲まれていて、出入りできる門はひとつしかなく、見張りが常に立っている。だが、おとなしく待っているなら、おれが見てくる。顔が知れているので、大郷へ忍び込むのは夜になるが」

隼人はおのれの耳を疑いつつ、鷹士を見上げた。一の比女と同時に行方不明になった鷹士が現れれば、隼人以上の騒ぎになることだろう。

隼人は目頭が熱くなってうつむいた。

「鷹士って、いつもひとのために行動するんだな。長脛日子の命令とか、一の比女の願いとか、とうさんとの約束とか。でも、おれのことではもう、なにもしてくれなくていいよ。とうさんが元気で冶金を続けているのは、もうわかったから」

隼人はそう言うと、腰帯に結わえた小物入れに手を入れた。中から取り出したのは小さな銅鏡であった。

「途中の郷で、市が立ってただろ。そこで見つけた」

隼人は銅鏡の背面が鷹士とサザキに見えるように、両手に載せて差し出した。

今朝の市で、鍋や器の銅製品を扱う見世に引き寄せられた隼人は、器のひとつを手に取った。鳥の、それも猛禽を象った意匠を鋳込まれた器を持つ隼人の手が震えた。銘こそ入っていないが、図案に表れる父の個性や、鋳型を彫るときの兄の癖を、隼人ははっきりと見分けることができる。鍋にも、器にも、鏡にも、胸の斑紋まで丁寧に鋳込まれた隼が、雛鳥に囲まれてこちらを向いている。

『おもしろい柄だろう。このごろの流行か知らんが、津櫛から仕入れる青銅の品は、最近はそんなのばかりだ』

見世主は筵に広げた売り物を指して苦笑した。

緻密な細工の青銅器を所有するのは、郷長や邑首など、地位のある者に限られ、市に出回る道具で凝った絵柄や意匠をほどこした銅製品は珍しい。また猛禽は招運の象徴でもあるので、これはこれで喜ばれているという。

隼人が手持ちの財産――三日分の食糧と旅の間に蓄えた布や貝細工の道具に、予備の衣など――で交換できたのは、一番小さな手鏡だけであった。

「とうさんが作った鏡だと思うと、どうしても欲しくてさ。でも郷を出ていくらも行かないうちに正気に戻って、水筒と着の身着のままで、どうやって大郷まで行こうかって、途方に暮れてたんだ」

隼人は目をこすり、洟をすすりながら告白した。

「おまえは、ほんとに考えなしだな」

サザキが隼人の頭を小突き、肩を引き寄せて背中を軽く叩く。

自分の好む絵柄の銅器を作ることができるのなら、父は奴隷のように働かされているわけではないのだろう。そして隼の絵は、隼人の手に届くことを願って作られたものだ。

「とうさんはとうさんで、ちゃんとうまく立ち回っている。そして、おれにだけわかるように、こうやって無事を知らせようとしているって、わかった。とうさんは職人で、親方で、おれなんかよりも、ずっとおとななんだから、当然だ。いまのおれじゃ、大郷に乗り込んでもすぐに捕まって、とうさんの足手まといになるだけだ」

「火の日留座（ひるのくら）の言う母神降ろしの神事が終わり、津櫛の比女が火邦から帰されるときに、供回りとしてついてくれれば、問題なく大郷に入れる。それまで我慢して待て」

鷹士の忠告と助言が、一番妥当であることも、隼人には身に沁みてわかる。

三人はそこから南へ引き返した。火邦の大郷を目指す旅路では、サザキが鷹士と対立することもなく順調に進む。隼人は自分が出奔したことで、共同を迫られたふたりの間に歩み寄りができたのだろうか、もしそうなら無駄な回り道ではなかったと、父の銅鏡を小物入れの上からぎゅっと握りしめた。

大郷の日留座の宮に着いたかれらは歓迎を受けたが、鷹士はすぐに高照とともに日留座の祀（まつり）の宮へと連れてゆかれ、帰還の宴（うたげ）は隼人にとっては気の抜けたものとなった。宴の席を見回して、鷹士だけでなく津櫛の比女も同席していないことに気づき、かれらは囚われているのだろうかと、隼人は気が気ではなかった。小用を装って立ち上がり、高殿の宴席から逃れて庭へと降りる。

「どこへ行くの―

高照の鋭い誰何に、隼人はびくりとふり返る。日向邦の巫女比女は、艶やかに梳った黒髪を腰まで流し、貝染めの、濃い紫の鉢巻を額にあて、菊花の黄色い小房を挿していた。白い袷衣の上着に赤い衿をはさみ、薄紅の比礼を肩にかけている。かかと丈の赤い裳を巻き、素足のつま先は花の汁で薄桃色に染めてあった。

高照はこんなにきれいな少女だっただろうかと、隼人はあんぐりと口を開けたまま縁廊に立つ日向の巫女比女を見上げた。

「どこへ行くつもり」

重ねて問われ、隼人は慌てて唾を飲み込み返事をした。

「ちょっと、出すもんを出しに……。どっちへ行けばよかったんだっけ」

「右側の棟に沿って、椿の木が並んでいるところを奥に行った小屋よ」

「ありがとう、高照」

身をひるがえして示された方向へ去ろうとして考え直し、隼人は高照にふり返った。

「鷹士は……どうして宴に出てないんだ。龍玉は鷹士がいなかったら、おれだけじゃ見つけ出せなかった。鷹士はもっとみんなに感謝されてもいいと思うんだけど」

高照は瞳を憂いに染めて、隼人を見おろす。

「鷹士は、津櫛の比女を取り返すために神宝探索に加わったの。久慈の島を救うためじゃないわ。神宝がそろいかけているいま、かれを自由にさせておくのは危険なの」

「どっかに閉じ込めているのか」

「閉じ込めてはいないわ。ただ、あの危険な考えを誰にも話さないように、少しみんなから離れてもらっただけ」

隼人は顔が火照ってくるのを感じた。鷹士は、自分が疑問に思っていたこと、もしかしたら真実はこうではないかと考えていたことを言葉にしただけだ。

「双子を不吉だと考えてない高照だったら、わかってくれるんじゃないか、聞いてくれるんじゃないかって信じて、鷹士は話したんだぞ。それなのに日留座たちに都合の悪い考えだからってみんなから引き離して、ひとりぼっちにしてしまうのか」

ああ、まただ、と隼人は思った。気持ちが昂ぶると顔が熱く胸が苦しくなる。涙がこみ上げて、きちんと考えて話さないといけないのに呼吸すら難しくなるのだ。鷹士のために、ちゃんと話さなくてはならないというのに。

「鷹士は納得しているわ。日留座さまと津櫛の比女とでしっかり話し合ったから」

「鷹士に会わせてくれよ」

「日留座さまの許可がいるのよ」

「じゃあ、おれから頼みに行く」

「日留座さまは、いま神事の最中よ。邪魔すると災いが降りかかるわ」

やましげな色を目元に湛え、高照は拒絶の言葉を並べる。

「いつ終わるんだよ」

「わからないわ。鷹士の話を聞いて占うことがあるとおっしゃって、神宝を使った呪法を試しておられるから」

隼人は拳を握りしめた。気が昂ぶらないように深呼吸をする。大声を出すと、高照に危害が加えられると勘違いした兵が、隼人を取り押さえにくるだろう。

隼人は、高来津の松原で鷹士と話した内容を高照に伝えた。

「鷹士は、カウマ族の伝説にある争いのない島が久慈なら、その伝説が少しでも長く続くよう手を貸したいと言ってた。長脛日子について戦争を続けるようなことはしないって、おれが誓える」

「鷹士の祖先も外来の民も、安寧の島を求め海を渡って、久慈の調和を壊してきたのね。戦を逃れてきたものたちが、武器と戦を持ち込むのよ。鷹士の言う通り、誰にも潮流の変化や流れそのものを止めることはできない」

溜息まじりに、高照はつぶやいた。その視線は隼人でなく、庭に揺れる遅咲きの竜胆や枯れ始めた萩の花に向けられている。

「鷹士は、日留座さまの神事が終わったら、浄心潔斎に入るのよ」

「じょうしんけっさい？」

「クラ母神へ、神宝を届けに行く役目を引き受けたから、そのための潔斎よ」

「ちょっと待て。母神へ神宝を届けにって、阿曾の火口へ降りて行く……鷹士が生贄になるっていうのか？」

隼人は思わず声を上げた。高照は苦しそうに口の端を歪めて言葉を継ぐ。

「誰かが、母神のもとへ行かなくてはならないの」

隼人はなにを信じてよいのかわからなくなってきた。日留座（ひるのくら）は神宝がそろえば比女も薬女も生贄にしないと約束した。これでは、生贄が鷹士に変わっただけではないか。

「でも、鷹士は剣奴だろ。比女の代わりにはなれないじゃないか」

「鷹士はあなたになにも話してないの？　やはりかれは誰にも心を開くことはないのね。誰も信じないまま、クラ母神へ私たちの言霊や祈りを伝えることができるのかしら」

両手の指をからめて口元にあて、苦しそうに息を吐く。鷹士に会いたいという隼人の懇願に首を横にふり、高照は祀の宮へと歩み去った。隼人はその後ろ姿が消えるまで見送り、あとから胸に込み上げてきた苛立ちに、地面を何度も蹴りつけた。

そうして、鷹士は隼人と顔を合わせることなく潔斎に入ってしまったという。そのまま数日が過ぎ、クラ母神降臨神事と、津櫛の比女と薬女、史人とサザキ、隼人が津櫛へと送り返される日が近づいた。

「津櫛になんか行かない。おれは鷹士の雑奴だ。鷹士を置いてどこにも行けないだろ。鷹士が阿曾の火口におりるなら、おれも一緒に行く。それがだめな理由を鷹士の口から聞くまでどこにも行くもんか」

毎日のように、顔を合わせるたびにごね続ける隼人に手を焼いた高照が、苛立ちを隠しきれずに叱りつけた。

「鷹士は潔斎が終わるまで誰にも姿を見られたり、口をきいたりしてはならないの。隼人に直接会って話なんかしたら、そんなつらい潔斎をまた最初からやり直さなくてはならなくなるのよ。それがわかっているの？」

潔斎をやり直すということは、それだけ鷹士が生贄となる日が延びるということだ。隼人は断固として自分の主張を変えなかった。

その日の夕刻、高照に従って巫覡の宮の奥へと足を踏み入れ、祀の宮へと招き入れられる。祀の宮には見張りの兵もおらず、柵もない。逃げようと思えば、隼人でさえ抜け出せるような無防備な場所であった。

「鷹士はあの中よ」

思いがけないほど小さな、壁に竹を編んで藁をかぶせただけの、仮の忌み宮を指さして高照は隼人を促した。

扉の前の木板を叩き、高照は忌み宮の住人に来訪者を告げた。

「隼人を連れてきたわ。ほんとうに中に入れていいの」

内側から金属で板をいちど叩く音が返された。高照は眼配せで隼人に中へ入るように促す。隼人は忌み宮の扉を押し、低い入り口に腰を屈めて足を踏み入れた。

壁の上部に造られた窓から晩秋の陽光が射し込む宮の床は、急造ながらも磨かれた板張りであった。正面には津櫛の神鏡を架けた神座が据えられていた。神座に向かい合う菰畳の敷物には、鷹士愛用の靫が横向きに置かれている。無人かと思えるほど静かなたたずまいに、隼人は瞬きをして宮の内部を見渡した。

陽射しの入る窓の、反対の壁側で人の気配がして、隼人はそちらに目をやった。

「鷹士」

ひどくむさくるしい恰好の人間が、壁を背にうずくまっていた。

火邦の大郷に帰ってから、いちども着替えていないのではと思えるほど、黄ばんで脂っぽくなった袷の上着、解かれた髪は何日も梳かしたことがないらしく、顔の半分を覆って肩から胸の下へと流れ落ちている。顔や手は垢じみ、投げ出された裸足の足は爪が伸びている。すぐには鷹士とは判別し難かった。

隼人は驚き、怒りを抑えきれずに鷹士に駆け寄り、ここにいない人々を罵った。

「高照たちは、鷹士になにをしたんだっ」

けだるそうに顔を上げた鷹士は、隼人を認めて小さくうなずいた。口を開いてなにか言いかけたが、うまく音が紡げない。何日も人と話していないために、のどが弱っているようであった。鷹士は咳払いし、のどの調子を整えると「隼人」と呼びかけた。

「どうして、なんで鷹士が生贄なんかにならなきゃならないんだよ」

鷹士は垢じみた手で、顔の半分をこすった。

「おれが頼んだ。長脛日子さまの暴走を食い止めるために、津櫛の血を引くものがクラ母神のもとへ行かねばならないらしい。だから比女や薬女でなく、おれを行かせろと」

「でも、鷹士は剣奴じゃないか。袷の上着なんか着て大郷に来たから、鷹士が津櫛の兵かなんかだと、勘違いされているんだろ」

兵は日留座の血縁の男子や、その子孫である。邦の境を越え、土蜘蛛の森を抜けて比女を取り戻しに来たのが、ただの剣奴とは思えないのは道理ではあるが。

「クラ母神が、高照の言うようにひとの身分でなく、この体に流れる祖神の血だけを久慈の民の基準とするなら、おれは比女の代わりになれる」

「比女の代わりって、津櫛の御子ってことだぞ」

隼人は眉を寄せ、瞳に困惑を浮かべて鷹士の何日も洗っていない顔を見つめる。鷹士はごろりと肩の上に首をかたむけた。

「おまえは、隈の忌まれ御子だったな」

眼を閉じて、唄うようにつぶやく。

「おれも、もしかしたら、そう呼ばれていたかもしれない」

隼人は鷹士の言いたいことが読み取れず、唇を尖らせて文句を言った。

「もっと、わかりやすく言ってくれないか」

顔にかかる髪をかきあげ、鷹士は隼人の目を正面から見つめた。

「鬼童隊がどうやって作られたか、誰もおまえに話さなかったのか」

「カラの……カウマの戦女たちに津櫛で最強の剣奴の子を産ませたら、鬼のように強い戦士が生まれるだろうって、あれか？」

鷹士はうなずいた。

「カウマの子らは始めから戦奴として育てられたが、男が絶えてから、女たちは剣奴に与えられることになったというのが真相だ。亡夫に操を立てていたおれの母は剣奴八人を負かして、もう誰も挑むものがいなくなった。それで、長脛日子が母を自分の宮に入れた。それから十月後に、おれが生まれたという」

隼人は叫びそうになって、自分で自分の口を押さえた。鷹士の成人の儀が、剣奴には過ぎて華々しく行われた理由。

「片親が奴隷だと、その子も奴隷だ。長脛日子が真似したい大陸の王国がそうらしい。だから、戦奴の母から生まれたおれは、父親が誰だろうと戦奴だ」

語尾のほうは咳でかすれて聞き取りにくい。咳でなく、笑ったのかもしれなかった。

鷹士は近くの盆を引き寄せ、壺から椀に水を注いで飲んだ。

「津櫛の宮では、比女だけがおれを弟と呼び、親切にしてくれた。だから比女の身代わり、というと聞こえがいいが、おれはおれ自身のためにこの役目を引き受けたんだ」

「おまえの?」

隼人は瞬きをし、落ちかかる髪で陰になる鷹士の表情をじっと見つめる。

「隈邦で、幽明境の仲間たちを見てから、ずっと考えてきた。津櫛に帰っても、おれは剣奴以上になれない。繰り返し戦場に送り出され、死ぬまで戦い続ける。カウマの戦士たちのように土地や家族を守ったり、手に入れるためじゃない。ただそうしろと命じられるから、自分が死なないために殺し続けるんだ。津櫛ではおれの生き方はそれしかない。だが、なにものも拒まず求めないクラ母神なら、おれを余所者ではなく、白日別（しらひわけ）の日留座(ひるのくら)の血を引く津櫛の御子として、受け入れてくれるかもしれない」

　他の生き方を許されないのならば、せめて望ましい死を選びたいと、この期に及んで淡々と抑揚のない口調で語る鷹士に、隼人は鼻の奥が熱くなってくる。

「そんなことのために、生贄になるのか。命を捨ててしまっていいのか」

　鷹士はゆっくりと息を吸い込んで、静かに吐き出した。そして顔を上げて、隼人の眼を見、これまでのけだるい口調でなく、確固とした声音で言った。

「死ぬ前にいちどでいい。比女と並び、津櫛の御子と呼ばれてみたい。この先、そんな機会もないだろうから、逃したくない。おかしいか」

　誰にも語られたことのない、心の底に封じ込められた鷹士の願い。ようやく鷹士が心を開いてくれたというのに、それが永遠の別れの言葉になる。

「おかしいよ。ジンヤはおまえにカウマの血を絶やすなって言って死んだのに、それももうどうでもいいのか」

「鬼童にされると知りながら、カウマの子孫は増やせない。ジンヤもわかってくれる」

　鷹士の決心を変えられるものなど、もうなにひとつない。

　隼人は涙がこぼれないようにぎゅっと眼をつぶったが効果はなく、床板に熱い滴がぼとぼとと落ちた。あきれたという口調で、鷹士がつぶやく。

「おまえは、ほんとうによく泣く奴だ」

「おまえが、泣かないからだ」

「おれのせいか」

「おまえのせいだ」

宮に差し込む陽射しが数寸動く間、隼人のすすり泣きが続き、言葉はひとつも交わされなかった。ようやく落ち着いた隼人は、果たされていない約束を思い出す。

「九重の山に登って、八紘の果てをいっしょに見に行くんじゃなかったのか」

「阿曾の祝に聞いたが、九重からでは八紘の果ては見えないらしい。秋津の島を東に行くと、もっと高い山があるという。秋津島に渡ることがあれば、その山に登って見てくるといい」

「おまえと見るんじゃないと、意味がないんだよ。八紘の果てなんて、どんな形をしているか、おれにはわかんないんだから」

鷹士は居住まいを正し、壁にあずけていた背中をまっすぐに起こした。

「カウマの長老によると」

鷹士は両手を頭の上に上げて、忌み宮の天井を支える四つの柱を指した。

「世界はこの宮の内側のように四角い、『宇宙』という形をしているそうだ。天井が天、おれたちがいる床が地、天の四隅、地の四隅を合わせて八紘と呼ぶ。八つの隅がどこにあるのか、まだ誰も行きついたことがない」

それは久慈の信仰とは異なる世界の在り様だ。だが、その八紘の内側に久慈の世界が存在することは、かれらのなかでまったく矛盾することがなかった。

「誰も見たことがないのに、宇宙が四角い箱みたいな世界だって、どうしてわかるんだよ」

鷹士は眼を見開き、そしてゆっくりと細めた。口元がやわらかくほころぶ。

「確かにそうだな」

隼人はその笑みがすぐに消えてしまうのではないかと不安になり、両手で鷹士の頰を押さえつけた。

「鷹士も、笑えるんじゃないか」

隼人は息を吸い込み、最後の抵抗を試みる。

「神宝が足りないのに、ほんとうに、クラ母神が降りるのか」

「剣ならある。そこに」

鷹士は敷物に横たえられた靫を視線で示した。隼人はその長すぎる靫を手にとって、鷹士に渡した。靫の背に当たる厚い部分には、上部に握り柄のようなものが飛び出していた。鷹士がその柄をつかんで仕込み部分から引き抜いたものは、鈍く煌めく鋼の剣であった。

「豊の神剣は外来の宝だ。だから、母神はカウマの鉄剣も認めて受け入れるかもしれない。派手な飾りはないが、これは女用に鍛えられたものだしな」

そういえば、鷹士はいつもこの靫を背負っていた。大陸よりカウマの民とともに海を渡った母の形見。同母の兄の命をその手で絶った剣。剣奴には所有を許されない鋼の剣を、巧妙に靫に仕込んでつねに持ち歩いていたのだ。

鷹士はその剣が恋人であるかのように刀身に口付けし、目を閉じて頰に寄せた。そしてかすれた声でささやいた。

「もう行け。高照におまえがごねると聞いて、また戦奴邑の時みたいに潜り込んで騒ぎを起こされたら困るから顔を見せたが、これで終わりだ」

「いつまでもこども扱いするなよ」

反論したものの、図星をさされて語尾の細くなる隼人だった。

「比女に、おまえを冶金師の工人邑へ連れて行くように頼んでおいた。津櫛の比女を助けたんだから、奴婢ではなく、工人になれるよう計らってもらえるはずだ。おまえの父と交わした契約はこれで果たされる。隼人はよい冶金師になれ」

「鷹士は、それでいいのか」

「おれは、それでもう充分だ」

隼人は赤くなったまぶたをこすりながら鷹士に背を向け、忌み宮を出た。赤い色が風にひるがえるのが眼に入った。高照が隼人を見送ったのと同じ場所から動かず、ずっと待っていたことを知る。晩秋の冷たい風に高照の頰は白さを増していた。隼人は砂利を踏みながらそちらへと足を向けた。

「ちゃんと、食べてないみたいだけど」

「潔斎のときは肉は食べられないけど、穀物や菜類、芋は口にしていいのよ。でも一日二食だから、きっと足りてないでしょうね」

「温泉がいっぱいあるのに沐浴もさせない、着替えもなしってあんまりだ」

「神事の前には禊があるから、温泉にも入れるわよ。いま、機織女たちが鷹士の浄衣を織って、帯も大急ぎで染めているの。髪もちゃんと日留座の御子らしく、津櫛の比女がみずらを結うことになっているのよ。この浄心潔斎は、人との直接のかかわりを絶って、体内の祖神の血と向かい合うための儀式。肉体を持ちながらできるだけ神々に近づくために必要なの。なのにあなたに触れてしまったから、最初からやり直しだわ。今夜は沐浴も肉食もできるでしょう。それで満足？」

「鷹士ひとりでは行かせたくない。おれも潔斎をやるよ。久慈の大変なんだから、隈の御子のおれもいくべきじゃないか」

「でも、隈邦は母神の教えに叛くことをしてないわ」

「だから、クラ母神に津櫛の御子を弁護する誰かがついていかなくちゃ」

高照はあきれ顔で手の甲を額に当てた。

「鷹士はひとりで行くわけじゃないのよ。火邦の日留座さまも同行するって、言わなかったかしら」

「え」

「母神を降ろす神事に、現職の日留座が祭儀を行わなくてどうするの」

「日留座さまは自分から生贄に？」

「日留座に生まれついたものにはめったにない栄光だわ。神降ろしの贄になるってことは、生きたまま母神とひとつになれるということだもの。人に生まれた身が神になれるのよ。こんな素晴しいことはないわ」

高照は悔しそうに拳を握る。

「もしも私がもっと早くに日向の日留座になっていたら、鷹士の導き手は私の仕事だったわ。お年を召したおばあさまに山登りなんかさせないのに」

進んで生贄になりたがる日留座や、高照の価値観といったものが理解できず、隼人は相槌も打てずにその場を離れたのだった。

自分たちに与えられた壁屋に戻る途中、津櫛の比女と薬女の滞在する客屋を通りかかった。貴人のための家なので、日留座の宮と同じように床が高く、四面に板の壁を張り、藁土を塗った造りになっている。

床と同じ高さで家をぐるりと囲む縁廊の西側に、津櫛の貴人がふたり並んで座り、彼女たちに斜めに相対するように史人が縁に腰かけ、なにか話し込んでいる。サザキは縁廊から少し離れて控えていた。

かれらの和やかな夕暮れどきを邪魔するのも憚られ、そのまま行きすぎようとした隼人を史人が呼び止めた。無視するわけにもいかずサザキの横まで進み、鷹士がしていたような拝礼を津櫛の比女と薬女に捧げた。

改めて見上げた津櫛の比女の顔と、さきほど見てきたばかりの鷹士の横顔が重なる。

ぱっと見れば似たところなどないような比女と鷹士であったが、あごの輪郭、口元などが同じ鋳型から鋳出したようであった。長脛日子は顔の下半分が豊かな黒いひげに覆われていたこと、目元の特徴がまったく異なっていたために、その下の目立たない部分の類似性には気づきようがなかった。

「鷹士に会ってきました」

隼人は考えもなしに、衝動に駆られて津櫛の比女に直接話しかけた。

津櫛の比女は悲しげな微笑を口元に湛え、深く黒い瞳を隼人に向けて、小さくうなずいて見せた。なにか言葉を賜るのではと期待した隼人だが、比女が口を開く気配はない。

「豊邦の神剣が欠けているのに、生贄を出したからってクラ母神が降りられるのでしょうか。それより津櫛の日留座に使いを出して、争うのをやめるように話し合ったほうがいいと思うんですけど」

隼人は慣れない敬語に舌を嚙みそうになりながら訴えた。史人が返答する。

「津櫛との話し合いは、阿古が襲われるずっと前から行われてきた。久慈の王をめざす長脛日子さまの勢いを止められるのは、もはやクラ母神のみだよ」

津櫛の貴人たちの手前、長脛日子に敬称をつける史人に、隼人はちくりとする苛立ちを感じた。隼人ののど元にどろりとした熱い塊がこみ上げ、また泣き出すのではないかと怖れるあまり声が出せなくなる。そのとき、思いがけなく比女が隼人に話しかけた。

「わたしが、おのれの命を惜しんで鷹士を贄に差し出したのだと思われているのでしょうね。津櫛では戦を厭（いと）い、クラ母神を崇める貴人はもはや少数に過ぎません。鷹士は、わたしに津櫛の日留座（ひるのくら）を継がせることができるのは、クラ母神の神託しかないと考えて、贄となることを申し出たのです。母神のもとへゆくことと、わが父君と対決すること。選べることなら、わたしも贄になりたかったというのが、正直なところです」

悲哀のこもった眼差しで、隼人を慈しむように見つめる。

「でも、あの子が命を差し出すのなら、わたしはわたしの生をクラ母神に捧げましょう。これよりのち、父の野心のために鬼童が造りだされないように。なにもわからぬこどもたちを戦奴に育て上げる必要のない道を、この身を張って探り続けてまいりましょう」

比女と薬女は視線を交わしうなずき合う。

隼人は薬女と直接話をしたことはほとんどない。薬女は、津櫛の比女を奪うのが目的であった火の兵が、どちらが比女か確認できなかったために、もろともにさらわれてしまった被害者であった。おそらく、比女をかばい自分を守るために、すぐにははっきりと身分を示さなかったのだろう。もしもさらわれたのが津櫛の比女だけで、薬女が置き去りにされるか殺されていれば、史人が後を追うこともなく、隼人たちが土蜘蛛に襲われることも、鷹士が生贄の道を選ぶこともなかったはずだ。

隼人にとってはとくにかかわりもなく思い入れのない人物が、かれの運命や、かれが大切に思う人物の生死まで決定してしまう。それも本人はまったく意図しないまま。

隼人は体の芯まで沁みこむ疲労を感じて、かれらの前を辞した。

最終章　八紘の果て

　ここ数日、火邦の大郷は各地からの旅人や客人でごった返していた。現役の日留座が自らの心身を母神に捧げ、降臨を乞うという神事があると伝え聞いて、大勢のひとびとが久慈からだけでなく東の伊予島や秋津島からも押しかけていた。

大釜盆地の底には、あちこちに即席の伏屋が並ぶ。時ならぬ市が立ち、初冬の寒さを押し返す熱気に満ちている。

　クラ母神の招魂神事に先立って、火邦の日留座の継承儀式も厳かに行われた。

火邦と北久慈二邦との間に横たわる緊張は、古来の素朴なクラ母神への信仰を生活の基盤とする大多数の久慈人に、眼に見える葛藤をもたらしているようすはない。

豊からも津櫛からも農民や山人、漁撈に携わるものたちが、奇跡にあやかろうと集ってきた。

　このお祭り騒ぎを、神宝を欲し久慈の覇権を狙う津櫛の日留座とその御子、長脛日子はどうとらえているのか。

　本来なら、一邦の日留座が代替わりする儀式に使者として訪れるのは、各邦の日留座本人か嫡出の御子であるべきだが、津櫛からはどちらも姿を見せていない。

というのも、火邦は神事に関して以下のように公に知らしめていた――年々激しくなる阿曾の揺れと噴煙を鎮めるために、五邦が母神の招魂に必要な神宝を快く提供した――と。

見つからない神剣だけでなく、失われた津櫛の神鏡まで火邦にあることは、長脛日子にとって、はなはだ面白くない展開である。祝儀の使者を送るのも腹立たしいことだろう。

増長する津櫛の暴虐に、私怨に近い動機で行われた生贄目的の貴人の誘拐は、つぎつぎと明らかになる各邦の神宝紛失によって、別の目的と大義を火邦にもたらした。

火邦は始めから誘拐については名乗り上げの予定はなく、証拠も残さなかった。ゆえに津櫛としては糾弾のしようがない。倭賊の奴隷狩りが頻繁な北久慈や火邦の西前沿岸では、無防備な里が襲撃されてまるまる消失することは珍しくなく、高貴の子女がさらわれたまま消息を絶ってしまうこともまた、よくあることだった。

そして火邦と津櫛邦の境あたりで発見され、火邦の大郷に保護されたという津櫛の貴人女性ふたりと供の少年たちについては、いつでも帰邦を許されているが、こういった神事の折として、その身分に相応しく火邦の賓客としての扱いを受けている。

事情を知らない他邦の客人から見れば、津櫛は日留座の直系の比女御子を祝賀の使者に送ったと解釈してなんの不都合もなかった。

さらに阿曾へ登る行列のなかでも、日留座の供として従うのが津櫛の兵であるという噂も流れており、人前に出てきたその若者が御子の正装であったことや、その挙動が若いながらも堂々としていたことなどから、津櫛邦は御子のひとりを贄に捧げたらしいと、神事や行列を見たひとびとの口から口へと広がった。そのため、長脛日子がどれだけこの神事に協力的であるかという存在しない既成事実が、ひとびとの、そして真相を知らぬ津櫛の民の心にも定着していった。

　津櫛の日留座と長脛日子は、ふり上げた拳のおろしどころに困っている状態であろう。

「まあ、津櫛邦は、これでしばらくは火邦に攻め入る口実が見つからないことでしょうね。鷹士の言ったとおり、長脛日子を足止めする時間稼ぎにはなるということかしら」

　高照は、裏方の切り盛りが一段落した折に、史人と生姜湯を囲んで嘆息した。

「高照、気になることがあるんだ」

　史人が視線を阿曾の噴煙へとさ迷わせながら、切り出した。

「昨夜から隼人の姿を見てない。鷹士の荷物も消えている」

「鷹士が浄心潔斎が終わってから、隼人に譲った弓矢とか、旅道具とかの？」

　史人はうなずいた。

　ことづけられた背嚢の中身をひとつひとつ確認した隼人は、窪みのついた小さな銅鍋を、長いことくるくると回してその象嵌を眺めていた。鹿を狩る人や、角の代わりにたてがみをもつ鹿のような獣の背にまたがる人、麦穂らしきものを両手に持って踊る人の絵が刻まれた器は、異国の森の匂いがした。

それもまたカウマの鉄剣のように、鷹士の祖先とともに大陸から伝えられた道具であり、無数の傷跡と象嵌のすり減り具合を見れば、造られてから数世代を経て鷹士の手に託されたものと推測できた。

その小鍋を両手に持つと、龍玉を手にしたときのような温かな気持ちになる。長い年月の間、器物に蓄積されてきたひとびとの祈りが、金属からかれの手のひらへ、かれの肉体を巡ってまた手のひらから金属へと、温かな潮となって環流するようであった。

この小鍋は、その由来を知る最後の所有者が、この日この世を去るのだと知っているのだろうか。器も神宝も、ひとびとの祈りを音楽のように聴きながら、なにひとつ語ることなく、永遠の夢にまどろんでいるだけのように隼人には思えた。

まぶたの奥が熱くなったが、涙はこみ上げてこない。泣いても、現実はなにも変わらないことを少年は知ってしまった。昔は、隼人が泣けば親や兄が、サザキや史人が問題を解決してくれたり、慰めてくれた。そのために隼人が泣き虫になったというより、情動の激しい隼人にまわりが合わせていたというのが実際のところだった。だが、かれが泣こうと喚こうと、鷹士は神々のもとへ旅立つのを思いとどまってはくれない。

それで鷹士の魂が救われて、みなが争いをやめて久慈が平和になるのなら、隼人は喜んで見送るべきなのだろう。だが、隼人の胸にずっと爪を立て続ける疑問――神々は、まことに在るのか。在るとして、果たしてひとの願いに耳を傾けるのか。鷹士の贄は、犬死にになってはしまわないか――

「御子と呼ばれたいなんて、おれはいちども思ったことはないよ。鷹士の俗物め」

悔しまぎれにつぶやいてはみたが、心の内側で荒れ狂う波は、いっこうに治まる気配はなかった。物心ついてから、かれ自身をまるごと受け入れて育ててくれた家族の記憶に満たされた隼人には、腹も満たさない肩書きのために、たったひとつしかない生を明け渡してしまう鷹士の想いは理解できない。

荷物をまとめ、ひとびとが忙しく立ち働く炊屋と機屋に立ち寄ったのち、隼人は暮れかかる月明かりと星の光を頼りに、夜の中へ踏み出した。


「あいつ、ほんとに御子みたいだな」

阿曾へ向かう行列の中ほどで、サザキが史人の耳にささやく。

初雪のちらつく中、祀の宮での神事を終え、警蹕を上げながら通り行く火邦の巫覡に導かれて、阿曾を目指す神宝の行列が大郷を出る。火邦の巫覡が神宝を捧げ持ち、祝たちが日留座の輿を上げ、日留座に同行するに相応しい貴人の装いを凝らした鷹士が従う。そのあとには、この神事に参加するために訪れた他邦の日留座やその代理の御子たちが続いた。

祭事場や行列見物からは死角になっている、噴煙より風上の火口の岩棚の下で、隼人は夜明けを迎えた。炊事場でもらった湯を入れた水袋を布に包んで毛皮にくるみ、腹に抱えて暖をとっていたが、今は冷めてただの水になってしまった。夜明けまで水袋の温度が下がらなかったのはまだ幸運といえるだろう。朝の冷え込みに手足はかじかむが、ようやく行列が中腹の祭り場で祭祀を行い始めたことに、気持ちを励ました。祝部が窪みがひとつしかない米粒形の石笛を吹いて、神を喜ばせる楽を奏し始める。二音階しか出せない石笛は、それぞれ大きさが違い、それによって豊富な音程差を生み出している。いくつもの笛の音は互いにからみ合い、調和しあい、雲煙の彼方に溶け込んでゆく。その旋律の切れ目に合わせて、猪の皮を張った大小の太鼓が拍子を取った。その楽の音が途絶えると、巫覡が揺らす銅鐸が、舌冊にこすられ、ゆらゆらとした清浄なる金属の響きが山々にこだまする。

こんなに遠くからでも、隼人は小指の先よりも小さな高照の影が判別できる。史人とサザキも見えた。顔がはっきりと見えなくても、みなと同じ服を着ていても、たとえ地上のどこにいても、隼人にはかれらを見つけ出せる自信があった。そして、鷹士が長脛日子の軍勢に埋もれていても、一瞬でその姿を見分けられるだろう。

だが、その魂が神々のなかに溶けていってしまったら、二度とかれらの存在を捜し出せない。その声を聴くこともない。隼人にとって、高照は高照で、鷹士は鷹士でなくてはならなかった。

神々という、どれだけ祈っても決して手の届かない存在になどなって欲しくなかった。

永遠に続くと思われた神事が終わり、火邦の日留座と鷹士が阿曾の火口へと登り始めた。日留座の足取りは、その高齢からは考えられないほどしっかりとしていた。腰にカウマの剣を佩き、神宝の入った箱をひとりで背負う鷹士に、隼人は同情する。

剣の鞘は高照が作ったと隼人は伝え聞いていた。時間がなかったために、赤く染めた革を茜色の麻紐でかがった簡単なものだという。

その日の鷹士は、真っ白な長鉢巻を額にあて、髪は長脛日子と同じ糸巻き形のみずらを紅白の紐で結い、高貴の男子のみがおろす細い端髪を、みずらの内側から耳の前へと垂らし、胸元へと流している。異国風の顔立ちと頬の刺青にもかかわらず、日留座の血に連なるものだけに許された衣裳と装いが、なんの違和感もなく馴染んでいた。

「ほんとに、御子さまだったんだな」

戦女に産ませた子を、庶子にすら数えることなく剣奴にしたとはいえ、長脛日子は鷹士を手近に置くことを好んだようであるし、津櫛の比女はひそかに鷹士を身内のように扱い教育した。隈の日留座の嫡出でありながら、棄てられ山里で工人に育てられた自分では、ああは行かないだろうと、隼人は残念な気分になった。そういえば、隈邦の日留座は参列しているだろうかという考えがよぎる。

双子の弟の饒速に対する気持ちは、いまだに曖昧で複雑である。建速のことなど忌み忘れてくれていれば、隼人は良心の呵責なく饒速を恨んだり憎んだりできた。隼人のわだかまりは、かれを捨てた両親よりも、建速のものであったかもしれない幸福をすべて浴びて、ひとびとに愛されてきた饒速の上にあった。

阿古での日々は幸せだった。御子であろうと工人であろうと、家族と健やかに暮らせたら、それでなにも恨むことも妬むこともない。知らなければ、思い出さなければ、隼人は阿古の記憶だけを抱えてずっと幸福でいられたのだ。

　待ち続ける間、隼人は泡のように浮かんでは消える思い出や考えに囚われていた。

　もし隼人が噴煙を吸い込んで死んでしまったら、饒速はなにか感じるだろうか。双子というのは一方が死ねばもう一方も死ぬのかと疑問に思い焦ったが、それならそもそも片割れを海に棄てたりしないだろうと考え直し、その心配は胸から追いやった。

　日留座と鷹士が外縁を越えて火口をおりてゆくのを見て、隼人は慌てて我に返る。懐に隠し持った麻布を水で濡らして鼻と口に当てた。火邦の祝に聞いた、火口周辺で毒煙を吸わないようにする方法だ。水も布も豊富に用意したので、それなりの時間はもつはずである。

　一の岳の火口から上がるのは蒸気でなく、断続的な雲煙であった。高来津座で隼人が見たような白緑の火口湖は一の岳では消失して久しく、地熱は上がり続け、絶えず雲煙や灰、炎礫を吐き出す地獄の竈といった様相である。大地の底でうねる地鳴りや噴出音、高山を吹きすぎる風の音のために、隼人の立てる砂利音は下方の鷹士の鋭い耳にも届かないようだ。噴煙が日留座の杖に結びつけられた風の比礼を避けて流れる。

　火口が湖で塞がり、安定していた当時に造られたゆるやかな道をゆく日留座たちとは別に、隠れ場所から出てきた隼人は、四つん這いのうしろ向きになって火口内の傾斜を垂直に降りてゆく。砂利が崩れて下のふたりに気づかれないように、慎重に膝を進めた。

息が上がると鼻と口を覆う布がずれるので、なんども首のうしろで締めなおした。

日留座が道の終わりに着き、腕を伸ばして噴煙を吐き出す穴を指さす。鷹士は風と地の比礼を結びつけたそれぞれの登山杖を、霊界への門のように地に並べて突き立てた。

神宝の入った箱を鷹士が地面に下ろした。薄紅の比礼、風のでも地の比礼でもない細い布を、日留座の肩にかける。高照が『種々御霊の比礼』と呼んでいた神宝だ。あれはその名のとおり、周辺の御霊に働きかけるものだという。だからなにが起こるのか、という説明はされたことはなく、実際に見たこともない。高照が呪術を行うのに、神霊の力を借りやすいのだという理由でよく身につけていた。

比礼を身につけ祈る日留座の前で、鷹士はカウマの剣を抜いて捧げ持つ。ふたりが火口に意識を集中している隙に、隼人は急いで傾斜を這いおりようとした。大岩に足をかけ、体重を移したとたん、地が揺れ轟音とともに噴煙が立ちのぼった。もろい砂礫に乗っていただけの大岩はぐらりと揺れ、隼人は足を踏み外した。たおれたところにあった別の岩に肩をぶつけて反転し、砂埃と砂礫崩れを起こして傾斜を転がり落ちてゆく。

落下が止まり、目を回した隼人は頭を起こす。目から埃を払い、毒煙避けの布が外れてないか確認する。もうもうとした砂埃と崩れ続ける落砂礫の余韻が治まると、こちらを向いて仰天している日留座と鷹士の姿が見えた。

「おまえはっ」

怒鳴り声とともに、大きく息を吸い込んだ鷹士がこちらに駆けつけた。半身を砂礫に埋もれさせた隼人を引きずり出して腕をつかみ、日留座のところへ戻る。その間、息を止めていた鷹士は風の比礼の結界に戻ったことを確認すると、しゃがみこんでいた隼人の耳をつかんで引っ張り上げ、大声で叱りつけた。

「こんなところでなにをやっているんだっ」

埃でのどのいがらっぽくなった隼人は、かすれ声で答える。

「ちょっと、ようすを見に」

顔を真っ赤にして拳をふり上げた鷹士は、言葉が出てこないほど怒っているようだ。だが隼人は怯えて震え上がるよりも、珍しく貴重なものが見られたような奇妙な満足感のほうが強かった。

命を捧げようという聖なる儀式を邪魔されたのだから、さすがの鷹士でも腹を立てるだろうと、恐怖ではなく罪悪感から隼人は肩を落とした。

「ごめん。邪魔するつもりはなかった。ただ、ほんとうに母神がおれたちに応えてくれるのか、ちゃんと、おまえが……」

その犠牲が犬死にではないことを確かめたかったのだとは、隼人は最後まで言い終えることはできなかった。日留座の干からびた咳払いが、少年たちの注意を引く。

「なにかがいるのは、わかっておった。御魂が騒いでおったからの。鷹士、落ち着け」

そのとき、ふたたび大地が揺れ、山が鳴動した。なにかが大地を押し上げてくる感触が足の裏に感じられる。

「あぁぁーはぁりぃいやぁぁ」

両足を踏みしめることもできずに慌てる隼人の横で、火の日留座が山鳴りにも負けぬ声を上げた。その小さく皺んだ体軀からは、想像もできない豊かな音量であった。

すべてが揺れる隼人の視界のなか、日留座は背筋の伸びたゆるぎない姿勢で両手を広げ招神の言霊を上げる。

「あそばすと――らにぃ――しませ――のみずたから――るたまぁしにかぇ――つるぎぃ――おきつぅかがみぃ――」

比礼を指に挟み、舞にも似た動作で神宝をひとつひとつ捧げ持ち、並べ替えながら、日留座の声はときに山鳴りを圧し、ときに呑み込まれ、途切れることなく続く。日留座は呪言を唱えつつ片方の手を伸ばし、地の比礼を結びつけた杖を引き抜き、荘重な動作で左右に払った。

「みそぉなわせぇ、きこぉしめせぇ」

山鳴りよりも、日留座の声がはっきりと響き渡るようになり、隼人は下から突き上げてくる揺れがおさまってきたことに安堵した。

「すごい。ほんとうに鎮まってきた」

隼人はこれ以上開かないほどに目を瞠って、こころなしか煙も晴れてきた火口を見渡した。そして日留座の行う神降ろしを、真剣に見つめている鷹士に近寄ろうとした。

「――かんだからあさくらにくじのたかきくらき母なる大御神おりましませ」

日留座は三重の円を描くように神宝を配置し、その中心にカウマの剣を突き立てた。

大地の底から湧き上がる地鳴りが、足の裏から腿へと、振動となって這い上がる。

日留座の、焦燥と落胆のつぶやきが隼人たちの耳を打った。

「母神は、剣を認めぬのか」

突然、火口の南北に亀裂が走り、隼人の立っていた地面が消失した。浮遊する感覚と同時に左腕を強くつかまれ、肩が外れそうな衝撃と激痛に悲鳴を上げた。隼人の足は、赤い蛇が無数に躍る闇底の上を虚しく蹴る。焼ける断崖に左手と胸をつき、右手だけで隼人を引き上げようと歯を食いしばる鷹士の形相の向こうに、噴煙が切れて青い空が見えた。

空が刃物でくるりと切り取られたように、青く丸いものが鷹士の横を転がって亀裂の縁にひっかかった。濃い青色を帯びたその丸いものが、次の地揺れで温度の上がってゆく空間に放り出される。

「潮満のっ」

隼人は反射的に叫び、その碧玉に空いたほうの手を伸ばして、空中で受け止めようとした。碧い玉は隼人の指が触れた瞬間に破裂した。どこからともなく大量の水流が出現し、隼人たちを包み込む。水は、潮の香りがした。

隼人は、ひどくなじみ深いものが体中に満ちてくるのを感じた。わけもなく笑い出しそうになる。青くゆがむ視界の向こうで、鷹士がなにか叫んでいる。隼人は口の中に塩辛い水が流れ込むのも構わず叫び返した。

——助けられてばかりだったけど、これであいこだろうっ。

隼人は水流に逆らいつつ、ゆっくりと右手をふり上げる。亀裂に流れ込みあふれる海水に、自分の腕を放さない鷹士と、亀裂の縁に倒れたまま動かない日留座の体を、できるだけ遠くまで押し流すように胸の内で命じた。

体が揺れた反動と、強い力で引き戻される左腕、体重に軋む肩の痛みは耐え難いが、滝のような水圧のために叫ぶこともできない。足下から噴き上げる暗灰色の噴煙と熱波、それを押し下げようとする海水がぶつかりあって大量の水蒸気が立ちのぼり、隼人の視界も意識も一瞬で奪い去られた。


白い霧が流れる、暖かな時空。母の胎内でまどろむのに似た、時のほとりの幽明境。

「生贄になるのは、鷹士のはずだったんだけどな」

「おまえが勝手についてきたんだろうが」

ぼやく隼人に、激しい剣幕で怒鳴り返す鷹士。しっとりした白い霧さえも、驚いて流れを変えていくほどの勢いであった。だが、雷のような鷹士の怒気を、隼人はこれっぽっちも怖いとは思わなかった。

「死んじゃったんだから、もう、いくら殴られても平気だな」

「まだ死んだとは決まっておらん。ここは幽明の境じゃ。ということは、まだ肉体と魂がつながっておるということじゃ」

隼人の肩よりも低い位置から、日留座が状況を説明する。

「あれでまだ生きてたら、バケモンだろ」

三人とも噴き上げる溶岩に呑まれたか、亀裂に落ちたか、噴煙を吸い込んであっさり死んだと、隼人は確信している。あの大量の海水がどこから出てきたのかはあまり考えたくはないが、噴き上げる溶岩の熱を受けて一瞬にして蒸発してしまったようだ。

鎔けた金属に水をかけても、なんの意味もないことは、冶金師の子である隼人にはわかりきったことだ。むしろ爆発してさらにひどいことになったのではと心配であった。そういう事故が、工房ではたまにある。鋳型と水気がどうのと父親が長兄と話しているのを小耳にはさんだ覚えがある。

それよりも、重大な問題が残っている。隼人は下を向いて日留座を問い詰めた。

「母神はどこだよ。おれたちは、母神に会うために阿曾に登ったんだろ」

「誰ぞが神事を邪魔してくれたからの。祈りが届く前に噴火が起きてしまった」

「噴火が起きたのはおれが落ちる前だよ。むしろ、噴火の前触れで転がり落ちたんだ」

あてもなく、三人は幽明境を歩き回った。鷹士は怒りに顔を赤くしたまま無言である。

「高照たち、どうしてるかな。あんまり大きな噴火じゃなかったら、いいんだけど」

沈黙の苦しさに、隼人はどちらにともなく話しかけるが、鷹士は聞こえたそぶりすら見せない。隼人の視界から、ふっと日留座の白い頭が消えたので、立ち止まってふり返る。日留座の白い髪、白い衣装がもやもやした白い影に姿を変え始めていた。御魂の像を結んでいた境界が曖昧になる。いや、境界がほのかな光を放っているようであった。

「日留座さまっ」

鷹士の叫びに、日留座が穏やかな笑みを返した。満ち足りた声が幽明の空気を揺らす。

「ああ、わらわはわらわの役目を果たした。命の輪から外れるのは、残念じゃがの」

「なにを言ってるんだ。日留座さま。先に逝かないでくれよ」

隼人は情けない声で薄れてゆく日留座の影に訴える。

「白日別の裔よ」

日留座の声とも、そうでないとも思われる豊かな女の声が、霧の中から語りかけた。

「母にできることはもはやない。大地は、生み出し、育てることしかできぬ。子らの、生きて進む道を定めるのは、子の意志のみ。親は弓、子は矢。母なるものは放たれた矢のその行き着く先に、ただ幸多かれと祈るのみ」

日留座の白い影は、自分を引き止める少年たちの必死の叫びに、それ以上応えることなく、白い霧と化して、幽明の大気にとけてゆく。

「建日別の裔よ」

遠ざかる母神の声は、だが同時に少年たちを包み込むようでもあった。

「龍の若子よ。潮はさし、潮はひく。ただひたすらに風を読み、潮の示す道をゆくがいい」

隼人は阿古の母の声に似た、しかし、同時に記憶の底に刷り込まれた乳母の子守唄（うた）にも似たその声が、やがてよく知る若い娘の声にも聞こえてくることに呆然（ぼうぜん）とする。

「ふるべ　ゆらゆら」

霧のひとつぶひとつぶが、日留座（ひるのくら）の言霊を揺らしてかれらをつつみ込む。はっと隼人が横を見ると、さっきまで濃厚な気配と存在を感じさせていた鷹士の姿が忽然（こつぜん）と消えていた。

「鷹士ぃ。日留座さまぁ。置いていくなよ」

心細さに泣きべそをかきながら、たよりなく揺れる言霊がはっきりと音になる場所を追って、隼人はひとりで幽明の世界をさ迷った。

「ゆらゆら　ゆらゆらと　ふるべ」

それはいつしか、高照の澄んだ歌声となり、疲れてうずくまる隼人の魂をあやしながら、深い眠りにさそった。

「ってーよ」

「死んでて当然だったんだから、これくらい我慢しなさいっ」

あれから、毎日のように、同じ言葉で高照に叱りつけられる。

噴火口から生還して十日たっても、隼人の体で痛くないところはない。皮膚は引きつるし、手足も腰も肩もばらばらになりそうだった。

高照の言うことには、隼人がずぶぬれの鷹士に背負われて火口から出てきたときには、大やけどを負って息もしてなかったという。外縁まで登ってきていた高照と史人の姿をみとめた鷹士は、隼人をおろすと神宝の箱から神玉の袋を高照に投げてよこした。

神玉を受け取った高照は、風と地の比礼で降り注ぐ灰や礫をよける結界を張り、その中で死返術を隼人に施した。息を吹き返した隼人に、魂がつなぎとめられたことを確信した高照は、大郷へ運ばせてからも生玉、足玉を使って隼人の治療を続けたという。

「でも、ま。あなたたちの生還はクラ母神のくだされた奇跡だって、あっという間に久慈の島に知れ渡ったわ」

生玉による手当てが早かったので、脱出直後は胸から下のやけどで失われていた皮膚は七日もかからず再生し、生まれたての赤ん坊のような薄桃色の薄い肌の下に血管が透けて見えている。なかなか治らないのは、治療を後回しにされた左肩の脱臼痛と、斜面を転がり落ちたときの打撲傷や挫傷、亀裂から引っ張り上げられたときの肉離れくらいで、それは温泉治療で気長に治せばよいということだった。

「鷹士の具合は、どうなんだ」

隼人は、津櫛の比女の客屋で療養中という、鷹士の容体が気になって訊ねる。

「隼人が息を吹き返してから昏倒してしまったけど、それでも五日目には眼を覚ましたって薬女が報告してきたわ」

隼人はほっと胸を撫でおろした。史人が不思議そうに口を挟む。

「贄になるはずだった鷹士のやけどが右腕だけで、隼人のやけどのほうが深刻なのが謎だけど」

隼人は、自分なりに龍玉を使いこなせたらしいことに少しうれしくなったが、そのことは秘密にしておきたかった。苦しい言い訳をしてみる。

「火を噴く亀裂に落ちたのは、おれだけだったからじゃないかな」

「その火を噴く火口にいたあなたたちがずぶ濡れだった理由はどう説明するの」

高照の指摘に、隼人は口をぱくぱくさせてから、黙り込んでしまう。高照はふん、と鼻を鳴らすと、自分でその問いに答えた。

「鷹士はね、眼を覚ましたとき、龍王を見たと言っていたそうよ。かなり熱が高かったというから、重傷人のうわ言かしらね」

口元に薄い笑みを浮かべながら、半眼でにらみつけてくる高照に気圧されて、頬がひくつきそうになった隼人は、あわてて別の疑問を吐いた。

「でもさ、なんで高照と史人とサザキは、火口に上がってたんだ。噴火が始まったら、普通は逃げるもんだろ」

火口からは、史人が隼人を背負い、サザキが鷹士を支えて大郷へ降りてきたという。

「巫覡の宮の祝から、隼人が布と水をたくさん持っていなくなった、って聞けば、海胆頭のあなたの考えることなんかすぐにわかるわよ。日留座さまたちの邪魔をしないように、首根っこつかまえて連れ戻すつもりだったの」

「ほんとうに、隼人は無謀で考えなしだ」

史人が湿布を取り替えながら賛同する。

「隼人族の御子だもの。しょうがないわ」

「その偏見はどこから来るんだよ」

隼人は苦々しくつぶやいた。

「隈の民は考えるより動くのが先だから『ハヤト』って呼ばれるようになったの」

手に持った神玉の袋をぶんとふり回して隼人の額をはたいてから、高照は立ち上がって隼人たちの客屋を出て行く。隼人は額を撫でつつ嘆息して、史人に問いかけた。

「高照はなにをあんなに毎日怒っているんだろう。奇跡が起きて、いろいろ火邦に都合のいいほうに向かってるんじゃないのか」

史人は、顔をしかめているのか、笑いをこらえているのか、判断しかねる表情を浮かべて、隼人の手当てを終えた。

「隼人を生き返らせるのに、高照はとにかく必死だったよ。意識が戻るまでの三日間、高照は休憩も睡眠もろくにとらなかったんだからな。感謝しろよ」

隼人は叱られたこどもそのままに、うなだれて反省の色を態度で示した。

「でもさ。鷹士は津櫛の比女の客屋から出てこないし、高照はキャンキャン文句を言うばかりだし。ここの巫覡も祝も、ヘンな目でおれを見るし。郷びとはひとの顔を見に来ては地べたに座って拝んでいくし。噴火のときに、なにがあったんだ」

痛み以外のことが考えられるようになったということかと、史人は判断した。

「火口から火柱が上がったとき、みんな地面に伏せた。逃げるどころじゃなかったよ。私たちは隼人を捜して登っていたところで、逃げようと高照に言ったんだけど、高照は日留座（ひるのくら）さまが呼んでいると言い張って登り続けたんだ。そしたら、郷にいた誰もがクラ母神のお声を聞いた」

「母神の宣託が降りたのか」

幽明境で鷹士に語りかけたあの霧の声だろうか。

「みんな少しずつ違うことを聞いたみたいだけど、いちばん多かったのは、津櫛や豊からのひとびとが聞いたという、長脛日子の一の比女を津櫛の次の日留座に据えるように、という宣託だそうだ。母神派の比女が次の日留座として津櫛に神鏡を持ち帰れば、津櫛の日留座も豊の神剣をあきらめざるをえない。長脛日子さまが他邦を攻めるのに別の口実が必要になるから、しばらくの間、久慈は平和になるだろう」

「そうか。鷹士の願った通りになったんだな。で、史人にはなにが聞こえたんだよ」

訊かれた史人は顔を赤くして、口の中でもごもご言葉を濁した。隼人は眉間にしわを寄せ、鼻を鳴らして不平を言った。

「ああ、結局なにがなんだかわかんないよ。死にかけたってのに」

布掛けを引きかぶり、隼人は床にもぐりこんでしまった。

「でも、噴火はすぐにおさまって、火の川も流れてこなかったし。日留座さまが自らを贄に差し出して、母神とひとつになったのを鷹士が見届けて、神宝を持って隼人を連れ帰ったってことで、いまはお祭りがずっと続いているわけだ」

布掛けから鼻まで出した隼人は、さらに問い詰めた。

「で、高照が毎日怒っている原因については、まだ聞いてないんだけど」

「うん。自分におりた母神の宣託が気に入らなかったみたいだ」

史人はふたたび言葉を濁す。隼人は床から起き上がった。

「宣託つっても、結局そのとおりになるとも限らないじゃないか。史人が降ろした宣託じゃあ、倭びとの女が生贄になるはずだったし。史人は豊の神剣を取り戻してないし」

「豊の神子(みこ)は私ひとりじゃないから、豊の巫覡(ふげき)ならだれが神剣を捜し出しても問題はない」

史人はいちど言葉を切って、慎重にかれの考えを隼人に話した。

「宣託とは、予言というよりは、ひとより遠くを見渡せる神々が、ひとの子によかれと思って授ける助言なのではないかと思う。未熟な狩人(かりうど)の構える弓と引く手に添えられる、恩師の大きな手のようなもので、必ずこうなるからこうしろ、というものでもないのだろう」

史人の喩(たと)えに、隼人は幽明境で聞いた母神の言葉を思い出し、不思議な符合を感じた。

そこへ、サザキが手に穀物の袋や干し柿、織物の束を抱えて客屋へ戻ってきた。火邦の郷びとからだけではない贈り物の山は、日増しにうずたかくなっていく。隼人は誰も生きて帰ったことのない災厄から戻っただけでなく、いちど死んで甦ったというありがたい伝説の人物になってしまっていたのだ。

「おれ自身はありがたいことなんかひとつもない。火口の熱や毒には日留座さまが比礼で結界を張っていたし、亀裂に落ちかけたのを助けてくれたのは鷹士で、おれが生き返ったのは死返玉の霊力と高照の呪術だ。むしろ鷹士と日留座さまの邪魔をしただけだ」

龍玉が起こした霊威については、隼人は誰にも話す気はなかった。鷹士の持ち帰った神宝の箱には蒼玉しか残っておらず、噴火のときに失くしてしまった碧玉のゆくえについては、鷹士では和邇の巫女に説明ができなかった。和邇の巫女は龍玉は対でなければ意味がないと怒り狂ったが、まだ噴煙を上げ続けている火口に自分で捜しに行くという蛮勇もなく高来津へ帰ったという。

いまにして思えば、碧玉から解放された海水が溶岩と隼人を隔てる壁となり、鷹士に隼人を引き上げる一瞬の機を与えたのだ。噴き上げる熱波に触れ、たちまち水蒸気と化したために、広範囲のやけどは免れなかったが、水の守りがなければ噴き上げる熱波をもろに浴びて、隼人も鷹士も瞬時に炭の塊となっていただろう。海水が壁となっただけでなく、水の圧力が隼人を押し上げたのも、死返玉で生き返ったのちに思い出すことができた。

史人たちが出てゆくと、隼人だけになった客屋はひどく静かで、広く感じる。隼人はふっと息を吐くと、足元の隅に顔を向けて話しかけた。

「もう、そんなに痛くないから、吸い取ってくれなくても大丈夫だ。毎日来てくれなくてもいい。おまえは、忙しいんだろ。おれと違ってさ」

もっと穏やかに言いたいのに、そっけない口調になる。高照が枕元に並べておいた貝輪をひとつ拾い上げ、光に当てて眺めた。隼人は胸のつかえを吐き出すように言葉を投げた。

「これ、おまえがくれたんだってな。ありがとう」

客屋の隅にいた気配が揺れて、隼人に少し近づいた。

隼人が怪我や病気をすると、双子である饒速(にぎはや)もまた苦しむのではない。影すだまに吸い取らせることで、饒速が隼人の痛みを肩代わりしてきたのだと、隼人はここ数日の治療で知った。しかし、饒速がそこまで建速を想いやる気持ちが、隼人には理解できない。

「おれが棄てられたのは、おまえのせいじゃない。おれには乳母もいたし、育ての両親は優しかったし、兄妹もともだちもいて、淋(さび)しいと思ったことはなかった。だから、おまえがおれに負い目を感じる理由なんか、どこにもないんだよ」

むしろ忌まれて逐(お)われた兄を心配して魂を飛ばすほどに、ひとり子の御子として育てられた饒速のほうが孤独ではなかったか。隼人は片手に持った白い貝輪の、朱色の筋もようを指でたどりながら、ゆっくりと続ける。

「おれはおまえの穢(けが)れを負ってはいないし、自分の痛みは自分で背負える。おれもおまえも、これからはひとりでも大丈夫だ。いままで、知らなくて悪かったな」

足元の影すだまから漂ってくる温かな波の気配に、隼人は微笑んだ。貝輪を左の手首にはめて、くるくると揺らしてみた。隈の職人が、あるいは饒速本人が彫ったのであろう、この腕飾りからも、祈りに似た温かな潮流を感じる。

「こうすると、おれも御子らしくみえるかな」

影すだまが、ゆらゆらと笑ったような気が、隼人にはした。ひとを恨んだり、妬んだりしないことが、こんなにも心を軽くする。隼人も体の痛みをこらえながら、声を出して笑った。

いちども見舞いに訪れない鷹士は、きっとまだ恐ろしく怒っているのだろう。幽明境で見せた鷹士の剣幕に、生きている状態で向き合う勇気は隼人にはなかった。それでも、ひとりで歩けるようになった隼人は、サザキに頼んで雪沓を借りてきてもらい、津櫛の比女の客屋を訪問した。

比女の客屋はひっそりとしていた。比女は日中は火の祀宮で日留座の修養を積んでいる。薬女もまた、大郷の薬房で南久慈に生長する薬草について学んでいるらしい。

誰もいないのかと、隼人はおそるおそる縁廊に近づく。南面の戸は開け放してあり、ちらつく雪が吹き込むのもそのままであった。屋内と縁廊を仕切る柱によりかかって座る人影に、隼人はゆっくりと歩み寄る。

片膝を立て柱にもたれて、鷹士はぼんやりと風に舞う雪を眺めていた。白い袷の寝巻きに、鹿の毛皮を膝にかけ、結わずに背中に流した髪は、量が減ってところどころ削いだように短くなっている。火の粉を浴びて縮れてしまった部分は、隼人も削ぎ切られた。童形の隼人はともかく、みずらが結えないほど髪が短くふぞろいになってしまったのでは、鷹士が人前に出るのを控えたのも無理はない。

最後に会ったときよりも痩せてやつれた鷹士の手や首、額の部分は包帯で覆われていた。長い潔斎と療養のあとの冬の訪れに、肌は洗いざらした麻のように白く、頬から目尻に浮き上がる青緑色の刺青がいっそう鮮やかだ。

ひとつしかない生玉が隼人の治療に使われたために、鷹士が負ったやけどや、火口を脱出するときに負った外傷は、通常の手当てですまされてしまったらしい。

その別人のような憔悴ぶりに、鷹士は隼人の見舞いに来なかったのではなく、来られなかったのだと悟る。亀裂から引き上げられて以降の記憶がない隼人には、噴火口から半死人を背負い、神宝を抱えて生還することの凄絶さなど知るはずもなかった。鷹士が不死身で不屈だと、勝手に思い込んでいた隼人は穴があったら入りたくなる。

訪問客の気配に、鷹士が視線をこちらに向けた。隼人を見ても、特に表情は変わらなかった。ただ、その切れ上がった一重のまぶたの下の黒い瞳からは、かつて鷹士を鷹士たらしめていた氷塊の冷たさも、鋼のような硬さも失われていた。

「具合は、どうだ」

隼人は咳払いしてから訊ねた。鷹士は片手で顔にかかる前髪をかきあげて、かすかにうなずいた。悪くはない、という意味と隼人は受け取った。隼人は率直に謝罪する。

「山では邪魔して悪かった。おれはただ、見届けたかったんだ。鷹士がほんとうに鷹士の欲しいものを手に入れられたのか。ほんとうに、おまえがそれで満足だったのか」

鷹士は肩を丸め、嘆息した。それから隼人に、雪のかからない縁廊に上がるように手招きをする。隼人は鷹士の横に腰を下ろした。

「あのさ、津櫛に帰りたくないんだったら、帰らなくてもいいじゃないか。祭りが続いていてさ。秋津とか伊予とかから大郷にいっぱいひとが来ているんだ。秋津島にあるという、九重よりも高い山の話とかも聞いた。不二の山というそうだ。この世界に、ふたつとないくらい、高い山らしい。あっちは争いとかめったにないらしいし、奴隷狩りもないって。だから、おれたちふつうに旅ができるんじゃないかな」

鷹士が首をかしげ、いぶかしそうに隼人を見つめた。

「おれたち？」

「おれと、鷹士。史人は薬女さまと津櫛へ行くだろうから、サザキはたぶん来ない」

一日の間、ほとんど誰とも話すことのないらしい鷹士は、声がかすれるために咳をしてのどのからみを払う。

「おまえは、比女と津櫛の親もとへ行くのだろう。親に、会いたくないのか」

鷹士の責めるような問いに、隼人は目をきょろきょろさせ、のどもつかえてないのに咳払いをした。

「会いたいさ。会いたいにきまってるじゃないか」

隼人はもういちど咳をして、鷹士の顔をじっとにらみつける。

「でも、いま離れたら、二度と会えなくなるかもしれない友達がいて、そっちもとても気になるんだ」

鷹士は隼人から視線を外して、舞い落ちる雪を眺めた。しばらくはどちらも無言だった。

火邦の神事に関与した鷹士を、長脛日子が赦(ゆる)すことは考えられない。津櫛へ帰るか、火の大郷に残るか、鷹士の処遇は宙に浮いたままであった。

やがて、重く息を吐いた鷹士が口を開いた。

「雪は、積もるものなんだな。話には聞いていたが。触ると冷たいが、積み上げて固めて、穴を掘り、藁や毛皮を敷いて中で炉を焚(た)くと、暖かいという」

「やってみるか」

隼人はぴょんと縁を飛び降りると、雪をかき集め始めた。しかしすぐに手をこすりながら縁廊に舞い戻る。

「冷たい。どうやったらひとが入れるような穴を作るほど雪を集めて、固められるんだろう」

赤くなった手を首や頬にあて、息を吹きかけて温める隼人に、鷹士はくすりと笑った。

「鋤(すき)を使えばいいだろう。おまえは考えてから行動する癖をつけたらどうだ」

鷹士は肩を揺らして笑った。隼人も笑う。

「おれ、鋤を借りてくるよ」

ふたりがかりで、小さな雪室ができあがったのは夕闇も迫るころだった。

入ってみると本当に暖かい。ひとの体とは、これほどにぬくもりを放っているのだとふたりとも初めて知った。その薄い闇の中で、鷹士はゆっくりとつぶやく。

「クラ母神はおまえになにか見せたか」

隼人は首を横にふる。鷹士はかすれた声で続けた。

「おれには未来を見せた。おれにはなにも変えられないことを。倭人から王が生まれ、久慈は名前を津櫛に譲る。母神は神去り、この島は戦乱で荒れる。秋津島にも王が立ち、大乱の波に呑み込まれる。国が国を滅ぼし、人と人とが殺しあう王の時代は必ずくる」

「でも、長脛日子は止められたんだろう。比女が津櫛の日留座になってくれる」

「いまだけな」

「じゃあ、少しだけ変えられたんだ。おれたちはできるだけのことをやったよ。おまえ自身の運命もさ。久慈でない、どこか遠くの島でなら、剣奴じゃない生き方を探せるだろう。こどもたちが奴隷にされない邦を、あとひと世代でも、おれたちが先延ばしできたんなら、それでいいじゃないか」

鷹士はすぐにはみじろぎもしなかったが、やがて肩を上下させて息を吐いた。

「そうだな」

「なあ、世界の果てを見に行こう」

隼人の突然の提案に、鷹士が驚いてそちらを向いた気配がした。隼人は早口で続ける。

「王の時代ってやつが来る前にさ。誰もが好き勝手に行きたいところへ行って、帰ってこれるいまのうちに、八紘の隅を見に行くんだ。そのついでに、その王の時代とやらがきても慌てなくてすむように、久慈や秋津のひとびとに母神の宣託を伝えたらいいんじゃないかな。逃げるか戦うかは、その土地の連中が決めることだろ」

隼人が秋津島に行ってみたい理由はもうひとつある。大郷の祭りと奇跡の蘇生者を見物にきた客の中で、とても興味深い旅人との出逢いがあったのだ。

自らを倭人の山師と呼ぶ子連れの青年は、久慈の島で銅や鉄などの鉱脈を探しているのだという。秋津島で鉄が採れるらしいという噂を聞いたので、冬が終わったら本当かどうか調べに海を渡るのだと陽気に語っていた。

『久慈や秋津で銅や鉄が採れれば、大陸から求める必要がなくなって、こちらから奴婢を送る必要がなくなるだろう』

倭人の山師はそう言って、自分の息子の頭を宝物のように撫でた。

奴婢というものは、小さな時から道具のように扱われ、すり切れるまで働かされるだけでなく、自分の考えを口にすれば罰を受ける。やるべきことをやっていれば、食べるものと寝るところがあるのだからそれでいいと言った剣奴もいたが、そうは思わないものまで、奴婢として生きることを強いられるのは理不尽ではないかと、隼人は思うようになった。

そのとき隼人は、そばでいっしょに話を聞いていた史人とサザキに、自信たっぷりの意見を語った。

『地母神は、いつだって久慈のこどもたちが必要なものは、その胎内から産み出して与えてくださるって、先の日留座（ひるのくら）さまが言ってたじゃないか。きっとその「こうみゃく」ってやつはこの島のどこかにあるはずだ。おれたちがまだ見つけてないだけでさ』

隼人は自分が鋳造師になりたいのか、鍛造師になりたいのか、それとも山師になりたいのかまだ決められない。それでも、祖父の代から大陸や久慈、秋津の島を渡り歩いているというこの山師について『こうみゃく』の見つけ方を学ぶのは、きっとみんなの役に立つだろう。鉱脈が見つかれば、冶金原料の対価のために奴婢にされるこどもは減るはずだ。そして、安心して家族と暮らせる自分の場所を確保してから両親と兄妹を迎えに行くことが、自分にとってもっとも確実なやり方なのでは、と思うようになった。

そういう話を、雪室の中でとつとつと話しているうちに、考えがまとまってくる。

「鷹士の言うように、津櫛の御子が久慈を変えていくのなら、王が立ち、ひとびとが争う未来が来るのなら、長脛日子からとうさんと家族を取り返すだけじゃ、逃げ続けるばかりでは、だめなんだって思う。鷹士は自分にはなにも変えられないって言うけどさ、本当にそうかな。母神の託宣がくれた時間を、おれたちに何ができるか、探してみたらどうかな。久慈の未来は変えられないかもしれないけど、おれたちの未来はおれたちで創れるかもしれないじゃないか」

隼人は、気が高ぶって、思わずせまい雪室の中で手を広げた。鷹士が隼人の腕を避けて、うしろに引いた気配がした。

それからすっかりあたりが闇に閉ざされるまで、鷹士はひと言も口をきかなかったが、隼人はもう気にならなかった。鷹士が隼人の言葉に耳を傾け、深い考えに沈んでいることを、温かな闇が伝えてくる。おそかれはやかれ、鷹士が肯定の言葉を返してくるのを、隼人は確信していた。

主な参考文献

古事記　祝詞（日本古典文学大系〈1〉）倉野憲司　武田祐吉校注　岩波書店
魏書　烏丸鮮卑東夷伝　倭人条
出雲国風土記　荻原千鶴全訳注　講談社学術文庫
図説地図とあらすじでわかる！風土記　坂本勝監修　青春新書
『古事記』『日本書紀』総覧　別冊歴史読本　事典シリーズ2　新人物往来社
特集古代豪族総覧　歴史読本臨時増刊　新人物往来社
列島創世記　旧石器・縄文・弥生・古墳時代（全集　日本の歴史1）松木武彦
小学館
島根県立古代出雲歴史博物館展示ガイド　島根県立古代出雲歴史博物館
土井ヶ浜遺跡と弥生人　土井ヶ浜遺跡・人類学ミュージアム編集
弥生時代の吉野ヶ里　佐賀県教育委員会文化課編
歴史人　2013年6月号　No.33
弥生ミュージアム　http://www.yoshinogari.jp/ym/

本書は二〇一三年八月に小社より刊行された単行本を加筆・修正の上、文庫化したものです。

天涯(てんがい)の楽土(らくど)

篠原悠希(しのはらゆうき)

令和２年　２月25日　初版発行
令和５年　９月30日　５版発行

発行者●山下直久

発行●株式会社KADOKAWA
〒102-8177　東京都千代田区富士見2-13-3
電話　0570-002-301（ナビダイヤル）

角川文庫 22047

印刷所●株式会社KADOKAWA
製本所●株式会社KADOKAWA

表紙画●和田三造

●お問い合わせ
https://www.kadokawa.co.jp/（「お問い合わせ」へお進みください）
※内容によっては、お答えできない場合があります。
※サポートは日本国内のみとさせていただきます。
※Japanese text only

ISBN 978-4-04-109121-0　C0193

◆◇◇

角川文庫発刊に際して

角川源義

第二次世界大戦の敗北は、軍事力の敗北であった以上に、私たちの若い文化力の敗退であった。私たちの文化が戦争に対して如何に無力であり、単なるあだ花に過ぎなかったかを、私たちは身を以て体験し痛感した。西洋近代文化の摂取にとって、明治以後八十年の歳月は決して短かすぎたとは言えない。にもかかわらず、近代文化の伝統を確立し、自由な批判と柔軟な良識に富む文化層として自らを形成することに私たちは失敗して来た。そしてこれは、各層への文化の普及滲透を任務とする出版人の責任でもあった。

一九四五年以来、私たちは再び振出しに戻り、第一歩から踏み出すことを余儀なくされた。これは大きな不幸ではあるが、反面、これまでの混沌・未熟・歪曲の中にあった我が国の文化に秩序と確たる基礎を齎らすためには絶好の機会でもある。角川書店は、このような祖国の文化的危機にあたり、微力をも顧みず再建の礎石たるべき抱負と決意とをもって出発したが、ここに創立以来の念願を果すべく角川文庫を発刊する。これまで刊行されたあらゆる全集叢書文庫類の長所と短所とを検討し、古今東西の不朽の典籍を、良心的編集のもとに、廉価に、そして書架にふさわしい美本として、多くのひとびとに提供しようとする。しかし私たちは徒らに百科全書的な知識のジレッタントを作ることを目的とせず、あくまで祖国の文化に秩序と再建への道を示し、この文庫を角川書店の栄ある事業として、今後永久に継続発展せしめ、学芸と教養との殿堂として大成せんことを期したい。多くの読書子の愛情ある忠言と支持とによって、この希望と抱負とを完遂せしめられんことを願う。

一九四九年五月三日